花田清輝集

戦後文学エッセイ選1

影書房

花田清輝（1959年・未來社編集室にて）撮影・矢田金一郎

花田清輝集

目次

凡例

一、「戦後文学エッセイ選」全一三巻の巻順は、著者の生年月順とした。従って各巻のナンバーは便宜的なものである。
一、一つの主題で書きつがれた長篇エッセイ・紀行等はのぞき、独立したエッセイのみを収録した。
一、各エッセイの配列は、内容にかかわらず執筆年月日順とした。
一、各エッセイは、全集・著作集等をテキストとしたが、それらに収められていないものは初出紙・誌、単行本等によった。
一、明らかな誤植と思われるものは、これを訂正した。
一、表記法については、各著者の流儀等を尊重して全体の統一などははかっていない。但し、文中の引用文などを除き、すべて現代仮名遣い、新字体とした。
一、今日から見て不適切と思われる表現については、本書の性質上また時代背景等を考慮してそのままとした。
一、巻末に各エッセイの「初出一覧」及び「著書一覧」を付した。
一、全一三巻の編集方針、各巻ごとのテキスト等については、同じく巻末の「編集のことば」及び「付記」を参看されたい。

カバー絵＝アンリ・ルソー『謝肉祭の夕べ』（一八八六年頃）

花田清輝集

戦後文学エッセイ選 1

飢　譜

生物と食物とを結びつける忌わしい紐帯を君自身感知し得、また他人にしか
と知らせ得る境にのみ芸術は存在する。

レオン・ポール・ファルグ

いったい飢餓とは、どんなものであろう。僕にはよくわからん。

こういうと、読者のなかには、ふん、お前は幸福なやつだよ、一度飢えてみな、と苦々しい顔をして、早速そっぽを向く人もあるであろう。借問す、それでは君にはわかっているのか。小生にだって、いささかヒモジイ思いをした経験はありますよ。しかし、経験はほとんど何物も教えなかった。

靴の痛さを知るものは、靴をはいている人だけだ——とは誰やらの文句であるが、どうも信用致しかねる。困ったことに人間という代物は、折角痛い靴をはいているのに、その痛さを徹底的に追究してみようとはせず、絶えず靴をぬいで膏薬を足にはることとか、修繕するのには三円もかかるとか、くよくよ思案するようにできているのである。

涙にぬれし麺麭を食べしことなきものは、共に語るに足らず——とゲーテがいった。感傷的な白《せりふ》である。この枢密院顧問官殿、おれだって苦労したことがあるぞ、と少々お気取りになっていらっしゃ

る。他人の家の階段はのぼるにつらし——とダンテがいった。遠慮することはない、駈け下りたらどうだ。居候三杯目にはソッと出し——と川柳子がいった。……もう沢山だ。ああ！　何故人々は、断乎として飢える決心がつかないのか。胃袋がカラっぽになると、たちまち右や左の旦那さまがはじまる。そんな調子では、飢餓の正体は永遠にわからん。

まことに食べたがる連中が世に充満しているばかりではなく、食べさせたがる輩までいるので始末に困る。民に飢色あり、野に餓莩《がひょう》あり、という状態になると、政治家共が黙っていない。よけいな心配をして、飴玉などを都合してくる。しゃぶっても、かくべつ腹もふくれないが、とにかく一時凌ぎにはなろうというものだ。飢餓の研究は、絶望というほかはない。もっとも、わが国の政治家諸君はこの点、やや話がわかるので、僕は大いに感謝している次第です。僕は諸君と共に、買溜をしたり、闇取引をしたりするやつを、衷心から排撃する。

研究しようと思う以上、人は研究の対象に惚れこまなければいけない。飢餓にたいして感情をもつ必要がある。なるほど、少々相手がわるい。死ぬかもしれんからナ。しかし、研究に志して、そのために餓死するのはむしろ本望ではないか。よくこういう言葉を、頭のわるい学者なんかが呟く。それとこれとを混同してはいけない。かれらは決して飢餓が好きなのではない。したがって、それはレトリックにすぎん。空きっ腹になったら、かれらの研究など満足にできはしない。だが僕らの場合はちがう。僕らは文字通り餓死を覚悟で、研究にとりかからねばならん。信念をもって、一生懸命、飢えなければならん。ここにおいて、はじめて人間というものが、崇高美を発揮することになる。動物には不可能な仕事だ。

『ドイツ・イデオロギー』の著者は、個人の、よってもって動物から区別される所以の最初の歴史的行動は、かれらが思惟するということでなく、かえってかれらが、かれらの生活資料を生産しはじめるということである——といった。この生産しはじめる、という文句を、放棄しはじめる、と変えた方が、もっと人間と動物との区別が、ハッキリするのではなかろうか。

それにしても、何故人々は、飢餓に面と向うと、からきし意気地がなくなるのであろう。哀れっぽくなったり、千松みたいに偽善的になったり、武士は食わねど高楊枝——などと肩肘をはったり、どうも訳がわからん。研究心が足りないのである。飢餓とは、そんなに恐ろしいものでも、恥ずかしいものでもない。泰然自若として、飢餓を研究する余裕をもちたまえ。

しかし、断食する坊主の真似をしろというのではない。あいつらは僕らの敵だ。しかも最も憎むべき敵だ。坊主や山伏などのなかにはいかにも腹がへっても泰然自若みたいなやつがいるにはいる。心頭を滅却すれば火もまた涼し、でね。かれらは飢餓に愛情をもつどころか、ひたすらこれを無視しようと努めているにすぎん。研究の敵である。警戒を要する。

僕らは飢餓を——飢餓そのものを享楽主義者として、研究しなければならん。坊主のように禁欲的であってはいけない。すべての享楽の伴わぬ研究が、かつて成功した例はない。真のエピキュリアンというものは、口腹の欲をみたすことを決して急ぎはしない。ジイドが書いているではないか。ド・ジエーブル侯爵は気ちがいじみた浪費が好きでした。かれは懐勘定などをせずに、自分の気まぐれや望みや空腹を充たすに足るだけのものをもっているかどうか前から気にしないで、遣い捨てることを僕に教えました。この空腹というやつは、いつも一番終いに満足させるべきものだということを、かれは原則として掲げていました。なぜならば（かれの言葉を忘れもしません）望みとか気まぐれの類は束の間の欲求であるのに、空腹はいつでもまた見つかるもので、待てば待つほど一層強烈になるだけのことだというのでした。

侯爵君の考え方は、大へんもっともである。飢餓研究の第一課として、僕らはまずこの侯爵の心意気に学ぶところがなければならん。僕らは快活に人生を享楽しながら飢えるべきである。あらゆる僕らの欲望を充たすべく常に緊張しながら、ただ食欲だけは除外して、その充足を最後まで保留しておくのである。皆がこういう感心な心がけをもつようになったら、食物も豊富になり、統制の必要もなくなりましょう。

とはいえ、しっぽをふっているペコペコの胃袋に、犬にするようにオアズケをして、これを研究するのは容易なことではありません。その証拠には、世には恋愛小説は汗牛充棟もただならずといいたいほど氾濫しているが、飢餓小説というやつは実に寥々たるものだ。僕は僅かにハムスンとセミヨーノフの作品を思い出すことができるだけだ。それも前者は、ひとりぼっちで飢える男の研究なので、今ではあんまり高く買っていない。そういう研究なら、比較的容易にできるのである。後者は、南京虫さえ痩せ細った、戦時共産主義時代の飢におそわれる一家族の研究だ。この方が、沈着さを失わず、悠々と研究するのによほどむずかしい主題であろう。

僕は右の作品から、ノルウェイ人は空腹になると鉋屑を食べ、ロシア人は煉瓦を食べるという事実を学んだ。なんとかれらは便利な胃袋をもっていることだろう！　食うものがなくなると、日本人はいったい何を食うか。これは興味のある研究題目である。僕自身は——僕自身に関するかぎりは、むろん、なんにも食わん。僕は飢餓を愛する!

飢餓が君と共に住むようになると、君はもはや君ではない。飢餓が万事の采配をふる。すでに君は、君の肉体の主人公ではない。君の眼は食物をみると光り出す。唾液が君の口をみたす。手が、足が、勝手に食物にむかって突進しようとする。すなわち、これパヴロフのいわゆる条件反射というやつだ。時として、チャップリンの『ゴールド・ラッシュ』の一場面のように、他人が鶏に見えはじめることさえある。あのヨタヨタと歩く鶏は、最初見た時には、余りにも無恰好で、なんとかならんものかと感じたが、その後、飢餓の研究を始めるに及び、いかにも食欲のもつグロテスクな味をよく出していることがわかった。

そういう状態に君がなると、もはや他人の方でも君を人間扱いしなくなる。泥棒猫のように君を用心しはじめる。極端な孤独感――それが飢餓の君にあたえる最初の心理的徴候だ。殊に大都会の真中で飢えてみたまえ。君の孤独感は、いっそうはげしいだろう。家の中にいても水ものめない。(なぜなら、金をはらわぬと水道はとめられてしまう)街に出てみると食物が充満していて食後の散歩を試みる群集が歩道をながれているのだ。そのやるせなさは、なかなか乙なものですよ。のみならず、君に家族があるとすると、事態はいっそう面白くなる。どうせ君は、家族なんか飢餓研究のための実験用のモルモットぐらいにしか考えていないのだが、折々、その考えがあやしくなることがある。かかる時の家族相互の憐愍だとか、憎悪だとか、憂愁だとか――こいつは相当の観物だ。君の胃袋が飢に堪えるだけの強さをもっていることは疑わないにしても、君の心臓が胃袋ほど強いかどうか疑わないわけにはいかん。

僕の研究が、まさにその蘊奥をきわめようとしたある日、僕は僕のパイプと万年筆とを女房から取り上げられた。それらのものは、全く食物とは縁がなさそうだった。しかるに奇跡的に、それらは一袋のメリケン粉と化した。僕がスイトンと称するものを食べたのは僕の胃袋の要求に負けたからではなく、僕の心臓の弱さからであった。今思い出しても口惜しくてたまらない。あの万年筆は、ウォタアマンの上等のやつであった。

飢餓は僕らの生活の境目に——若干、僕らの意識が朦朧となった際に、はじめてそのロマンチックな姿をあらわす。それは天地の境目にそびえ立ち、てっぺんを雲がかくしているバベルの塔のようにうつくしい！　もっとも、これは保証のかぎりではない。不幸にして僕は、まだバベルの塔なるものを見たことがないからネ。……

聞けばわが国の左の旦那たちは、世の恋人たちのように、小さな喫茶店にはいった時、お茶とお菓子を前にしては、決してすわらなかったということだ。ではなんにものみも食いもしなかったか。それならば感心である。わが党の士である。しかし、もちろん、そうじゃない。皆さんはきまってミルクをのんだ。ミルクをのんで、ボソボソとささやき合ったということだ。なんという赤ん坊みたいな連中だろう！　なんというしみったれた習慣だろう！　だからミルクをのまなくなると、たちまち盛大に飯を食うことばかり考えるようになるのである！

今後、僕らの研究は、単に家族の範囲にとどまる事なく、さらにいっそう広汎に、前人未踏の領域に、勇敢にすすめられてゆく必要があろう。わが国の現実は、僕らの研究に幸《さち》多き未来を約束している。僕を信じなさい！

歌——ジョット・ゴッホ・ゴーガン

生のゆたかさがあるように、死のゆたかさもまた、あるのだ。生か、死か、それが問題だ、というハムレットの白《せりふ》は、これから歩きだそうとする人間の、なにか純粋で、精悍な、はげしい意欲を物語る。混沌はどこにでもあり、問題は、これを生によって韻律づけるか、死によって韻律づけるか、ということだ。ここに、この二者択一の意味があるのであって、いずれにせよ、死と生とのいりまじった蕪雑な我々の生涯は、我々の選択が生にたいしてなされようと、死にたいしてなされようと、韻律がながれはじめるとともに、たちまち終止符をうたれてしまうのだ。どうなるものか。からみあっている生と死とをひき裂き、決然とそのどちらかを捨て去ることによって、もはや生きてもいなければ死んでもいないものになってしまった我々は、はじめて歌うことをゆるされる。生涯を賭けて、ただひとつの歌を——それは、はたして愚劣なことであろうか。

そこに感傷をいれる余地はない。愚劣なことであろうと、賢明なことであろうと、なんとも仕方のないことだ。生に憑かれ、死に魅いられた人間にのこされていることといえば、駆りたてられるもののように、ただ前へ、前へとすすむことだけであり、海だの、平原だの、動物だの、花々だの――行くさきざきに次々に展開する一切のものを、水を酸素と水素とに分解するように、生と死とに分解し、これにただひとつの韻律をあたえるということだけだ。生の韻律を。或いはまた、死の韻律を。

断っておくが、私はかならずしも詩人のことをいっているのではない。これは、肉屋であれ、靴磨きであれ、僧侶であれ、旋盤工であれ、つねに正義はわれにありと信ずるもの、対立するものの眉間《みけん》を割ることばかり狙っているもの、党派のために万事を放擲して顧みないもの、絶えず一切か、無か、と考えているもの――要するに、誰でもいい、殉教の傾向のある、すべての人間のことをいっているのだ。

しかし、この主題とともに、なんとも奇怪なことだが、まず私の念頭に浮んできたものはジョットであった。「絵にてはチマブーエ、覇を保たんと思えるに、今やジョットの呼び声高く、かれの名はかすかになりぬ」と、同時代人ダンテによって歌われた、あのジョットである。キリストや、聖フランチェスコの絵ばかり描いていた、このフィレンツェの画家と、闘争のなにものであるかを明らかにしたいと望んでいる、この文章と、いったい、なんの関係があるのであろうか。

まことに不思議な作品だ。かれの描いた馬は赤く、鉛でつくられたような木の葉のくっついている樹木は、つねに対称的《シンメトリカル》にのみ生長し、とげとげしく切り立った裸の岩山が聳え、崖は階段のようであり、人間は、時として、その住む家より大きいことさえある。しかし、また、それと同時に、その人間の意味ありげな眸《ひとみ》、手や足のわずかな運動、着物のひだのよじれなどには、きわめて適確な描写がみられる。

そうだ。これは私の主題とたしかに関係がある。もちろんその自然的なところや、超自然的なところが、かならずしも闘争的だからではない。それらすべてを支配するものが、微妙な韻律であるからである。まさしくこのゴブラン織のような美しい画面は、荘重、厳粛に韻律づけられている。しかも、透明で、情緒的で、海の底のように静かだ。はたして、この韻律の正体はなんであろうか。生の韻律であろうか。死の韻律であろうか。生か、死か、それが問題だ。

ここでまた、私は立ちどまる。そうして、当惑する。いかにもジョットは、韻律という点では、たしかに私の主題と関係がある。しかし、かれによって主題を展開することは、不可能ではあるまいが、はなはだしく困難だ。何故というのに、そこには、ふたつの韻律が、同時に見いだされるからである。これこそ奇怪なことであり、不思議なことである。何より私の主題と真向から対立する。ルネッサンスの初期にあらわれ、ジョットの闘争したことは、まぎれもない事実だが、右につかず、左につかず、あくまで中庸の立場をまもりながら、はたして闘争することができるであろうか。

思うに、これは希有の例だ。おそらく、かれの時代が、中世の夕暮れ、または近世の夜あけにあたっており、高まろうとする生の韻律と、消え去ろうとする死の韻律とが、仄かな光の漂う、この間隙のひとときに、たゆたいながら、和合していたためであろう。いわば、かれは、生と死との分解をはやめはするが、自分自身は、その分解の影響を、すこしも蒙らない、触媒のような存在でもあったのであろうか。

とはいえ、現在、私にとって必要なものは、ひとつの韻律によってつらぬかれた力強い歌であり、妥協をゆるさない、あれか、これか、の立場なのだ。ジョットではいかにも不便だ。そこで、いささか独断のきらいはあるであろうが、爛熟資本主義時代にうまれてきた、ふたりのジョット、お互いに無二の親友であり、しかもまた、不倶戴天の仇敵であった、ふたりのジョット——ゴッホとゴーガンを登場させ、奔放に書きすすめてゆくことにする。

ゴッホが生の味方であり、ゴーガンが死の味方であることは、私にとっては、まったく自明の事実だ。たとえ、このふたりが、私の前にあらわれ、どんなにそうではない、といいはったにしても、私は決して自説をひるがえしはしないであろう。言葉は信じない。私はただ、かれらの作品に脈うっている韻律を信ずるのみだ。一方が生であり、他方が死であればこそ、かれらは、お互いに、あれほど火花を散らして争いもしたのだし、その結果、ついに生は自らその片耳を切りとることにもなったのである。かれらの時代は、ルネッサンス以来支配的であった生の韻律が、ふたたび衰えはじめ、死の韻律が、二度目の制覇にむかって、その第一歩を踏みだそうとするときにあたっていた。

そういう意味において、まさしくゴーガンは時代の子であり、ゴッホは時代のまま子であった。時代の子は、いかにも時代の子らしく、逞しく生長し、膂力衆にすぐれ、ひとを身ぶるいさせるほど、大きな声で話をした。これに反して、まま子は、いかにもまま子らしく、貧弱な小男で、むっつり屋で、いつも血ばしった毒々しい眼つきをしていた。前者が死の味方であり、後者が生の味方であるとすれば、私のいう生と死のイメージが、ややはっきりしてくるであろう。死は堂々としていて、物に動じないところがあり、生はいらいらしていて、絶えず緊張しているのだ。

しかし、おそらく、さまざまな疑問がおこるにちがいない。時代のまま子が、弾丸を腹に射ちこんで死なねばならなかったことは当然であるにしても、時代の子までが、どうして欧洲から閉めだされ、南海の名もない島で、その孤独な半生をおくらなければならなかったのであろうか。のみならず、生に憑かれていた男が自殺し死に憑かれていた男が、平然と生きつづけていたということは、まことに不可解なことではなかろうか。

だが、それはすべて詰らぬ疑問だ。すでに最初に述べたように、かれらは生きてもいなければ、死んでもいない人間だ。パリで自殺しようと、タヒチでのたれ死しようと、無意味なことだ。かれらの自殺や亡命を、世のつねの幸福や不幸を以って律することは間違いであり、かれらにとっては、我々の幸福が不幸で、不幸が幸福であったかも知れないことはいうまでもない。ただ、生の立場にたつものにとっては、ゴーガンの亡命は、あくまで逃避とみえるであろうし、死の立場にたつものにとっては、ゴッホの自殺は、要するに一愚劣事にしかすぎまい。

ゴーガンがかれの魔法の杖をとって、あらゆるものに触れるとき、すべての生きとし生けるもの、動揺しているもの、氾濫しているもの、痙攣しているもの、何かに耐えているもの——つまるところ、未来を翹望するところの一切のものは、ここに、たちまち、いっせいに鳴りをひそめ、犇き騒ぐ血をとった後のように、平静なものに、虚脱したものに、甘美なものに、時として、逸楽の影をすら帯びたものに転化してしまうのだ。

かれの『ヤコブと天使との戦』という作品をみられるがいい。イスラエルの族長ヤコブが、或夜、天使と角逐して勝利を得、ついに敗北したものによって祝福されたという旧約の物語は、人間の力ではどうにもならぬと思われている権威ある存在にたいして、大胆不敵にも単身立ちむかい、全力をあげてこれと闘争しようとねがうものにとっては、たしかになまなましい感動をさそう、興味ある主題であるにちがいない。しかるに、ここでは、そのなまなましさが綺麗に拭い去られてしまい、物語はいかにも物語らしく、なんと夢幻的なうつくしさでかがやいていることであろう。

闘争は、はるか彼方の緋色の丘の上で行われている。まさしく天使もヤコブも闘ってはいるが、作者の関心は、むしろ前景に大きく描きだされた、白い帽子をかぶり、眠たげな顔つきをした、ブルターニュの女達のほうにあるかのようだ。おそらく、「聖ジュリアン」についていったように、フローベルならいうであろう、「これは、わが国の教会の焼絵ガラスの上に見いだされるものと殆んど似かよった、天使と闘うヤコブの物語である」と。

ではゴーガンにとっては、闘争とはどうでもいいことなのであろうか。はげしく、あらあらしい、捨身になった人間のエラン・ヴィタールの状態には、なんらの興味もないのであろうか。勝利も、敗北も、結局、取るに足らぬものであろうか。

否、かれの闘争は、闘争にたいする闘争であった。極度に緊張した生のはなつ、さまざまな噪音を、死によって韻律づけるということであった。汗や血の匂い、骨のくだける音や肉をうつ音、虚空をつかんで伸ばされた腕、剝きだされた歯、大きく波だつ胸や腹、叫喚、怒号——およそこれほど典雅なうつくしさから遠いものはない。にも拘らず、この乾燥した主題ほど、また、かれの心をそそるものはない。「然り、温和もて狂暴に打ち勝たざるべからず。」かれは荒れ狂う一切のものを、しっとりと落着いた死の雰囲気でつつみ、これに秩序と階調とをあたえ、そうして、これこそ冒険にちがいないのだが、闘争そのものの装飾化を目ざして進んだのである。

この男にたいして恫喝は効果がない。昂奮してみたところで無駄なことだ。かれが、そこに、いくらかでもポーズらしいものをみとめるかぎり、殆んど歯牙にもかけないであろう。しかし、たとえ、それがかれにたいする燃えるような敵意の表現であるにせよ、ほんものの熱情の奔騰、すさまじい闘争の形や動きを前にすると、餌食を前にした野獣のように、かれの心はよろこびに湧きたち、悠々とこれを料理してみたくなるのであった。やがて、かれの敵は、いつの間にか骨ぬきにされ、ピンでとめられ、額縁におさめられ、標本になった蝶々のように、客間の壁にかけられて装飾の用をつとめるにいたるのだ。


この装飾化という点で、ジョットは、まさにかれの先駆者であった。しかし、ジョットのばあいは、あらゆる劇的なものを、劇的なままに生かし、しかもなお装飾的であったという点において、ゴーガンとは截然と区別される必要がある。いつも永劫不変の超越的状態に置かれていた神を、ビザンティン芸術の形而上学的呪縛から解放し、これを叙事詩と劇とのなかに連れこみ、しかもなお、その神としての威厳をすこしも失わしめなかったところに、「巨匠《マギステル》」の「巨匠《マギステル》」たる所以があったのだ。

ジョット自身、かかる物々しい称号を、心から嫌悪していたとはいえ。

奇怪な風景描写も現実的な人間描写も、すべては装飾のために十分計量された結果のことであって、この対立するふたつの描写を、対立のまま、巧みに調和することによって、尖鋭でありながら、瑞々しい感じのする、独創的なジョットの作品が生みだされたのだ。

ゴーガンは、決して尖鋭なものを避けようとはしないが、麻酔にかけて、その抵抗力をうばってしまい、相手を完全に混迷させた後、殆んど嗜虐的な態度で、そのうつくしさを描写しようとする。そこには劇的な緊張はみられず、死の韻律だけが、しずかにながれており、それは鬱々とした、不毛の性的感情に通じるものがある。

『デカメロン』の物語る、機知縦横のジョットの姿をみるにつけても、いかにかれが、当時の生の信者のむれから、かれらの先輩として敬愛されていたかが、うかがわれる。しかし、そのジョットにたいする敬愛にかけては、つねに死の味方であったゴーガンと雖も、決して人後に落ちるものではない。ジョットの『マグダレナ』について、ゴーガンはいう。「たしかに、この画においては、美の法則は、自然の真理のなかには存しない。他処を探そう。けれど、この見事な画においては、構想の非常なゆたかさを否定できない。だが、構想が自然であろうが、嘘らしかろうが、それがどうだというのだ。私は、この画のなかに、まったく神々しい柔和や愛情をみる。そうして、私はそういう清廉のなかに、人生をおくりたいと思うのだ」と。

おそらくゴーガンが、ルネッサンスの初期にうまれていたならば、かれの希望は達せられたかも知れない。しかし、時代はもはや清廉であることを、かれに許さず、却ってデカダンスとして、死のために、生の勦絶《そうぜつ》をかれに命じたのだ。繰返していうが、かれは時代の子であった。時代の影響を骨髄にまでうけた、典型的な時代の子であった。

時代は、ジョットにたいして、フィレンツェの商業資本家の姿を借りて、なにものかを教えたであろうが、ゴーガンにたいしては、パリの金融資本家の姿を借りて、深い影響をあたえたのだ。おそらく株式取引所員として過したゴーガンの十年は、かれの芸術と無関係ではなかった筈だ。かれの作品は、金利生活者の心理を正確に反映している。それ故にこそ、かれは一応「不遇」でもあったのである。何故というのに、当時におけるかれの作品の顧客は、なお「活動的」な産業資本家のむれに属しており——或いは、すくなくとも属していると思っており、この時代的な、あまりにも時代的な芸術家の作品を、とうてい理解することができなかったのだ。

したがって、かれのタヒチ行もまた、時代との関連を無視しては考えられない。もちろん、自分の作品が一向に売れないから、安易な生活をもとめ、かれが植民地への逃避を企てたというのではない。すでに生涯を賭けて、ただひとつの歌をうたいつづけているかれである。かれのなかには、惰眠をむさぼることを許さないものが、なにか澎湃としてさかまいていた筈であり、たとえ貧困の故をもって、侮辱されようと、白眼視されようと、まかり間違って、パリの陋巷で窮死することになろうと——それはすべて覚悟の前であり、あくまでかれは、生の粉砕のために闘争しつづけた筈である。こんなことは、わかりきったことだ。にも拘らず、何故かれは、タヒチへ行ったのであろうか。

元来、金融資本主義時代における思想家や芸術家は、植民地における性《セックス》の問題に異常な興味を寄せる。もはや資本主義の初期においてみられたような、原始共同体への関心などは、殆んど影をひそめてしまう。そうして、かれらは、植民地に、かれらの性の理想境を発見するのだ。もちろん、啓蒙期においても、植民地における性問題が、とりあげられなかったわけではない。しかし、ディドロの

『ブーガンヴィル紀行補遺』とマリノフスキーの『野蛮人の性生活』とをくらべてみると、両者の観点の全然ちがうことが、はっきりわかる。前者は生の立場にたち、後者は死の立場にたっているのだ。そこに大きな時代の相違をみいだすことができる。

いずれも土人の自由な性生活の謳歌にはちがいないが、ディドロが、タヒチにおいては、男女の結合の自由が、同時に子供を生む義務を伴うことを主張しているのに反し、マリノフスキーは、メラネシアの若い娘は、子供を生まないという条件さえまもれば、なんでも好き勝手なことができるという点を強調する。ディドロの主張が、結婚の封建的束縛にたいする抗議を意味し、マリノフスキーの強調が、金利生活者の享楽欲のジャスティフィケーションであることは、ここにあらためて断るまでもない。

タヒチが、ディドロのようにではなく、マリノフスキーのように、ゴーガンによって受けとられたであろうことは、たしかなことだ。金利生活者の芸術家が、心をそそられない筈があろうか。不毛の性的感情の享楽こそ、死そのものにほかならず、かれはこれを表現するためにこそ、生涯を賭けたのではなかったか。死によって韻律づけられたうつくしい土地、かれの作品のライト・モチーフが、山にも、河にも、人間にも、到る処にみいだされる土地——それがゴーガンのタヒチではなかったか。

ゴーガンはタヒチにむかって、逃避したのではなく、休息に行ったわけでもなかった。かれは、そこでヨーロッパにいるときよりも、いっそうひどく働くために行ったのだ。憧憬の土地は、はたしてゴーガンの期待を裏切らなかったであろうか。まさにかれは幻滅を感じた。それは『ノア・ノア』の語るとおりであろう。当然のことである。しかし、幻滅がなんだというのだ。こちらに、はげしい意欲さえあれば、すべてを死のひといろで塗りつぶすこともできるのだ。パペエチから奥地へ、そうして、さらにドミニィクへ――闘争につぐ闘争をもってしながら、かれは最後まで死の歌をうたいつづけた。

私は、リラダンの次の言葉を思い出す。「生きることか。それは家来どもにまかせておけ。」

レンズのなかをとおってゆく光のように、素朴は、屈折を経て、はじめて白熱する。それが我々の心をやくのは、自然のままであるからではない。人間よりも、動物のほうが素朴だと誰がきめたか。暴風雨だとか、地震だとか、洪水だとか、折々、不意に気のふれたように大きく痙攣しはじめる自然にたいして――或いはまた狡知にたけ、虚をねらい、絶えず欠乏をおそれて彷徨している、卑小な動物のむれにたいして、あくまで人間が、人間としての存在を確保することができたのは、帰するところ、かれが反自然的であり、反動物的であり、対立し、抵抗し、拒否することによって、人間独自の素朴をまもりとおしたからではないのか。ここに、闘争によって鍛えあげられた、堅牢無比な、生産する人間にのみあたえられる素朴の逞しさがあるのであって、馴らされた自然と馴らされた動物とを暗黙のうちに仮定し、平和な自然のなかで平和な動物のように、飲み、食い、愛し、瞬間を生き、現在をたのしみ、ひたすら消耗することをもって、自然への復帰、動物への還元と考え、そこに人間の素朴な姿を見いだそうとする虫のいい見解が、実はあわれむべき感傷にすぎず、原始へのノスタルジア以外のなにものでもないことはいうまでもあるまい。子供の素朴、野蛮人の素朴――それは無力であり、脆弱であり、たちまちにしてうつろうものである。問題は、かかるものに持続と力とをあたえ、永久に我々の使用に堪え得るものに、いかにして転化するか、ということだ。生産する人間にのみゆるされる素朴は、それ自身また生産されなければならない。人間の素朴は、所有者のいない土地に、枝もたわわにみのった熱帯の果実のように、誰にでも容易に、無償で手にいれるわけにはゆかないのだ。我々は、それを育てあげるために、鉄骨と硝子とで組み立てられた、透明な温室を必要とする。

ゴッホは熱帯へ行こうとはしなかった。このオランダ生れの小鬼のような顔つきをした男は、パリでは画商の店員、ロンドンではドイツ語とフランス語の教師、ベルギーの鉱山町ボリナージュでは福音の伝道者、アルルでは周知のように画家、そうして、ふたたびパリにあらわれたときには、狂人であった。躍起になって突き離そうとするヨーロッパに、かれは、あくまでしがみついた。それはすべて、文明の汚泥のなかで転々としながら、人間の素朴を――芽ばえのうちに踏みにじられてゆく人間の素朴を、どこまでもまもりとおそうとしたからであった。ロンドンでみた労働者街の光景は、ボリナージュできいた落盤のひびきは、アルルで知りあった農民の話は――そうして、就中、果もなくつづく、かれの孤立無援の窮乏は、かれにたいして、この世のからくりの秘密をあかすとともに、身にしみて、生の立場の正しさを確信させた。かれは、かれらの味方であった。否、かれは、かれらのひとりであった。

かれらのひとりとして制作すること――それは、かれの好きであったディケンズや、ミレーのように制作しないことだ。そのためには、まず自分にたいして徹底的に苛酷であること。人生の楽な流れにつくことを拒み、すすんでみずからに困難と障害とを課し、殆んど制作を放棄するところまで自分自身を追いつめ、しかもなお制作をつづけ、ますます制作のなかへ沈みこんでゆくということ。

底深く沈むにつれ、はじめてかれは、かれらのひとりとして感ずるであろう、すべてが暗く、そうして静かだが、いかにかれらのもつ底流のはげしいかを。馴れるにしたがって、かれはみるであろう、シュペルヴィエルの描いた『燐光人』のように、蛍に似た光を放ちながら、いかにかれらが、このどん底で不屈の意志をもって生きつづけているかを。そうして、かれは知るであろう、この寂寞のなかで、かすかではあるが、絶えず鳴りひびいている歌声のあることを。

このものすごい底流も、この仄かな光も、このあるかなきかの歌声も、すべては生の韻律によってつらぬかれているのだ。かれは、色彩の韻律的な展開によって、この生の韻律を捉え、これに明瞭な形をあたえなければならないのだ。アルルを吹きまくる朔風《ミストラル》を真向からうけながら、表現の苦労に瘦せほそり、かれが、かれの肉体をすりへらしてゆけばゆくほど、反対にカンヴァスのなかでは、底流はいよいよ速く、光はめくるめくばかりになり、歌声はとどろきわたるのであった。平原が、丘陵が、樹々が、雲が、部落が、藁山が、色彩で燃えあがり、揺れ、わめき、身もだえをし、抑圧に抗して、いっせいに蜂起するもののように、堰をきって、画面いっぱいに、どっと氾濫しはじめるのだ。ゴッホはいう。「我々の探求するのは、タッチの落書きよりも、むしろ、思想の強度ではないか。即座に写生をして、どんどん仕事を片づけてゆかなければならないばあいには、タッチを落着け、よく秩序だててゆくことが、いつでも可能であろうか。それは、突撃の剣術よりも、より以上に可能性があろうとは思われない。」と。

体あたりの突撃以外に手はないのだ。しかし、忘れてはならないことに、この体あたりとは、直観だとか、本能だとか、内的な衝動だとか——人間と同様、動物にもあたえられている自然のままの心の状態に左右され、無我夢中でうごくことではない。この劇的な動作が、真にその恐るべき力を発揮するのは、これを支えている思想そのものの強度によるのだ。自己の思想の正しさを確信すればこそ、人間は、やぶれて悔なき果敢な突撃を試みもするのだ。さもなければ、体あたりとは、追いつめられた鼠が、猫にむかってゆくときのように、逃避の一形式にしかすぎないであろう。

　人間の素朴は、体あたりにおいて、白熱する。それは最も反自然的であるが——しかし、ここで一言して置かなければならないことは、反自然的であるということが、もとより生産と関係しているかぎりにおいて、自然から眼をそむけ、これを侮蔑し、これにそむき、抽象的な自己の思想を、熱狂的《ファナチック》な態度で信ずることを意味しないということだ。それは自然と対立し、自然にむかって働きかけ、自然から、実りゆたかな収穫を造りだすということだ。そのためには、まず何ものをも除外せず、何ものの前にあってもたじろがず、穴のあくほど、この自然をみつめることからはじめなければならない。思想の強度は、かかる視覚の強度に依存するのだ。

　いったい、みるということは、いかなることを指すのであろうか。それは、あらゆる先入見を排し、それをもつ意味を知ろうとせず、物を物として——いっそう正確にいうならば、運動する物として、よくもなく、わるくもなく、うつくしくもなく、みにくくもなく、虚心にすべてを受けいれることなのであろうか。それが出発点であることに疑問の余地はない。しかし、ゴッホにとっては、それらの物のなかから、殊更に平凡なもの、みすぼらしいもの、孤独なもの、悲しげなもの、虐げられ、息も絶えだえに喘いでいるもの——要するに、森閑とした、物音ひとつしない死の雰囲気につつまれ、身じろぎもしそうもない、さまざまな物を選びだし、これを生によって韻律づけ、突然、呪縛がやぶれでもしたかのように、その仮死状態にあったものの内部にねむっていた生命の焔を、炎々と燃えあがらせることが問題であった。そうしてこれは、自己にたいして苛酷であること——ともすると眼をそらしたくなるものから断じて視線を転じないことと、たしかに密接不離な関係があるのであった。

また、かれは、この生の韻律を、多少ともいきいきさせるのに役だつと思うばあいには、たとえ最も不協和な音符であろうとも、これを敢然とむすびつけ、その結果、秩序正しい韻律の展開を期待している人々を悩ますことになるにしても、それは仕方がないと考えていた。

ヘーグの町で、ゴッホがクリスチーネと一緒に生活することになったのは、単に内的な衝動に駆られたためでも、或いは、単にヒューマニズムの思想を、思想として信じていたためでもなかった。それはかれがかの女をみたためであった。おそらく、一足の古靴のように。一脚の椅子のように。一本の日向葵のように。かくて無一文の男と、見捨てられ、子供をかかえ、妊娠している街の女との生活がはじまるのだが、これはまことにドストエフスキー的な主題である。

肉体だけを愛する男なら、クリスチーネに見むきもすまい。思想だけを愛する男なら、同情したり忠告したりするにすぎまい。しかし、ゴッホは結婚した。誰がみたって無謀の沙汰だ。まさしく体あたりの結婚だ。それはかれにも十分わかっていた。だが、どうしても、かれはかの女と結婚しなければならなかった。ミシュレの次の言葉を呟きながら。「この地上に、女がひとりぼっちで、絶望しているというようなことが、どうしてあってていいものか。」

のみならず、性《セックス》の問題は、かれにとって、つねにかれの制作と切り離しては考えられなかった。かれの制作の信条は、世のつねの芸術家のようにではなく、庶民のひとりとして制作する事ではなかったか。かれらの哀歓を、かれ自身のものとして、制作に反映してゆくことではなかったか。結婚をしない芸術家は、いかに精進したところで、なにか庶民の生活からは、浮きあがっている気がするのだ。家庭は、制作にとって、たしかに桎梏となるであろう。しかし、人生の楽な流れにつくことを拒み、すすんで自らに困難と障害とを課し、しかもなお制作をつづけるということが、かれの制作にとっては、不可欠の条件ではなかったか。桎梏は、逆にかれの制作に魂を吹きこむことになりはしないか。クリスチーネは、かれの制作の協同者となるであろう。かの女は、かれのモデルとなるであろう。助けあうのだ。そうして、ついに桎梏を、闘争のためのバリケードにしてしまうのだ。これが、この生の歌い手の結婚にたいする夢であった。

かくて惨澹たる生活がつづき、夢はやぶれた。クリスチーネにとっては、ゴッホの苛酷な愛情、あまりにも理想主義的な過大な要求、そうして、これと反比例する、あまりにも過小な生活能力が、むしろ不可解なものに思われたであろう。おそらく、かれのかの女にたいする態度には、若干苛酷に失したものがあったかもしれない。自分と同じように、かれは、かの女を、容赦しようとはしなかった。気楽に暮らすことはではないのだ。家庭とは休息の場所ではなく、つねに硝烟のただよう戦場の一角である。

このときの記念に、ゴッホは、『悲哀《ソロー》』という英語の題をもち、その横に、さきに挙げたミシュレの言葉をしるした、一枚のデッサンを我々にのこしている。まさしくミシュレの文句は書かれてはいるが、このデッサンは、自分の愛する女を、かつてこれほど残酷にみた男が、はたして幾人あったであろうかを思わせる、辛辣きわまるものだ。雑草と枯枝だけの寒々とした風景のなかに、痩せた疲れはてたひとりの女が、萎びた乳房を垂れ、両腕に頭を埋め、両肘を膝にあてて、凝然と蹲っているのである。いささかの温情もなく、愛人としての錯覚もなく、批判的な冷やかさと鋭さとをもって、ひたすら正確に、かれは、かの女の姿を描きだそうと努めているかのようだ。もしもかかる無慈悲な視線をそそがなかったとするならば、かれは、決して、かの女に引きつけられることもなかったであろう。それにしても、どういうつもりで、英語で題をつけたものか。クリスチーネをみたとき、かれの眼底にやきついていた、イギリスにおける婦人労働者の悲惨な姿が、ありありと浮びあがってきたためであろうか。

ゴッホは敗北した。しかし、この敗北の痛切な経験によって、かれの思想は、ますますその強度を増したかにみえる。制作を第一義とし、これを媒介として結合した人間同志が、共同戦線をはってたたかってゆく、という思想は、家庭から、芸術家のコロニイへと発展していった。そうして、やがて、かれはゴーガンをアルルに招くにいたるのだ。クリスチーネとは比較にならない、この最も頑強なかれの敵を。

コロニイの実現にむかって、ゴッホを性急に駆りたてたもののなかに、かれのルネッサンスへの憧憬のあったことを見落してはなるまい。かれは弟に次のように書いている。「ジョットやチマブーエが、ホルバインやヴァン・アイクと同じように、私の心のなかに生きつづけている。そこでは、すべてのものが規則正しく建築学上の土台の上にあり、各個人がひとつの石の建物であり、すべてのものが相互的に保たれ、記念碑的社会的体系を形づくっている。だが、我々は、完全に無抑制と無秩序のなかに生活している。」したがって、芸術家は、コロニイをつくり、ルネッサンス的世界を再建し、制作にたいして打ち込んでゆく必要がある、というのである。まことに単純な思想だが、単純であればあるほど、ゴッホはその思想の強度を信じたのだ。

嘲笑することはやさしい。いかにもこの壮大な夢は、ゴッホが、剃刀をもって、ゴーガンを追い、相手のつめたい一瞥にあって、たじたじとなり、自分の片耳をそぎ落すことによっておわった。しかし、それがなんだというのだ。白熱する素朴の前にあっては、あらゆる精密な思想も――それが思想にすぎないかぎり、すべて色蒼褪めてみえる。高らかに生の歌をうたい、勝ち誇っている死にたいして挑戦するためなら、失敗し、転落し、奈落の底にあって呻吟することもまた本望ではないか。生涯を賭けて、ただひとつの歌を――それは、はたして愚劣なことであろうか。

微塵になった夢は、間もなく毛皮の帽子をかぶり、右の耳を包帯でつつみ、パイプをくわえるほどに回復する。現在の心境をきかれると、かれは、ゆっくりパイプを口から離し、無愛想な調子でこう答える。「勝つことか。おれが絵をかいているのは、人間から足を洗うためだ。」

汝の欲するところをなせ――アンデルセン

いっぱんに、アンデルセンの自伝を読んだ人びとは、そのなかに登場する人物がひとり残らず善良であり、繊細な感受性をもつ主人公をとりまいて、友情の輪踊りをおどっているのに気づき、おそらくそれは著者のやさしい人柄が相手に反映する結果であろうと考え、あらためてこの「永遠の子供」に深い親愛の念をいだくにいたるでもあろう。そこにはなにか流露するものがあり、うまれながらの芸術家のもつよろこびやかなしみが、まことに素直な態度で物語られているかのようだ。もっとも、ここでいう芸術家という言葉は限定された一定の意味をもつ。知ることと、行うことと、感ずることとは、我々の間にあっては、一応、ばらばらに分化しており、殊にルネッサンス以来、主情的な傾向が支配的になるにおよび、芸術家といえば、なによりも感ずることを、自らの役割とするもののようだ。誰かがうたっていたように、かれらはすべて、心臓肥大のその胸を、バッハのフウガに揺するのだ。そうして、アンデルセンは、そのような意味の芸術家の典型的なものであり――したがって、あたたかい血のあふれているかれの心臓によってあらゆるものを感じとると共に、また他人の心臓にたいして、いかにそれが冷えきったものであろうとも、はげしく働きかけることができるのだ。

自伝のなかに、たとえば、こういう話がある。少年時代、人びとと共に畑に落穂拾いにいき、大きな鞭をもった番人に追いかけられ、ただひとり逃げ遅れたアンデルセンは、すでにかれにむかって鞭をふり下ろそうとしている男の顔をじっと見あげ、打つならお打ちなさい、神様がみていらっしゃるよ、と叫ぶ。すると、その追跡者はたちまち相好をくずし、アンデルセンの頬を指でつつき、その挙句、かれにお金をくれるのである。他の人びとと一緒に逃げたかれの母親が呟く。このハンス・クリスティアンという子は、まあ、なんという奇妙な子でしょう、誰でもこの子をみると、不思議に憎めなくなるのですよ、あの意地悪がお金をくれたんですとさ。……

自伝は、このような話でみたされており、かれの一生は、暗澹たる風景のなかをながれる、ひと筋のやわらかい日のひかりを思わせる。さいわいなるかな、心の貧しきもの、天国はそのひとのものなり。ともすれば我々もまた、かれの母親と同様、不幸を転じて幸福とする、かれの生涯におこった数々の奇蹟が、無償であがなわれたかのような錯覚をおこしかねない。はたしてアンデルセンは、かれ自身の書いているように、絶えず人びとの好意を身近かに感じていたであろうか。或いは、我々の想像するほど、それほど感じやすい、やさしい人間であったであろうか。要するに、かれの幸福とはかれのお伽噺にすぎないのではないか。——私はさまざまな疑問をもつ。

アンデルセンのような稀にみる善良な人物の言葉に疑いをさしはさむのは、私がパリサイの徒であることを証拠だてることになるかもしれない。しかし、私には、かれを歪めて楽しもうとする余裕はないのだ。むしろ、私には、かれの言葉を額面どおりに受けとり、歪められているかれの肖像を修正したいという意志があるばかりである。我々の周囲では、アンデルセンは単なるセンチメンタリストのように考えられており、それ故に、かれの性格は善良であり、かれの作品は芸術的であると見做されているかのようだ。なんという誤解であろう。このような誤解の上に立っている人びとこそ、実はセンチメンタリストにすぎないのである。したがって、そういうアンデルセンの幻影を粉砕することによって、たとえかれが善良な印象をあたえなくなったにしても、それは私の責任ではないのだ。

あなたはアンデルセンのお伽噺が好きですか。——と、トルストイは思いに沈みながら、ゴーリキーに訊ねた。——私はそれがマルコ・ヴォチョックの翻訳で出版されたとき解りませんでした。ところが、それから十年たって、あの小型の本を手にとって読んでみて、突然、非常な明瞭さをもって、アンデルセンが非常に孤独であったことを感じました。非常に。私は、かれの生活を知らない。かれはだらしのない生活をおくって、方々、旅行をして歩いていたらしい。しかし、このことは、私の感じを肯定するにすぎない。——かれは孤独であったのです。まさにその故に、かれは子供達にむかったのです。それは誤ってはいるが、まるで子供達が大人達よりも人間を憐むかのように考えて。子供はなにも憐みません。かれらは憐むことを知らないのです。……

あれほどたくさんの人びとから愛されていた筈のアンデルセンを、断乎として孤独であったと主張する、このトルストイの観察は、かれがアンデルセンの生活を知らなかったために犯した誤りにすぎないであろうか。私はそうは考えない。このばあい、トルストイの観察は、あくまで正しい。かれは適確にアンデルセンの芸術の秘密をつかんでいるのだ。落穂拾いの話をふりかえってみてもわかるように、アンデルセンが、他人の心臓につよく訴えるのは、つねに孤独の状態においてであった。奇蹟いがおこったのは、かれが母親からさえも見捨てられ、鞭の下に体を投げだし、臆するところなく、いいたいことをいったお蔭ではなかったか。

生来、アンデルセンは不敵なのだ。その不敵さの点において――たとえば、かれの隣国の芸術家、ストリンドベリにまさるとも劣りはしないのだ。一方は謙虚であり、他方は傲岸である。一方は誰からでも愛されているつもりになっており、他方は誰からでも憎まれている気でいるが――しかし、底をわってみれば、両者の間に、それほどの径庭はないのではなかろうか。いずれも孤独なのだ。一方の孤独がネガチヴであり、他方の孤独がポジチヴであるにすぎない。そうして、ひとが徹底的に孤独であるとき、ストリンドベリ風にいうならば、空気は芽をふく。『ジャックと豆の木』さながらに、その芽はたちまちにして茎となって伸びあがり、枝をひろげ、葉をしげらし、亭々たる巨木となり、頂きは雲の上高く天国に達するが、その根は深く地獄にも通ずるのである。女や子供に好かれ、あらゆる家庭から歓迎されるアンデルセンは、私の頭上に幸運の星がかがやいていると感謝し、到る処に天国をみいだす。実験に熱中し、硫黄のために真黒になった手をながめながら、女、子供、家庭、すべては荒廃した、と憮然として告白するストリンドベリは、到る処に地獄を発見する。しかし、薄暗い実験室のなかと同様、孤独は、明るいサロンのなかにもあったのである。そうして、この二つの孤独は、質的にそれほど異なったものとは思われない。何故というのに、孤独とは、それがいかなる表現形態をとろうとも、すべてエゴイズムの所産にほかならないからだ。

アンデルセンは、エゴイストであった。こういうと、かれを夢みがちな、やさしい詩人のように思っている人びとのなかには、或いは腹をたてるひともあるであろう。しかし、子供は大ていエゴイストであり、「永遠の子供」が、「永遠のエゴイスト」であったにしても、かくべつ不思議なことはないのだ。屢々、エゴイストは無邪気な印象をあたえる。ベッドにはいる前に、人びとともに、我らに日々のパンをめぐみたまえ、と祈り、その後で、自分ひとりこっそりと、そしてまた、バターをたくさん塗ってくださいな、と附け加える、あの『絵のない絵本』のなかの少女のように。だが、こういう遠慮がちなもののいい方は止めよう。歯にきぬきせずいうならば、アンデルセンは、単に無邪気なエゴイストであったばかりではなく、また、非情冷酷なエゴイストでもあったのだ。

一八三五年に出版されたアンデルセンの最初の童話集には四つの話が載っている。孤独は吐け口をもとめたのだ。それは深い淵のなかから、アンデルセンの発した四つの叫び声であった。はたしてかれは、トルストイのいうように、子供達に憐まれたいと思って、それらの話を書いたのであろうか。憐憫をもとめる感傷的な調子はどこにもない。追いつめられたかれは、ここでもまた、打つならお打ちなさい。神様がみていらっしゃるよ、と素朴な叫び声をあげているかにみえる。鞭の下に体を投げだし、ずけずけと、いいたいことをいっているかにみえる。

第一作の有名な『火打箱』からうかがわれるものは、当時、かれが孤独である上に、貧乏でもあり、なんとかしてこの窮境を打開したいと思いつめていたにちがいないということだ。お金が欲しい。そのためには、魔女の一人や二人くらい、殺したところで構わないと考えている。これはまさしくラスコーリニコフの心境である。真実、かれはお金を貰った上で魔女を一刀の下に斬り殺す。しかし、あくまでエゴイストであるかれは、『罪と罰』の主人公みたいに、そのためにくよくよと煩悶したりしない。お金を湯水のようにつかう。お金はつかえばなくなる。そこでかれは、魔女から偶然手に入れた火打箱の力で、茶碗ほどの、水車ほどの、コペンハーゲンの円塔ほどの、大きな眼をもった三匹の犬を呼びだし、かれらをつかって、無限の富を獲得し、王様や女王様を喰い殺させ、王女と結婚してしまうのである。

第二作の『小クラウスと大クラウス』は、もっと猛烈だ。お金を儲けるためなら、この二人の主人公は、どんなことでもする。魔女ならまだ弁解の余地もあるであろうが、自分のお婆さんを殺して、その死体をかついで、町に売りにいったりするのだ。そうして、狡猾な小クラウスが、愚直な大クラウスを翻弄すればするほど、ますます作者はうれしそうである。いったい、感じやすい、善良な、アンデルセンの姿がどこにあるのであろう。心配するな、私はここにいる、と第三作『豌豆と王女』のなかから、かれはいう。いかにもそこでは感受性というものが主題になっている。積みかさねられた二十枚の蒲団の上に寝て、蒲団のいちばん底に置かれた一粒の豌豆のため、ひと晩中、眠れなかった王女の話である。しかし、この話のなかにも、エゴイストの顔がみとめられないわけではない。かれは、お金を欲しがっているばかりではなく、そういう敏感な少女と結婚したいと望んでもいるのだ。彼らに日々のパンをめぐみたまえ、そしてまた、バターをたくさん塗ってください、というわけである。

第四作『小さなイダの花』にいたって、はじめて今日の読者は、親しみ深い、見馴れた、空想家アンデルセンに出あって、ほっとするであろう。それは真夜中にダンスをする花々の話であり、すべて可憐なもの、清らかなもの、うつくしいものにたいする作者の同情が、リリカルな筆致で描きだされており、まさしくアンデルセンは、大へん柔和なひとのようにみえる。したがって、この作品は、一見、血なまぐさい『火打箱』や『小クラウスと大クラウス』などとは、なんらの関連もない作品のように思われ、まったく別な作者の手によったもののような気がするかもしれない。この系列に属する作品が、いまではアンデルセンの代表作になっており、それらのなかで、詩人の同情が、単に動物や植物にとどまらず、あらゆる生物にたいしても——古い家や、古い着物、戸棚、独楽、鞠、縫い針、鉛の兵隊のごときものに対しても、惜しみなくそそがれていることは周知のとおりだ。

しかし、アンデルセンは、はたしてそれらのものに同情していたのであろうか。世のアンデルセン嫌いの簡単に「綺麗事」として片づける、こういう抒情的な作品のむれに、狭隘な常識の世界に閉じこもっている人びとにたいする作者のするどい抗議の含まれていることはいうまでもないが——しかし、なにより私にとって興味があるのは、この甘美な抒情のほとばしりでる源泉であるであろうところの、作者の味わっているにちがいないその深い孤独の生活についてである。この孤独な状態から脱出しようとして、非情冷酷にもなってみるのだが、孤独は、いよいよかれの身うちに、抜きがたく根をはるばかりであった。かれは同情なんかしているのではない。堪えがたいほど孤独でもなければ、誰が真夜中にひそひそとささやきあう、木や花や椅子やコップの話に耳を傾けることができよう。

つまるところ、アンデルセンは、私の意見によれば、孤独であるからエゴイストであり、エゴイストであるから、孤独でもある、というわけだ。『小さなイダの花』を嘲笑するためには、『小クラウスと大クラウス』を馬鹿にしてかかるだけの用意がいるのだ。苛烈なユーモアと透明な抒情と——この二つのものは、切っても切れぬ関係によってむすばれており、それは前にあげたストリンドベリにしろ、トルストイにしろ、あらゆる体あたりの行き方をした近代の芸術家の作品に、すべて共通の傾向である。アンデルセンの作品を、ことごとく否定するためには、かれらの作品をことごとく否定し去るだけの覚悟がいろう。かれらの芸術家としての信条を、粉微塵に打ちくだいてしまうだけの決意がいろう。その信条とは何か。それは、テレームの僧院を支配していた次の一句に尽きる。汝の欲するところをなせ。

鳥や、獣や、植物や、その他、ありとあらゆる生のないもの達が、人間と同様に魂をもち、生きてうごめいているアンデルセンの世界は、我々に原始人の世界を連想させる。しかし、そこにはトーテムを信ずる気持もなければ、タブーを守ろうとする意志もないのだ。ただ自己の運命の星をたよりに、猛烈に生き、ものすごい孤独のなかにおちいって、はじめて魂にみちみちている世界を感ずる以外に手はないのだ。たとえば『パラダイスの園』の王子をみるがいい。王子は、いささかも自己の欲望に抵抗することはできず、百年もパラダイスにとどまるつもりでいながら、最初の晩に、もはや禁制をやぶってしまい、下界に顚落するのである。あまりにもだらしがなさすぎて、むしろ、ほほ笑ましい。しかし、このように自己の欲するところを大胆に行い、苦難の道を独往邁進する勇気があればこそ、『みにくいあひるの子』は、ついに白鳥になるのである。白鳥になるのはいい、しかし、池に投げ込まれたパン屑や、お菓子をながめながら、これほどの幸福があろうとは夢にも思わなかった、とよろこびの声をあげる必要はないではないか、翼をひろげて、君が白鳥なら、大空にむかって威勢よく飛べ、とブランデスはいう。デモクラットであるブランデスには、アンデルセンの動物達が、皆、おとなしく、家畜じみているのが気にいらないのだ。

おそらく貴族やブルジョアに歓迎され、悦にいっているかにみえるアンデルセンに不満なのであり、あくまでも闘志にみち、不羈奔放であることを望んでいるのだ。自伝のなかの四八年の革命は、誰かが嚔をしている音を聞くようだ、とも書いている。大いによろしい。我々の時代の新しいトーテムや、新しいタブーを、すくなくともアンデルセンよりも、はるかに明瞭に、かれは認識しているかのようだ。しかし、はたしてそうか。それならば何故に、主知的なラ・フォンテーヌと主情的なアンデルセンとを並べ、私は橅の木を愛するが、樺の木も愛する、などというのであろうか。トーテムとタブーの世界は——たとえ、それが新しいものであろうとも、たしかに知ることと、感ずることと、行うことが一つである世界であり、もしも衷心からそういう世界の到来を願っているのなら、ラ・フォンテーヌを抹殺し、アンデルセンを断罪すべきではないか。

トーテムとタブーの世界は、不羈奔放とは両立しない。汝の欲するところをなせ、という信条とは、真正面から衝突する。それは拘束するものによって、きびしく縛りあげられた世界であり、すでに汝の消滅し、我の解体している世界なのだ。ブランデスは、単に時代の常識に安住し、人びとの喝采を眼中において、ものをいっているのではないか。かれは、知ることにも、行うことにも、感ずることにも——そのいずれにたいしても、いささかも徹底していないのではないか。絶えず「良心的」なポーズをしめすことによって、一度も極端な孤独にまで、かれ自身を追いつめたことがないのではないか。何故というのに、かれは、孤独の性格のいかなるものであるかを、まったく了解していないからである。アンデルセンの動物達がおとなしいのは、かれらが家畜であるためではなく、トーテムやタブーの世界と、その厳粛さの点において、殆んど匹敵する、孤独の世界の住み手であるからであった。孤独の世界のなかにあっては、すべてのものが、その形而下的な性格を脱し、霊的になり、神秘的になる。そうして、概して、しずかである。たしかにアンデルセンは、サロンのなかに、はいっていったでもあろう。しかし、それはまた、反対に、サロンがアンデルセンの孤独な世界のなかに、はいってきたのだともいえるのではなかろうか。

上は王侯貴族から、下は陋巷の貧窮者にいたるまで、到る処に、私は崇高な人間性をみいだすことができた。人間はすべて、きよらかな人間性において、皆、平等である。——自伝のなかに述べられているアンデルセンの右のような言葉は、社交家の言葉としてではなく、孤独者の言葉として理解さるべきであろう。孤独者もまた、社交家と同様、かれらの孤独圏内にはいってくるすべての人間にたいして——否、人間のみならず、動物や、植物や、無生物にたいしても、きわめて礼儀正しく、慇懃だ。しかし、このような、いわば孤独の達人とも称すべきアンデルセンにして、なおかつ、かれのしずかな孤独の世界を守ってゆくことは、容易なことではないらしかった。いかにもかれは、旅行中、万歳、万歳と叫びながら、かれに敬意をあらわすために、かれの泊っているホテルの露台の下に押し寄せてくる、うるさい讃美者のむれにたいして寛大であるであろう。かれらの捧げるセレナーデを、感謝の涙をながして、受けいれさえもするであろう。しかし、そのセレナーデが、偶然、一緒に泊りあわせた隣の男にむけられたものであるばあいには、喧騒は、私にとって、どうにもならない苦しみで、こんなに悩まされた晩は、私の一生のうちにも殆んどない、などと悲鳴をあげざるを得ないのである。

仮面の表情

世には、さまざまな仮面がある。あなたの顔にしっくり合うようにつくられ、ほとんどあなたに、みずからの存在を意識させないような、たいへん、かぶり心地のいい仮面もあれば、すこぶる不細工なしろもので、それをつけているあいだ中、絶えずあなたの頬をこわばらせ、死ぬほどあなたをいらいらさせるような仮面もある。あなたの顔の表情の一つをとって、極度に誇張したり、歪曲したりした仮面もあれば、全然、あなたの顔とはかけはなれた、奇怪な表情をした仮面もある。神や悪魔の仮面もあれば、鳥やけものの仮面もある。

あなたは、つねに仮面をかぶる。したがって、あなたの恋人の愛しているのは、あなたの仮面かもしれないし、あなたの敵の憎んでいるのもまた、やはりあなたの仮面かもしれない。どうしてあなたは、ひと前で、好んで仮面をつけるのであろう。いや、単にひと前ばかりではない。ともすれば、あなたは、ひとりぼっちでいるときでも、しばしば、仮面をはずすのを忘れているようである。それは、あなたが、きびしく表情の限定された、はっきりした輪郭をもった仮面をかぶることによって、あなたの絶えず動揺する顔を——ささやかな刺戟にもすぐ反応を示し、たちまち表情を変えてしまう、あなたの敏感な顔を、人眼にふれさせたくないと思っているためであろうか。それともあなたの顔の特徴を際立たせることによって、人眼をひこうと試みているためであろうか。あるいはまた、あなた自身の顔に飽きあきして、あなた以外のものの顔をもちたいと望んでいるためであろうか。いずれにせよわたしは、あなたのほんとうの顔を、みたことがない。

いつもなにかをせせら笑っているような、図々しい、不敵な顔の背後に、内気で、小心な、弱々しい顔の隠れていることもあれば、始終、生甲斐を感じているような、希望にみちた、快活な顔の内部に、幻滅に悩んでいる、いたましい、あわれな顔の潜んでいることもある。どちらが、ほんとうの顔で、どちらが仮面なのであろう。むろん、見馴れた顔が仮面であり、その仮面の落ちた瞬間、あらわれてくる顔のほうが、ほんとうの顔であるなら問題はないが、あるいはその新しい顔もまた、たいして変りばえのしない、新しい仮面であるかもしれないのだ。もう一つ仮面を！　第二の仮面を！　ニイチェ風にいうならば、人間の顔は、一切仮面であり、わたしたちは着物をきたり、ぬいだりするように、次々に、仮面をつけたり、はずしたりして、生きつづけており、したがって、もしもわたしが、あなたのほんとうの顔をとらえようと考えるなら、嫌でもわたしは、あなたの仮面を手がかりにするほかはない。実証主義者が仮説を嫌悪するように、モラリストは仮面から眼をそむける。しかし、仮説が、科学的発見のための不可欠の前提であるように、仮面が、わたしに、あなたのほんとうの顔を発見させせないとはかぎらない。思うに、あなたが、仮面を一刻も手ばなそうとしないのは、あなたもまた、わたしと同様、あなたのほんとうの顔を知らず、仮面を駆使することによって、あなた自身の顔のいかなるものであるかを、ひたすら探求しているためではあるまいか。ドン・ファンにしろ、タルチュフにしろ、みごと、仮面をかぶって、人眼をあざむいているつもりでいながら、実は、一歩、一歩、おのれのほんとうの顔を模索していたのではなかろうか。要するに、仮面とは、ほんとうの顔からみちびき出されたものではなく、かえって、それをみちびき出すためのものではないのか。しかし、あなたの仮面から——いや、一般に日本人の仮面から、ほんとうの顔をみちびき出すのは困難である。たとえば、能面というものがある。

仮面が、ほんとうの顔への手がかりをあたえるのは、それが、いささかもほんとうの顔に似ていないばあいでも、丁度、分子が球突きの球として、エーテルがジェリーとして、さらにまた、力が弾性のある管として表現されるように、きわめて単純化された、はっきりした表情をもっており、それをたよりに、ほんとうの顔をあきらかにすることができるからであった。しかるに、能面には表情がない。そういう明瞭な表情は、きれいに拭い去られている。いわば、完全犯罪の行われた現場のように、まるで手がかりというものがないのである。いかにわたしが、ゆたかな推理力をめぐまれているにせよ、このような仮面から、わたしやあなたの顔を——わたしたち日本人のほんとうの顔を探り出すことは、まったく不可能にちがいない。むろん、仮面をとりあげた以上、わたしたちの祖先にも、おのれのほんとうの顔をみきわめたいという意志が、すこしもなかったとはいえないが——しかし、それならばどうしてかれらは、択りに択って、能面などという不埒な仮面を、苦労して発明したのであろう。そこには、まるでおのれのほんとうの顔を、いつまでもみきわめたくはないという反対の意志が、同時に、はげしく働いているかのようである。もっとも、こういうと、いまだにわたしたちの周囲にたくさんいる能面の愛好者たちは、能面の無表情は、ただの無表情ではなく、それは、すべての表情を殺すことによって、すべての表情を生かす、象徴の極致にほかならず、たいていの仮面の表情が外にむかって強調されているのに反し、能面においては、あらゆる表情が、内にむかっておしつつまれており、したがって、それは、おのれのほんとうの顔を、内がわからとらえようとする、たくましい意志によって支えられているのだ、と、能面とは似ても似つかぬ不機嫌な表情をしながら、わたしにむかって抗議するかもしれない。しかし、はたしてわたしたちのほんとうの顔は、みずからの内部をのぞきこむことによってあきらかになるであろうか。むしろ、それは、わたしたちが、おのれ以外のものに変貌しようと努め、おのれ以外のものでありながら、しかもおのれ自身でありつづけることによって——つまるところ、確固とした表情をもつ仮面をかぶることによって、かえって、はっきりするのではなかろうか。思いきって大袈裟な表情をした仮面なら、なんでもいい。わたしは、あなたが、たとえ滑稽にみえようと、グロテスクにみえようと、曖昧な表情をした能面などでない、固定した顔つきの仮面をかぶりつづけられることに、まったく賛成である。

能面は、正直なところ、わたしに、外界との接触を失い、自分だけの世界に閉じこもって、とりとめのない空想にふけっている、精神分裂病者の無表情な顔を思わせる。能面をつけた人物が、しばしば、舞台の上で、面白う狂い候え! と要求されるところをみると、これは、まんざら、わたしの独断とばかりはいえないらしい。したがって、能面の背後に、するどい探求精神の隠れていようはずもなく、無表情なドアの背後にみいだされるものは、塵埃と蜘蛛の巣、荒れはてた部屋のなかのつめたい沈黙だけかもしれない。さきにもふれたように、おそらくは意志のアンビヴァレンツのため——おのれのほんとうの顔をみきわめようという意志と、みきわめたくないという意志とが、同時に存在したため、仮面の背後に、このような荒廃がもたらされたのであろうが——しかし、事のおこりは、むろん、人びとが、あやしげな仮面に、ふと、心をひかれたためにほかならなかった。思えば、こういう仮面の犠牲者は、わたしたちの身辺には意外に多く、たとえば、戦後の実存主義者のなかなどにも、無数に発見されるにちがいないが、そのあまりに空想的な点において、殊更に西洋的なものに対立し、もっぱら日本的なもののなかに閉じこもろうとした点において、そうして、わたしたちのほんとうの顔を、どこまでも内がわからとらえようとして失敗した点において、最も典型的な精神分裂症状を示したのは、戦争中の日本主義者であった。わたしは、特別に、かれらの知性が貧困をきわめていたとは考えない。要するに、かれらは、仮面の選択をあやまったのだ。どうしてかれらは、しらじらしい顔つきをした能面などに魅力を感じたのであろう。この世には、呪われた宝石というものが存在するように、呪われた仮面というものもまた、存在する。そうして、この不吉な仮面をかぶるや否や、突然、人びとは発狂状態におちいり、ふたたび収拾のつかぬほど、かれらの精神を、ずたずたにひき裂かれてしまうのである。仮面の呪いをうけた日本主義者が、支離滅裂な文句を、息もつかずに、しゃべりつづけていたことに不思議はない。

仮面の呪いなどというと、あなたには、わたしが、大へん、非科学的な人間であるような気がするかもしれないが、かくべつ、わたしは、かつての日本主義者のように、うつろな表情をした能面にたぶらかされ、それを神秘化しようとしているわけではなく、逆にそれを科学的に眺め、単にそれのもつ呪術との関連を、いささか強調しているにすぎないのだ。それにしても精神病者の世界と未開人の世界とは、なんと似ていることであろう。二つの世界は、ほとんど同じ論理によって支配されているかのようだ。いや、いっそう正確にいうなら、それらのあいだには、論理ではなく、レヴィ・ブリュールのいわゆる前論理が、同じようにみいだされるようである。能面をうみだしたものもまた、たしかにこのような前論理的思惟であった。それは、わたしたちの祖先を超個人的な神的存在に変化させ、ボロロ族のように、わたしは金剛インコである、と口走らせるためにつくられたのだ。いま、わたしは、あなたに、有名な「融即の法則」について――わたしは金剛インコである、という謎めいた文句の意味について、あらためて言葉を費やす必要はないと信ずる。たとえ、あなたが、「融即の法則」について未知であろうとも、戦争中、呪われた仮面をつけた日本主義者が、これに類する――いや、これ以上に不可解な文句を、絶えず繰返すのをききつづけていたあなたは、すでにこの種の文句にたいして、一切の好奇心を失っているにちがいない。

つまるところ、能面をたよりに、日本人のほんとうの顔をみきわめようとすることは、みきわめまいとすることと同じであり、前論理的思惟は、鹿の肩骨や亀の甲、鳥の飛ぶさまや鳴き声にまで異常な注意をはらい、意味のないところに、神秘的意味を読みとり、関係のないところに、神秘的関係を発見し、ついにディオニソス的混沌にたどりつくにすぎないが――これは、むろん、能面が、わたしたちの仮面ではなく、ディオニソスの――氏族の神みずからの仮面である以上、当然のことであった。神もまた、おのれのほんとうの顔をみきわめるために、仮面を必要とするのである。現にキリスト教の神にしても、三つの仮面を――父と子と聖霊の三つのペルソナを必要としたではないか。そこで、ここから、能面をつけた人物は、すでに人間ではなく、神にほかならず、宇宙は、かれを中心に運行をつづけており、星という星は、ことごとく、かれに敬意をはらって瞬くべきである、という観念がうまれ、これが、能の演出の上では、シテのひとり舞台となってあらわれ、政治の演出の上では、日本主義者の独裁となってあらわれる。まさしく日本主義者は、神に似ているが――しかし、かれらは、ボロロ族や、精神分裂病者にも似ているのである。

　わたしは、能からうけるのと同様の蒙昧な感じを、山水画からもうける。周知のように、東洋の山水画は、大てい、画面の中心に、空にむかって、ひときわ高くそそり立ち、抜群の面影のある、いわゆる主山があり、それをとりまいて、いわゆる群峰があり、そうして、それらの山々に森や河や道路や岩石が、それぞれ、好みに応じて附け加えられており、その支持者にとっては、形や色にこだわらず、水墨によって、自然を深く内がわからとらえようとしている点において、これもまた、「象徴」の極致であるかもしれないが――しかし、わたしには、どうもその主山というやつが、仮面をつけた神であるような気がしてならないのだ。主山は、おのれのヴォリュームによって画面全体を圧倒し、安定感をあたえており、そのお陰で、その他の山々も、ひっそりと静まり返って身じろぎ一つせず、樹々は枝を鳴らさず、河は悠々としてながれ、雲もまた、それからうまれてくるようにみえる。これは、高山を神と考え、それだけが、地震や洪水を防ぎ、豊作にとって不可欠な雲さえも、自由自在にあやつることができる、という農民の原始的な自然信仰を、そのまま、反映しているのではなかろうか。画家は、自然を象徴するどころか、頑強に自然から眼をそむけ、おのれの内部に逃避しているにすぎないではないか。かれもまた、曖昧な表情をした仮面をかぶり、神になりたい一人なのではあるまいか。

　もはやわたしたちは、わたしたちのほんとうの顔をあきらかにするために、能面のような呪われた仮面を手がかりにすべきではなかった。わたしたちは、もっとはっきりした、するどく類型化された表情をもつ仮面を、さっそく、どこからかみつけ出すべきであった。むろん、日本には、能面のほかにも、いろいろな仮面があり、そのなかには、あざやかに表情の強調されている仮面もないではない。たとえば、伎楽面の潑剌とした表情は、つねに能面の無表情と比較される。しかし、いま、わたしが、そのような仮面をとりあげることに若干の危惧をいだくのは、はたして日本の仮面から、日本人のほんとうの顔をみちびき出すことができるであろうか、という疑問が、いつもわたしの胸のなかで、もやもやとくすぶりつづけているからである。日本主義者は、西洋的なものと日本的なものとを対立させ、日本的なものの典型である能面をとりあげることによって錯乱したが、たとえ、大袈裟な表情をしているとはいえ、伎楽面もまた、たしかに日本的なものの一つであり、あるいは、能面と同様、それもまた呪われた仮面の一つであるかもしれないのだ。仮面の選択にあたっては、どんなに慎重であっても、ありすぎるということはない。案外、日本の仮面よりも西洋の仮面のほうが——たとえば、あの大きく漏斗のようにひらいた口をもつ、ギリシアの喜劇用の仮面などのほうが、かえって、適しているのではなかろうか。なるほど、西洋の仮面から、日本人のほんとうの顔をみちびき出すことなど、一見、できない相談のようにみえないこともない。しかし、繰返して述べるまでもなく、わたしたちのほんとうの顔は、わたしたちが、おのれ以外のものに変貌しようと努め、おのれ以外のものでありながら、しかもおのれ自身でありつづけることによって、むしろ、はっきりするはずであった。そのための仮面である。したがって、日本の仮面よりも、西洋のそれのほうが、はるかにわたしたちの目的に叶っているともいえるのだ。しかし、そのなかで、ギリシアの仮面が、いちばん、いいかどうか、にわかに判定をくだしがたい。

いかにもAは、Aであると同時に非Aであり、これが現実の弁証法的な発展過程をあらわすものであることはいうまでもあるまいが――しかし、多くの人びとは、この公式を使って、ただ現実を客体としてとらえ、いろいろと解釈するにすぎず、Aが、Aであると同時に非Aでもあろうとするときの困難を――現実を主体的にとらえるばあいにうまれる、さまざまな障害を、いっこう身にしみて感じてはいないような気がする。たとえば、日本的なものは、日本的なものであると同時に西洋的なものであり、そうして、それが日本的なもののもつ客観的現実であることに疑問の余地はないが――しかし、はたしてわたしたち日本人は、この客観的現実を、どの程度に主観的にとらえていることであろう。もしもわたしたちが、おのれ自身でありながら、しかもおのれ以外のものであろうとするなら、なによりもまず西洋的なものを血肉化しなれければならないことはいうまでもないが、たとえそういうはげしい意欲をいだくにせよ、ほとんどわたしたちの大部分は、せいぜい、和洋折衷の範囲にとどまって妥協しており――したがってまた、いかにそれが難事中の難事に属するかということについても、かくべつ、はっきりした自覚をもっている模様もない。いやそれどころか、戦争中、問題が、つねに、Aか非Aか――日本的なものをえらぶか、西洋的なものをとるか、という二者択一の形で提起されはじめると共に、たちまち西洋的なものの探求を中止し、あわてて例の呪われた仮面をかぶったひともある。レヴィットは、こういうわたしたちの西洋的なものにたいする不徹底な態度を、西洋から学び、西洋から受けついだ進歩を、西洋に反抗するための手段に使用しようというのだから、君たちの西洋的なものにたいする関係が、すべて自己分裂的になり、アンビヴァレンツになるのは当然のことだ、と、いかにも先生らしく批評したが——しかし、これは、必ずしもわたしたちが、生来、手のつけようのない不良な生徒であるからではなく、やはり、わたしたちに、適当な仮面がないためではあるまいか。それゆえにこそわたしたちは、西洋的なものにたいして認識不足であり——したがって、また、わたしたちのほんとうの顔が、いつまでもわからないのではなかろうか。呪われた仮面はどうも無表情な能面だけではないらしく、わたしたちの仮面のなかには、表情は、すこぶるはっきりしているにもかかわらず、かなりタチのよくない仮面もあるようである。たとえば、ここに、西洋的なものと対決したわたしたちの祖先の一人が、いかなる仮面をつけていたかをうかがわせるに足る、貴重な資料がある。

近世ハ西洋ノ学ト云フモノ、盛ニ天下ニ行ハレテ、人ノ貴賤トナク、地ノ都鄙トナク、払郎察《フランス》ノ、英吉利《イギリス》ノ、魯西亜《オロシヤ》ノ、共和政治ノト言ヒ噪ハギテ、我モ我モト其学ヲ治メ、競ウテ夷狄ノ説ヲ張皇スルハ、聖道ノタメニモ、慨嘆ニ堪ヘズ。サレ共一人モ其邪説タルヲ弁明シテ、排撃攻討スル者ナク、滔々トシテ日ニ其途ニ趨クハ嘆ズベク憂フベキノ至ニシテ、サテ其説ヲ奉ズル輩ノ無識ナルハ深ク憫レムベキ事ナリ。

洋学者ノ為スガ如ク、扇ヲ分析シタランニハ、骨ハ竹ナリ、地ハ紙ナリ、心釘ハ鯨骨ト知ルマデニテ、風ヲ生ズルノ理トテハ見エズ。筆ヲ取テ分析シヌレバ、毛トナリ、竹トナルマデニテ、字ヲ書ク理アラハレネバ、労シテ何ノ功カアラン。

大凡、宇宙ハ一気ノミ。分レテ陰陽天地トナリ、五行万物トナリ、日月星辰トナリ、山川河海トナリ、人トナリ禽獣トナリ、草木虫魚ノ類トナリテ、万品斉シカラザレドモ、其実気ノ一字ヲ出デズ。サテ理ト云ハ、気ヲ離レテ別ニ空妙ナル一物ノアルニハ非ズ。即チ右ノ気ニ着キテ、天物自然ニ一定シテ変ゼザルノ方則アルヲ云フ。

まさしくこの人物のかぶっている仮面は、ギリシアのそれのように、大きく口をひらいて、西洋的なものを嘲笑しており、いまだに能面の無表情にひねくれた美しさをみいだすひとがいるように、あるいは、あなたもまた、この仮面のもつ奇怪な——しかし、なんとなく無邪気で、単純な表情に心をひかれ、一寸手にとってみたくなるような誘惑をおぼえられるかもしれない。もっとも、これは、むろん、わたしの臆測にすぎず、逆に、あなたは、この最も仮面らしい仮面から、いっこう、面白くもおかしくもない、きわめて非芸術的な戯画のような印象しかうけず、苦々しい顔をされるかもしれない。しかし、わたしが、能面より、まだしもこの仮面のほうに好意をいだいていることは事実であり、もしもあなたが、これを、時代遅れの、全然、無価値な骨董品として否定されるとすれば、本質的な意味において、あなたには、ユークリッドの幾何学やプラトーンのイデア論をもまた、なに一つ取柄はないと断定し去るだけの勇気が必要であろう。なぜというのに、能面は前論理的思惟の産物にすぎないが、こちらは、とにかく、典型的な形式論理の操作によってうまれたものであり、ギリシア哲学におけるがごとく、主としてその演繹法の上に立っており、たしかに前者にくらべれば、一歩、前進していると考えるからである。もっとも、ヴァレリーのいわゆる知的単性生殖に長じた右の仮面の人物が、西洋的なものを、主として帰納法の上に立つ近代科学の分析的方法としてとらえ、それを「排撃攻討」するのはまだいいとしても、わたしやあなたの顔まで、なんだかえたいのしれない、かれのいわゆる「気」から、必ずみちびき出すであろうことを思うと、少々、わたしといえども、心細くならざるを得ない。かれは朱子学の窮理の説を信じていた、いわば和魂漢才の持主であった。したがって、わたしたちは、わたしたちのほんとうの顔が、空気のように消え去らないためにも——あるいはまた、わたしたちのなかに朦朧と生きている、西洋的なものの正体をはっきりつかむためにも、能面はむろんのこと、こういう仮面や、これと同じ性格をもつギリシアの仮面などを、決してたよりにしてはならない、ということになる。ところが、わたしたちのまわりには、これらの二つの型の仮面をかぶっているひとが、意外に多く、なかには、かわるがわるかぶるため、一つは首にぶらさげているひともあり——つまるところ、依然として、前論理的思惟と形式論理的思惟とによってつくられた仮面が、いかにも日本的なものの代表でもあるかのような顔をして、すっかり、わたしたちのほんとうの顔を、人眼につかぬものにしているのだ。

もはやわたしたちは、いつまでも既成の仮面になぞ拘泥せず、わたしたちのほんとうの顔をあきらかにすることのできる仮面を、わたしたちみずからの手で、つくり出すべきであった。戦争中、日本主義者の繰返していたように、もしも日本的なものと西洋的なものとが、完全に対立するものなら、日本的なものの姿は、日本的なものが、西洋的なものと断絶し、おのれのなかに閉じこもることによってではなく、かえって、正反対な極点に——西洋的なものの立場に立つことによって、はじめてあざやかに浮びあがってくるであろうが——しかし、それは、もちろん、日本的なものが、西洋的なもののなかにあって、おのれを失うことではなく、おのれ以外のものでありながら、しかもおのれ自身でありつづけるということであった。そこに、わたしたちの仮面の独自の性格がある。したがって、わたしたちの仮面が、前論理的思惟や演繹を主にした形式論理的思惟からうまれるはずのないことはいうまでもないが、さればといって、実証的な、単なる科学的思惟によって創造されようはずもない。そもそも仮面をかぶるという行為それ自体のなかには、自己と自己以外のものにたいするはげしい批判がふくまれているのである。

わたしたちのほんとうの顔は、日本的なものと西洋的なものとの両極間に支えられてつくられた球面の上にあり、そこには、ほとんどまだ誰からも探険されたことのない暗黒地帯が茫々とひろがっており——それゆえ、その未知の領域を避けてとおりさえすれば、わたしたちの両極間の往復運動は容易であり、妥協も折衷も許されようが——しかし、それでは永久にわたしたちのほんとうの顔はわからない。わたしたちは、対立物を対立のまま、統一しなければならないのだ。そうして、その統一の方法が、同時にまた、仮面形成の方法でもある。たぶん、このばあいわたしたちにとって、最も参考になるのは、仮説を立てる際の相関づけや結合の方法にちがいない。科学は、必ずしも扇や筆をとりあげ、いつもばらばらに解きほごしてばかりはいないのである。この方法は、特殊性の無視による簡単化ではなく、出来事を綜合して、よりいっそう包括的な全体にするところの複合化の過程において用いられる。出来事のいかなる綜合も、いっそう複雑な複合的な出来事を決定し、前者は後者の部分もしくは側面となる。そこでこの方法が、いろいろな出来事を、同じ複合的実体によって説明することができると思われるとき——たとえば、膨張、表面張力、溶解度などが、物質の分子的構成によって説明することができると予想されるようなばあいには、いつもとりあげられる。さらにまた、或る物質のいろいろな性質や顕現の全体としての定義づけにも、この方法が使われる。このばあい、それは、それらの性質の綜合の理解を可能にするように構成体を工夫しようと企てるわけであるが——しかし、その結果、一見したところ、相容れないようなものの統一に関与することがある。たとえば、エーテルが液体であって固体であるという仮説や、光が波状であると共に粒子的であるという仮説のばあいのように。

とはいえ、わたしたちのほんとうの顔は、決してヤヌスのそれには似ていまい。かつてツァーリ・ロシアにおける西欧派の代表者のひとりであったゲルツェンは、スラヴ派と西欧派に関して、かれらは双面のヤヌスのように、心臓は同じ動悸をうちながら、顔だけ別々の方面に向いていたにすぎないといったが、たとえこの言葉が、日本的なものや西洋的なものにはげしいノスタルジーを感じ、心臓を高鳴らせながら、海のかなたや原始時代に、あこがれにみちた視線をそそいでいる、わたしたちの日本派や西欧派にたいしても、そっくりそのまま、あてはまるようにみえるにせよ、べつだん、かれらは顔を二つもっているわけではなかった。ただ、かれらの仮面の表情がちがっているだけであった。わたしは、ゴーリキーの描いた『百万長者ブグローフ』を思い出す。かれの作品『フォーマ・ゴルデーエフ』によって、ゴーリキーを知ったブグローフは、われわれの階級に反対するこういう有害な作家はシベリアに追放すべきだと放言しながら、しかもそのなかにとらえられている「われわれの階級」の正確なすがたに感心し、ゴーリキーにたいして好奇心をいだく。この両人の出会い——ロシアのブルジョアジーの典型と、プロレタリアートの典型、いずれも相手の正体をみきわめようという意志をいだく、仮面をつけたもの同士の交渉には、まことに心をそそるものがあり、わたしたちに、仮面が、わたしたちのほんとうの顔を隠すためのものではなく、反対にそれをあきらかにするためのものであることを、はっきりと自覚させる。かれらは、まさしく敵であり、越えることのできない一線が、二人のあいだに引かれていることは、まぎれもない事実であるが――しかし、かれらは、お互いに相手の実力を知っており、憎悪と同時に友情のようなものを、侮蔑の念と同時に尊敬のようなものを、それぞれ、相手にたいしていだいていなかったとはいえないのである。思うに、感情のアンビヴァレンツは、必ずしもレヴィットのいうように、一方にだけおこるものとはかぎらない。二人の敵のあるところ、つねに二人の主人公がある――これが、かれの作家としての覚悟であった。かれもまた、対立物を対立のまま、統一しようと願っていたのだ。それは、かれが、いかに長いあいだ、仮面をかぶって敵のなかをうろつきまわらなければならなかったかを物語る。おそらくかれは、仮面によっておのれを知り、さらにまた、敵を知ったのであろう。そのばあい、かれの仮面が、無表情なものでなかったことだけはたしかであった。

林檎に関する一考察

いつか岡本太郎は、林檎のなかにイデオロギーがはいっているかどうかという或る画家の素朴きわまる質問にたいして、イデオロギーはとにかく、そのなかに種のはいっていることだけはたしかであると、これまた、あまりにも素朴きわまる答弁を試みていたが、むろん、林檎にはさまざまな種類があり、この天地のあいだには、種なし林檎というやつもまた、無数に存在しており、たとえばセザンヌの林檎などは、ダリのいみじくも喝破した通り、いささかもわれわれの食欲をそそらない、反エピキュル的な幾何学的図形の一種にすぎず、抽象化不足のため、自然の残滓をとどめ、辛うじて林檎らしい恰好を保っているとはいえ、そのなかに、種のはいっていないことだけはたしかであろう。もっとも、ダリの推奨するラファエル前派の林檎にしても、当のダリ自身の林檎にしても、ダリ流にいうならば、「物理的重力によって裏づけられた超物質的林檎」にほかならず、セザンヌの林檎と同様、はたしてそのなかに種がはいっているかどうか、あやしいものである。いっぽんに、超現実主義者の林檎は、ダリの林檎におけるがごとく、なんらのデフォルマーションもみとめられず、一見、本物そっくりの様子をしているばあいであっても、かならずしも林檎そのものが描かれているわけではなく、林檎の形を借りて、画家のなまなましい欲望が、具体的にとらえられているにすぎないのだ。したがって、ダリがセザンヌの林檎に反発し、あたらしい林檎を、自分の手でつくりださないではいられないのは、かくべつ、林檎そのものを問題にしているからではなく、セザンヌの理知に対抗しておのれの本能をもちださないではいられないからであり、「超物質的林檎」などというと体裁はいいが、要するに、林檎の皮をかぶった理知を、林檎の皮をかぶった本能によって否定したがっているにとどまり、とうてい、そのなかに種などはいっているはずはないのである。

わたしは、抽象芸術と超現実主義とのあいだを彷徨しつづけている岡本太郎の懐疑を尊重しないわけではないが——しかし、あらゆる林檎のなかには種がはいっているという、あまりにも素朴きわまるかれの信仰にたいしては、あくまで反対しないわけにはいかないのだ。そのなかに、種のはいっている林檎もあれば、種のはいっていない林檎もある。そうして、種のはいっている林檎が生産者のためのものであり、種のはいっていない林檎が消費者のためのものであることは、あらためてことわるまでもない。思うに、過去において、幾多の芸術家たちが、抽象芸術や超現実主義を惜し気もなく放棄し、社会主義リアリズムを敢然ととりあげるにいたったのは、あるいは、かれらの林檎のなかにイデオロギーを発見したためではなく、種のはいっていないことを発見したためかもしれないのだ。理知によって本能を抑制することも、本能によって理知を圧倒することも、結局、多寡のしれたことであり、そこでは、そういうわれわれの内部の世界を絶えず支配しているわれわれの外部の世界が、いっこう、芸術家の最大の関心事にはなっていない。なるほど、セザンヌにしろ、ダリにしろ、一応、生《なま》のままの林檎を——種のはいっている林檎を、穴のあくほど、みつめたでもあろう。しかし、その林檎は、前者にとっては、かれの理知の至極曖昧な象徴にすぎなかったし、後者にとっては、かれの本能のいささか明晰すぎる象徴にほかならなかったのだ。どうしてかれらは、あるがままの林檎と対決しないのであろうか。セザンヌの林檎に食欲を感じない点においては、わたしもまた、ダリに劣るものではないが——しかし、はたしてステロタイプ化した理知を、文字通り、粉砕する力をもっているのは、本能であろうか。それは、むしろ、ダリのいわゆる「象徴機能の物体」ではなく、物体そのもの——つまり、あるがままの林檎そのものではなかろうか。

とはいえ、いったい、あるがままの林檎とは、いかなるものであろう。一定の色、味、匂い、形および固さの相合するのが観察されると、ひとつの特殊な物体と考えられ、そういう観念の集合にむかっての林檎という名称があたえられる、とジョージ・バークリーはいう。このばあい、「観念の集合」が、イデオロギーではなく、感覚の集合を意味することはあきらかである。もしもそうだとすれば、内部の世界を、即物的に外部の世界をとらえることによって表現しようとするダリの方法と、感覚の集合をもって唯一無二の実在とみなす、典型的な観念論者であるバークリーの方法とのあいだに、そもそもどれほどの相違があろう。つまるところ、観念論者とは、林檎のなかからイデオロギーを発見するような人間ではなく、林檎の感覚を林檎そのものと思いこみ、われわれの主観から独立した、林檎という物体の客観的存在を、いささかもみとめないような人間を指すらしい。内部の世界と外部の世界とのあいだには断絶があり、それらの二つの世界を媒介するものが、実践以外にないことはいうまでもない。しかるに、セザンヌの理知的な林檎に不満をいだくダリは、おのれの夢みている本能的な林檎のみずみずしいすがたを、無造作に、あるがままの林檎のすがたにみいだすのだ。たしかに、かれは、内部の世界と外部の世界とのあいだの断絶を意識していない。いや、むしろ、断絶を意識しないほど、おのれの夢に憑かれることを愛している。しかし、それならば、どうしてかれは、逆に、あるがままの林檎のすがたを、本能的な林檎のすがたでとらえようとしないのであろう。前者のほうが、後者よりも、かれにとっては、はるかにとらえがたいはずではないか。

あるがままの林檎は、本能的な林檎と同様、われわれの理知を超越しており、いまだかつて誰からも、あますところなくその正体をとらえられたことはないにもかかわらず、今日、そのすがたを執拗に思い描いてみようというひとのほとんどいないのは、まったく不可解というほかはない。もっとも、かくいえばとて、わたしは、自然主義へ帰れ、というのではない。あるがままの林檎のすがたに肉迫するためには、セザンヌの林檎やダリの林檎もまた、大いに参考になろう。要するに、わたしは、内部の世界と外部の世界との関係を、その差別性と統一性においてとらえた上で、これまで内部の現実を形象化するためにつかわれてきた、アヴァンギャルド芸術の方法を、外部の現実を形象化するために、あらためてとりあげるべきではないかと思うのである。さもなければ、わたしには、あるがままの林檎のすがたが、われわれの眼にふれる機会など、永久にこないかもしれないという気がするのだ。たぶん、わたしは、少々、林檎に拘泥しすぎているようにみえるでもあろう。そうして、あるいは、あなたは、芸術的方法のいかなるものであるかをあきらかにするためには、林檎の例でもいいかもしれないが――しかし、主題の積極性のいかなるものであるかをはっきりさせるためには、林檎にばかり拘泥すべきではない、と批評されるでもあろう。しかし、わたしは、最初から、セザンヌの林檎やダリの林檎のことばかり考えているわけではないのである。いろいろな林檎のなかには、十分、主題の積極性をもつ林檎もある。非ユークリッド幾何学の発見者の一人であるハンガリアの数学者ボヤイ・ファルカシュは、イヴの林檎とパリスの林檎とは、いずれも地球を地獄に化してしまったが、ニュートンの林檎は、地球をふたたび天上界へ引上げた、そこで、それらの三つの林檎を記念するために、自分が死んだなら、墓石の代りに、一本の林檎の木を植えよ、と遺言した。どうやらかれもまた、わたしと同様、林檎を単なる「静物」とはみなさず、その主体の積極性を、適確に把握していたらしい。わたしは、そのほかにも、ニュートンの林檎に優るとも劣らぬものとして、ウィルヘルム・テルの林檎を思い浮べる。テルの林檎もまた、地球を地獄のくるしみから救ったのである。現在、物理学の発達の結果、林檎が地球の引力にしたがって運動せず、最短線《ジオデシック》——すなわち、世界線にしたがって運動していることを思うと、わたしは、ニュートンの林檎よりも、テルの林檎のほうに、はるかに新鮮な魅力を感ずるのだ。イヴの林檎が、林檎の皮をかぶった理知であり、セザンヌの林檎の祖先にすぎず、パリスの林檎が、林檎の皮をかぶった本能であり、ダリの林檎が、その一変種にほかならないとすれば、テルの林檎こそ、いまだにわれわれがその正体をとらえかねている、あるがままの林檎の原形なのではなかろうか。

蛇の誘惑に少しも耳を傾けず、イヴの林檎などにはみむきもしない、われわれの周囲の感心な自然主義者たちは、いまだにかれらの楽園を喪失するにいたっていない。したがってまた、不和の女神エリスが、仮にかれらの饗宴の席上に、「最もうつくしい者へ」という銘のある黄金の林檎を投げこんだにしても、オリンポスの神々のように、かれらは、いっこう、その林檎を、眼のいろを変えて、欲しがらないかもしれないのだ。かならずしもわたしは、トロイアの王子パリスのように、神々の美の審判者にえらばれ、その結果、ヘレナを獲得したり、トロイア戦争の渦中にまきこまれたりすることを好むものではないが――しかし、知的な美にたいしても、官能的な美にたいしても、まったく無関心なわれわれの自然主義者たちをみていると、やはり、いらだたしい気持にならないわけにはいかない。かれらは、つねに眼を外部の世界にはなっており、あるがままの林檎のすがたをとらえているものは自分たちだけだと思っているらしいが、なんという錯覚であろう。なるほど、ちょっとみると、かれらの網膜にうつっている林檎のすがたは、テルの林檎に似ていないこともない。しかし、イヴの林檎のために楽園を追放され、パリスの林檎のために苦難の道をあるき、物体そのもののもつ不思議なすがたと一度も対決したことのない人間に、どうしてテルの林檎を描きだすことができよう。試みに、かれらは、いっぺん、きりきりと弓をひきしぼり、百歩の距離をへだてたところで、日の光りを浴びて燦然とかがやいている、自分の子供の頭の上におかれた真赤な林檎を、本気になって狙ってみるがいいのだ。あるがままの林檎が、すがたをあらわすのは、そういうときにかぎるのである。

したがって、わたしは、自然主義者たちが、われわれの周囲でのさばりかえっている以上、どこまでもアヴァンギャルディストたちを支持するつもりだが――しかし、テルの林檎との対決を避けて通ろうとしている点においては、かれらもまた、自然主義者たちと、少しも変りはないと思うのだ。おそらくそれは、かれらにイデオロギーがないためではなく、ひたすらかれらが、これまで自然主義者たちによってほとんど無視されてきた、内部の現実の表現に、全力をあげて従事してきたためにちがいない。そこで、わたしは、さきに、内部の現実を形象化するためにつかわれてきた、アヴァンギャルド芸術の方法を、外部の現実を形象化するために、あらためてとりあげるべきではないか、といったわけだが、はたしてわたしの希望が、かれらによっていれられたばあい、直ちにかれらは、テルの林檎を描きうるであろうか。球体や円錐体や円筒体の観念に魅いられている抽象芸術の信者たちに――子供や原始人や気ちがいの作品に血道をあげている超現実主義の使徒たちに、はたしてあるがままの林檎は、その正体を示すであろうか。つまり、一言にしていえばはたして芸術家のアヴァンギャルドは、政治家のアヴァンギャルドの眼を獲得するであろうか。むろん、芸術家のアヴァンギャルドは、即座に、政治家のアヴァンギャルドに変貌するであろう。――もしもかれらが、いままで、内部の世界にそそいできたような視線を、外部の世界にむかってそそぎはじめるならば。

こういうと、たぶん、アヴァンギャルドをもって自任しているような政治家のなかには、われわれは、幾何学的図形に興味ももっていなければ、子供や原始人や気ちがいに学ぶつもりもない、冗談も休み休みにいうがいい、とわたしをせせら笑うようなひともあるであろう。しかし、この種の政治家は、わたしをしていわしむれば、典型的な政治家のなかの自然主義者にすぎず、アヴァンギャルドでもなんでもないのだ。政治家のアヴァンギャルドは、自然主義者のように、絶えず外部の世界に注意をはらってはいるが――しかし、それは、外部の世界をながめることに興味があるからではなく、外部の世界をデフォルメしようと思っているからであり、抽象芸術家のように、外部の世界では、とうてい、みいだすことのできないような理想像を、瞼の裏に秘めながら、しかも超現実主義者のように、理知だけでは絶対に割りきれない、外部の世界の非合理的現実に直面することをおそれず、人民の中にありながら、自分を人民の中に解消せず、人民の先頭に立って進むような人物を指すのである。

ドムレミイの空の声からルウアンの火の柱に至るまで、ジャンヌはまさしく、選ばれたる女性であり、それ故にこそ人類の歴史は美しいのだ。――とは石川淳の『普賢』のなかにあるジャンヌ・ダルクに関する一節だが、わたしは、政治家のアヴァンギャルドについて考えるとき、しばしば、右の一節を思い出す。ジャンヌは、つまらない田舎娘であり、子供らしい魂と、原始人のような肉体とをもち、それこそダリのように、ともすればパラノイアのようなまなざしで、始終、おのれの無意識の世界ばかりのぞきこんでいたかもしれない。おそらく林檎の的が、眼をそらすキッカケをあたえるまで、ウィルヘルム・テルにしても、同じ状態であったであろう。かれらは、選ばれた人間であるかもしれないが――しかし、天才でもなければ、狂人でもなく、平凡な人民の一人であり、内部の世界の奇怪きわまる風景をみなれた眼を、なにかの拍子に外部の世界に転じ、人民の指導者たちの途方にくれている非常事態を、自明の事実として、きわめて即物的にとらえ、そのさい、人民ならば、当然うつであろう手を、あっさり、うっただけのことであろう。

一九二六年、『レジティム・デファンス』を出版し、外部の世界と関係をもち、政治的な意味においてもアヴァンギャルドであろうとしたアンドレ・ブルトンは、政治家から、イデオロギーに関してではなく、鉄鋼の生産量その他に関する統計資料を調査し、イタリアの産業事情についてレポートをつくるように慫慂されるや否や、たちまちわたしにはできないと弱音を吐き、ふたたび内部の世界に閉じこもってしまった。この事実は、ブルトンが、芸術家のアヴァンギャルドとしても第一級の人物ではなかったということを、端的に物語っているように思われる。かれは、そのレポートが、イデオロギーに関するものではなく、鉄鋼の生産量その他に関するものであったことが、よほど気にいらなかったとみえ、「イデオロギーに関してではなく」というところを、わざわざイタリックで強調しているが、イデオロギーなどよりも、鉄鋼の生産量などを調べあげたほうが、はるかに興味津々たるものがあることはいうまでもない。二十世紀におけるジャンヌやテルであったなら、鉄鋼の生産量から、たちまちイタリアにおけるファシズムの台頭を、即物的に把握したはずではないか。かつて丹羽文雄は、近ごろの文芸批評家に二、三冊の参考書をあたえ、インフレーション論を書くことを求めたなら、さっそく、かれらは、きわめて短時日のあいだに、一篇の評論をでっちあげるであろう、という意味のことを、すこぶる侮蔑的な口調で述べていたが、いったい、風俗小説というものは、インフレやディス・インフレの原因にたいする探求などしなくとも、どんどん製造できるものであろうか。あるいはかれもまた、ブルトン同様、骨の髄まで、アルチストかもしれない。

しかし、少々、話が脇路へそれたようだ。あだしごとはさておき、わたしは、ふたたび林檎について論じつづけなければならない。もっとも、芸術家のアヴァンギャルドが、視線を外部の世界へはなったなら、即座に政治家のアヴァンギャルドの眼を所有するにいたるであろうという以上のわたしの予測は、いささか楽観的でありすぎる嫌いがないではなく——殊にあなたが、ダリの『ギョオム・テル』や『ギョオム・テルの謎』というような作品を御存知だとすれば、いよいよ、あなたには、わたしの予測が、はずれるにきまっているもののような気がしてくるにちがいない。なぜというのに、それらの作品には、社会主義リアリズムの片鱗さえみあたらないからである。たしかに、ダリの眼は、テルの眼よりも、むしろ、ゲスレルの眼に近いようである。——テルに林檎の的を射ることを命じた、神聖ローマ皇帝の代官、ゲスレルの眼に。

ドストエフスキーの小説のなかでは、「シルレル式の人物」というと、現実のもつきびしさを知らず、熱にうかされたように正論ばかり主張する、おめでたいヒューマニストを意味しており、たぶん、作中人物と作家とを混同するわが国の習慣を、いつかわたしもまた、しらずしらずのうちに身につけていたのであろう。シルレルの作品というとなんとなく毛嫌いし、つい最近まで、『ウィルヘルム・テル』を一読したことさえなかったが――しかし、テルの林檎に関するいろいろな疑問が、とうとう、わたしに、その戯曲を、手にとらせるにいたった。そうして、その結果、まったくだらしのない話にちがいないが、わたしは、すっかり、シルレルの手腕に感心してしまったのだ。特にゲスレルの描き方がいい。十三世紀初頭、スイスの領主ツェリンゲン家が断絶し、オーストリアのハプスブルグ家がその遺領を収め、代官ゲスレル・フォン・ブルネックが、スイスに乗りこみ、言論、集会、結社の自由を禁止し、遠慮会釈もなく人民を弾圧したという事実は、いまではすっかり人口に膾炙しており、あらためて繰返すまでもあるまい。シルレルは、この悪代官を、ダリと同様、一応、非情冷酷に、外部の世界に眼をそそいでいるようにみえるにせよ、実は内部の世界から一歩も出ようとしない、小心翼々たる超現実主義者として描きだし、なかなか芸のこまかいところを示している。たとえば、ゲスレルは、ダリのいわゆる「象徴機能の物体」にたいして異常な関心をいだいており――したがって、かれは、まさしく物に憑かれたように、棒のさきに掛けた自分の帽子にたいする敬礼を全人民にむかって要求したり、あるいはまた、テルの例におけるがごとく、息子の頭上にのっている林檎を、その親にむかって射落せと命令したりするのだが、そのさい、かれにとって、帽子が単なる帽子ではなく、林檎が単なる林檎ではなく――つまり、物体が、単なるあるがままの物体でないことはあきらかであり、要するに、かれは、おのれの内部の世界の非合理的現実を、帽子や林檎によって、即物的にとらえているだけのことだ。

もっとも、この戯曲にもまた、全然、不満がないわけではない。わたしの一番みたいのは、弦をはなれたテルの矢が、風をきって飛んでゆき、あざやかに林檎に命中するところだが——しかし、おそらくシルレルは、演出上の困難を考慮にいれたためであろう、この場面の進行中、さまざまな技巧を弄して、観客の注意を、テルからゲスレルのほうへそらし、一同が、代官の一挙一動を、固唾をのんでみまもっているあいだに、突然、登場人物の一人に、林檎が落ちた！　と叫ばせるのだ。そこであわてて代官から子供のほうへ視線を移動させると、すでに舞台の上には、真中を矢によってつらぬかれた真赤な林檎が、ひっそりところがっているのである。

アンリ・ルソーの素朴さ

アンリ・ルソーの素朴さについて、逸話などを織りこんで書いてくれという注文だが、さて、ペンをとりあげてみて、わたしは、すっかり、途方にくれてしまいました。第一、わたしは、素朴さというようなものとは、全然、縁のない人間です。軽薄さや厭らしさや気障っぽさのからくりなら、隅から隅まで心得ているつもりですが、どうも素朴さとなると、まるで見当がつかない。しかし、さればといって、もののものしく素朴とはなにか、とひらきなおる気にもなれない。ことほど左様に、わたしは素朴な人間ではありません。

昔、中野重治の『素朴ということ』という随筆を読んだことがあります。中野の意見によると、素朴とは、「中身がつまっている」という感じであり、アンリ・ファーブルの仕事は素朴だが、ピスカトールやメイエルホリドの仕事は素朴ではない、ということでした。たぶん、素朴とは、そんなものなんでしょう。どうやらいっぱんの日本人も、たいてい、素朴というものを、そんなふうに考えているようです。そこで、われわれの周囲では、ファーブル気どりの、石橋をたたいてわたるような地味な先生たちは、たとえ仕事の中身が、からっぽでも、素朴だというので、相当に尊重されるが、ピスカトール型、メイエルホリド型の、とかく、離れ業の好きな連中は、たとえば、わたしのように、仕事の中身がつまっているばあいでも、素朴ではないというので、あんまり信用してもらえない、というようなことになる。どこかで杉浦明平もいっていたように、たしかに日本人というやつは、「素朴病」というようなものに、みんなとりつかれているらしい。しかし、問題のアンリ・ルソーの素朴さは——もしもかれが素朴だとすれば——日本人のいわゆる素朴とは、断然、ちがうような気が、わたしにはします。

——きみは、ぼくを、なんの値うちもない人間だというけれども、すくなくともぼくは、道化役者《ブーフォン》として役にたっているはずだ。——と、かれは書いた。死ぬ一箇月くらい前、恋びとへの手紙のなかで書いています。してみると、かれの素朴さなどというものは、かれの恋びとの眼には、なんの値うちもないものとしてうつっていたらしい。これは、必ずしもかれの恋びとに、ひとをみる眼がなかったからではなく、日本とちがって、フランスでは、素朴というものが、それほど高く評価されてはいないのだから、当然のことというべきでしょう。アンデパンダンのかれの作品は、いつも嘲笑の的になっていました。そこで、展覧会の陳列係は、かれの作品を、なるべく目だたないような隅っこの場所に置くようにしていましたが、ルソー目あての見物人たちは、場内を隈なく探しまわり、かれの作品をみつけだすや否や、バラックをふるわすほどの容赦のない笑い声を爆発させていたということです。まさしくかれは、道化役者でありました。そうして、かれの支持するものといえば、アポリネールだとか、ピカソだとかいうような離れ業の好きな連中——ルーブルから『モナ・リザ』が盗みだされたとなると、まっさきに嫌疑をかけられるような、あやしげな連中ばかりだったのです。『ノートル・ダム・ド・パリ』のカジモドのように、かれは、かれらの手によって、道化《フェート・デ・フー》祭の法王に祭りあげられていたわけだ。

道化法王の役割のむつかしさは、自分が道化であることにちっとも気づいていないようなふりをしながら、法王然と振舞わなければならないところにあります。ルソーが、唖で聾だったカジモドと同様、この役割を、みごとにつとめおおせたのは、まったく、驚嘆のほかありません。かれの傑作の多くが、気前よく金を支払った人びとの手に渡され、値ぎり倒したり、がらくたと交換したりしたような人びとの手には、出来損いの作品ばかりが渡されていたことを知って、お人好しのような顔をしていたが、案外、あいつは喰わせものだったのじゃないか、と小首をかたむけているようなひともあるようです。しかし、それにしても、ルソーは、なんという貧困にたえて生きて行かなければならなかったことでしょう。気前よく金を支払う人びとといったところで、知れたものでした。かれの『小児の像』は三百法《フラン》にすぎなかった。そうしてそれが、生前におけるかれの作品の最高の値段だったのです。このくらい、素朴さというものの安く値ぶみされているような国でなら、わたしだって、敢えて涎くりの真似をしてみる気になるかもしれません。しかし、朴訥仁に近し、というような顔つきさえしていれば、さっそく、保守派からちやほやされるような国に住んでいるのでは、いやでもわたしは、軽薄さというものに心をひかれないわけにはいかない。

ルソーの素朴さを、子供の素朴さ、原始人の素朴さ、あるいはまた、プリミティフの画家の素朴さと混同してはなりません。モネーやシスレーを乗越えて、前進しなければならなかったかれは、必然に、あのような素朴さにおもむかざるをえなかったのです。その意味において、かれの素朴さは、ピカソやアポリネールなどの素朴さ——中野重治流にいえば、仕事の中身のつまっている感じ——に、たいへん、近いものがあるようです。道化祭においては、上のものが下になり、下のものが上になる。それは革命以外のなにものでもない。ルソーは、二十世紀における芸術革命の先駆者だったのです。時代の変り目には、いつも無邪気な、子供らしい歌声がひびきわたります。『三国志』を読んでごらんなさい。洛陽の子供たちによって異口同音に歌われる、はなはだ素朴な歌の文句は、つねにおそるべき革命の到来を予告する。子供たちの心をとらえるこういう童謡の作者たちに、素朴な一面のあることは否定しがたいかもしれませんが——しかし、かれらは、断じて子供ではない。子供ではないどころか、ほとんどそのすべてが、煮ても焼いてもくえない、老獪な革命家ばかりであります。

芸術のいやったらしさ

岡本太郎の『今日の芸術』（光文社刊）のなかに「芸術のいやったらしさ」ということがかいてあり、たいへん、おもしろいとおもうので、そんなテーマで、わたしにも、なにかかいてくれと編集者がいうのだ。むろん、言下にことわりましたね。そいつは、太郎にたのみなさい、といって。なにしろ、近ごろは、心境の変化で、啓蒙の仕事のほうは、万事、太郎にまかせてあるんだから。

わたしは、相当、ムクれているのである。太郎の本はまだいいが、まったくのところ、啓蒙書のハンランじゃないか。いくら出版界が不景気だからといって、なんとか入門だとか、かんとか作法だとかいう本ばかりだして、シロートの頭を混乱させ、苦境をきりぬけようなんて、ずうずうしいにもほどがあるよ。そんなインチキなベデカーの出版社にたいしても、あるいはまた、そいつを片手に嘻々として八幡の藪しらずのなかへ迷いこんでゆくおめでたい読者にたいしても、わたしは、ほとほとアイソをつかしているのである。

そこへゆくと太郎というのは、おなじ案内人でも、さすがにただのネズミではないね。アポリネールの小説のなかに登場するドルムザン男爵のように、どうやらかれにとっては、案内自体が、あたらしい芸術の一種であり、かれもまた、男爵にならって、その芸術に、「アンフィオニー」とかなんとかいう奇怪な名をくっつけているんじゃなかろうか、と、ちょっとうたぐってみたくなるほどである。男爵や太郎なんかにパリを案内させてみたまえ。手形割引所の支店を指さして「リュクサンブール宮殿、上院《セナ》」と叫んだり、ナポリタンのそばを通りかかると、大げさに「アカデミー・フランセーズ」と怒鳴ったり、リオン銀行の前へくると、「大統領官邸」などとわめいたり——要するに、手近にころがっているもので、パリ名所を、いっさい、間にあわせてしまうので、あッというまに見物は完了、お上りさん連は、すっかり、パリ通になったような満足感を味い、よろこんで多額のチップをはずむ、ということになる。これは、たしかに、あたらしい「今日の芸術」にちがいない。……

といったような讃辞を、ちょっと太郎に呈してみたくなるのは、むろん、ひとつには、太郎と対立しながら、数年がかりでわたしのかきあげた『アヴァンギャルド芸術』という本が、内容の点においてではなく、その売れゆきの点において、もっとも太郎の本と対立しているところからもきているのだ。じつに残念である。しかもわたしの本のなかには、縷々、数千言をついやしたわたしの太郎論さえ、ちゃんとのっているのである。もうたくさんだ。この上、太郎の「アンフィオニー」の解説までできますか、というのが、正直なところ、「芸術のいやったらしさ」についてかくことを求められたときのわたしのいつわらぬ心境であった。

ところが編集者は、わたしの冷然たる拒絶にであっても、いささかもたじろかず、真情をおもてにあらわして、いや、あなたのおかきになるものは、なにもかもいやったらしい、それでぜひあなたにこのテーマで、かいていただきたいのです、といった。これには感激したね。ハード・ボイルドを気どっていても、わたしには、まだ、かなり、生煮えのようなところがあるらしいのだ。わたしは、おもわず会心の微笑をもらさないわけにはいかなかった。なるほど、世の中には、やはり、具眼の士というやつがいるものである。太郎は「芸術のいやったらしさ」についてかいているが、いまもいうように、かれのアンフィオニーそのものは、読者の心身を爽快ならしめる効果はあっても、これっぽっちも、いやったらしいような印象は残さない。

たしか青野季吉老だったとおもうが、『今日の芸術』を読んだあとで、文学の仕事というものは、絵具とカンヴァスとがあれば、そくざにできあがるアヴァンギャルド芸術のようなものではなく、もっと観念的な仕事であって、……とかなんとか、じゅんじゅんと新人にむかって説教していたが、これなども太郎のアンフィオニーのヒロポン的効果にイカれているくちで、手形割引所の支店をリュクサンブール宮殿だとおもいこんでいるものだから、アヴァンギャルド画家なんか、たいしたシロモノじゃないと考えているらしいのだ。いや、べつだん、それがいけないというのじゃないよ。事実、たいしたシロモノじゃないからね。しかし、それならばなぜ文学のほうだっておなじことで、ペンと紙さえあれば、そくざにアヴァンギャルド芸術などできあがるものだと説教しないのだ？

わたしは青野老に、わたしの『アヴァンギャルド芸術』を一冊寄贈しようかとおもったが——しかし、老人をいやったらしい気分におとしいれるのも気の毒だから、遠慮した。なにしろ、太郎の本をヒロポン的だとすれば、わたしの本は青酸加里的だからね。といったような自己宣伝を、たえずうるさく繰返すことが、つまり、一言にしていえば、「いやったらしさ」というものを相手に強烈に印象させるための第一課なのだ。わかりましたか。

編集者がみとめてくれたように、たしかにわたしのかくものには、いやったらしいところがあるのである。戦後、『復興期の精神』（角川文庫）という本をだしたとき――この本のなかでは、わたしは大いに典雅ならんとして、これ努めたのだが――坂口安吾は、わたしを批評して、帽子を横っちょにかぶった、できそこないのダンディーだといった。今月の『群像』の合評では、高見順が、近ごろ、わたしの『新日本文学』に連載している文芸時評に注目して、下町なんかで実直にものをつくっているひとにインネンをつけて金をとってゆくゴロツキだといっている。「下町なんかで実直にものをつくっているひと」というのは、どうやら高見順自身のことらしいが、なんとなく可憐なところがあって、同情をそそるじゃないか。もっとも、わたしは、高見から金をとったおぼえはない。ただ、かれの近ごろの作品を、胸のわるくなるような通俗小説だといってホメただけである。その胸のわるくなるような感じが、芸術に関係のないのは残念だが、実直な人間が、あれだけ自分のつくったもので、「いやったらしさ」がだせれば、たいしたものだよ。

しかし、ゴロツキというのはわるくないね。太郎なんか自分のかいたもので、ゴロツキだなんていわれたら大よろこびをするにちがいないが、残念ながら育ちがいいものだから、いくら凄んでみせたところで、せいぜい首にハンケチをまいた、いきなパリのアパッシュというところだ。むろん、これは太郎の絵の話ではない。太郎の絵は、かつてわたしが太郎論のなかで指摘したように、十分、ゴロツキの「いやったらしさ」を具えている。上品ではなく下品であり、地味ではなく派手であり、渋くはなく甘いのである。つまり、いささかも「いき」なところなんかないのだ。ここでわたしの「いき」だといっているのは、『今日の芸術』のようなかれのアンフィオニーのことなのである。

そうだ、「いやったらしさ」の芸術的表現と「いき」のそれとを比較してみるのも一興である。などというと、「いやったらしさ」のほうならとにかく、わたしに「いき」の正体などわかっているはずがないとおもって、せせら笑うようなひともあるかもしれない。むろん、わたしは、「いき」についてかくべつウンチクのあるほうではない。しかし、かつて桑原武夫が、いみじくも喝破したとおり、戦前では知っていることも知らないというのが「いき」だとされていたが、戦後では、知らないことも知っているというのが「いき」だとされているのだ。はたしてしからば、わたしなど、既往の実績にてらして、戦後的「いき」の最尖端をゆくものであり、わたしが「いき」について堂々と発言すれば、身をもって「いき」のなんたるかを示すことになるのではなかろうか。そういえば、案外、今日では、「いやったらしさ」というのが「いき」で、「いき」というのが、「いやったらしさ」に変っているのかもわからない。

戦前派の「いき」に関してかいたもののなかでは、やはり、九鬼周造の『「いき」の構造』(岩波書店刊)が、わたしには、出色のできばえのようにおもわれる。せんだって鶴見俊輔に会ったときかれがあんまり日本の哲学者を罵倒するものだから、むろん、つまらんやつが多いけれども、九鬼周造なんかいいほうじゃないか、といったら、ああ、あれは西田哲学のそばにおかれた盆栽のようなものにすぎない、と一言のもとにカタづけてしまった。それは、いかにもそのとおりだ。しかし、『「いき」の構造』のなかにみなぎっている諧謔の精神に、はたして鶴見が気づいているかどうか、いささかわたしは心細い感じがしないでもなかった。

なにしろそのスタイルがすばらしいよ。九鬼は、まず、「いき」と媚態とのきってもきれない関係を問題にする。それから媚態の考察にはいって、しからば媚態とはなんであるか、媚態とは、一元的の自己が自己に対して異性を措定し、自己と異性とのあいだに可能的関係を構成する二元的態度である、とくるんだからね。とにかく、このすっとぼけた調子には、なんともいえないユーモラスな味があり、きっとこの哲学者は、「浮世床」にやってきて、熊公や八公たちに「火の玉くう」とかなんとかいってバカにされる浪人者の口吻をたえず意識しながら、この本をかきつづけていったのにちがいないとおもい、わたしは、いまだにかれにたいして、相当の敬意をはらわないわけにはいかないのである。いや、じつをいうと、わたしもまた、そんなスタイルで、この小論をかいてみようかと、少々、誘惑を感じたのだが――しかし、それでは、なんだかわたしの文章が、すっかり「いき」になってしまって、せっかくの編集者の期待にそむくことになりそうだから、中止した。

もっとも、わたしのみるところでは、「いやったらしさ」と「いき」とのあいだには、それほど大きなちがいはないね。要するに、九鬼は、媚態に意気地と諦めとをまぜあわせ、それをトロ火で煮たてたものが「いき」だというのだが、意気地だとか諦めだとかいうような封建的残滓をきれいさっぱりとりのぞき、媚態を媚態として、純粋の状態におきさえすれば、それが、すなわち、「いやったらしさ」というものではあるまいか、という気がわたしにはしてならないのだ。なるほど、これでは、いくらか単純すぎるような感じがしないでもない。つまるところ、「いやったらしさ」とは、媚態以外のなにものでもない、ということになるからね。しかし、九鬼流に、いやったらしさとは一元的の自己が自己に対して異性を措定し、自己と異性とのあいだに可能的関係を構成する二元的態度である、といいなおしてみたまえ。若干、舌もつれがするかも知らんが、「いやったらしさ」の定義としては、まんざら捨てたものでもなかろう。

赤いドレスを着て、腰をふりふりあるきまわるマリリン・モンロウは「いき」ではない。シナをつくって、一枚、一枚、着物をぬいでゆくストリップ・ショウは「いき」ではない。さらにまた、メディチのヴェヌスは、裸体に加えた両手の位置によって、「いき」ではない。なぜなら、それらはすべて、媚態の露骨な表現だから。もっとも、最後のやつは、かえって、そのもったいぶった両手の位置のために、いまではもはや芸術とは称しがたいかも知れんがね。

つまり、一言にしていえば、おもいきり、おおっぴらに、手心を加えず媚態を表現しさえすれば、それがとりもなおさず、今日の芸術になるのである。こんなことをいうと、なアんだ、そんなことはとっくに知ってらあ、しかし、いくら媚態を示してみても、さっぱり、文壇ではみとめてくれんじゃないかと、ボヤくような文学青年がいないともかぎらない。いや、きみ、それは、きみの媚態の示し方が、まだ足らんのだよ。ハバネラを歌いながら、ドン・ホセを誘惑するときのカルメンの態度に学ばなければいけないね。

とにかく、われわれ日本人には、たしかに九鬼のいうように、意気地だとか、諦めだとか、いうものがあって、どうもそいつが天衣無縫の媚態の表現をさまたげている。戦争中、わたしは、抵抗者気どりで雑誌をだし、その編集後記のひとつに、大衆大衆、といいながら、いたずらに媚態を呈し、国民文学を云々しては、ゼニの勘定にうき身をやつし、まことに哄笑したくなる風景が、いたるところに展開しているとき、なお文化人にも背骨のあることを示すもの——それは本誌以外には断じてみあたらない、とかき、すっかり、得意になっていた。（これは戦争中のことですよ。今のことではないよ。しかし、ふりかえってみると、昔も今も似ているねえ。まったくサマセット・モームではないが、わたしもまた、変れば変るほど、いよいよ、おなじだ、といいたくなるよ。）

ところが、その雑誌のでた翌月だったか、金子光晴が、わたしには、さいわいにして骨がありません、わたしは、うまれながらの骨なしのグニャグニャです。といったような意味の詩を寄稿してきたのにはマイったね。いや、たしかにそのとおりだ。本当の抵抗を試みるには、背骨なんかあっては邪魔っけである。金子のいうように、おれもまた、さっそく、骨なしのグニャグニャにならなければならん、とわたしは、そくざに決心したよ。しかし、それ以来、毎日、スかなんかガブガブのんで、大いに骨をやわらかくしようと苦労しているのだが、さっぱり、きき目はないようだね。そこへゆくと高見順なんか、戦争中から、媚態にかけては、たしかに一流のほうだった。……

以上、述べたところによってもあきらかなように、「いやったらしさ」の根底には、媚態があり、性的な意味をもった二元的可能性がある。この性的な領域に大胆不敵にきりこんでいって、そのネバネバしたもの、ドロドロしたもの、一見しただけでも、胸のわるくなるようないやったらしいものを、あざやかに表現したものが、超現実主義芸術であることは、あらためてここで繰返すまでもなく、今日の常識である。さらにまた、そういういやったらしいものに対決して、一歩もしりぞかず、そいつを、非情冷酷に、数学的に定着したものが、抽象芸術だ。したがって、このほうだって、本当は、いやったらしいのだが、なにぶん、こちらは、いやったらしさの実存ではなく、本質をあつかっているものだから、案外、シロートは上品なものだとおもいこんでいるらしい。

その間の消息は、わたしの『アヴァンギャルド芸術』や岡本太郎の『今日の芸術』にくわしくかいてあるから、そのほうにゆずることにして、最後に一言、わたしと太郎との媚態の相違についてふれておこう。ひと口にいえぽ、わたしの媚態はドン・ファン的だが、太郎のそれはカザノヴァ的なのだ。ドン・ファンは、異性から愛されるように、いろいろ、頭をひねることはあるが、こちらからは決して愛するようなことはない。かならず相手に愛の告白をさせる。告白をきいても、なかなか、うんといわず、さんざん、相手をジラして、二元的可能性を、いつまでも可能性のままにしておく。そうして、しだいに相手の精神を変形してゆき、生涯、忘れられない恋びとになってしまう。したがって、わたしの相手は、かならず不幸になるね。ところが太郎のほうは、無邪気なもので、カザノヴァのように、ただ、ひたぶるに恋いわたるタイプである。異性とみれば、つかつかとあゆみよってすり足かなんかしながら、さっそく、愛の告白を試みる。相手がいやな顔をしたって、ちっとも気にかけない。そうして、そのあげく、かならずかれは、かれの相手を幸福にしてしまうのだ。

いや、またしてもこんなことを、くどくどというのはやめよう。すでにわたしは、この一文の冒頭でも、わたしの本と太郎の本の相違にふれながら、おなじようなことをいったはずだ。異性だって、読者だってたいして変りばえはつかまつらんよ。……しかし、それにしては、わたしの読者は、あまりにもすくないようである。わたしは、わたしの不幸なる少数に満足するには、あまりにもドン・ファンだ。ここで武士道の理想主義にもとづく意気地や、仏教の非現実性を背景とする諦めをもちだしたりしてホロリとなった日には、わたしのみごとな「いやったらしさ」が、もしかすると、「いき」になってしまうかもしれないじゃないか。

魯迅

戦争中、しばしば、わたしは、魯迅の『故事新編』についてかいた。とりわけ何度もとりあげたのは『鋳剣』で、青衣をまとい、青剣を背負い、暴君をたおすために、城内にむかってひた走りに走っていく、あの作品の主人公である眉間尺という少年のイメージには、窮鼠かえって猫をかむといったような、その頃のわれわれの「抵抗」の在りかたをおもわせるものがあって切実であった。煮えたぎるカナエのなかで、暴君の首と、少年の首と、少年を助ける黒い男の首とが、マンジどもえになって死闘をくりかえし、ついにことごとく、どれがどれだかわからない、まっ白いされこうべに化してしまう結末の部分は、いかにも中国における階級闘争のはげしさを、まざまざと物語っているようで、いくらかうらやましいような気がしないこともなかった。もっとも、それと同時に、わたしが、おなじ『故事新編』のなかの老子を描いた『出関』にも心をひかれていたことはまぎれもない事実で、たとえば老子が、弟子にむかって、ああんと口をあけてみせ、「ごらん、わしの歯は、まだあるかな」「ありません」「舌はまだあるかな」「あります」「わかったか」「先生のおっしゃる意味は、堅いものは早くなくなるが、軟いものは残る、ということですか」「そのとおりだ」といったような問答をするくだりには、おもわずわたしは、会心の微笑をもらさないわけにはいかなかった。おなじ一足の靴であろうとも、わしの靴は流沙を踏むもの、孔子のそれは朝廷にのぼるもの、ときっぱりといいきり、黄塵の渦まくなかを、のろのろと、沙漠にむかって消えていく老子のすがたを、わたしは愛した。

　要するにその当時のわたしにとっては、王様をたおすために城内にむかってひた走りに走ることと、王様から逃れるために沙漠にむかってのろのろと消えていくこととは、ほとんど一枚の銅貨のウラとオモテのようなもので、二つの行為のあいだに、なんら本質的な相違があろうとはおもえなかった。そこには、おなじように、人生から足を洗うことのすがすがしさがあった。たぶん、その頃のわたしを、さかさにふったら、ニヒリズムだけしか出てこなかったかもしれない。しかし、わたしは、みたところ、さも希望ありげに現実の周辺をぶらついていた。そしてわたしは、わたしの内部で、眉間尺の激烈な運動を、老子の緩慢な運動によって抑制し、たくみにバランスをとっているつもりになっていた。したがって、そういうわたしにとっては『故事新編』のなかで、いっぱんに魯迅その人の思想をもっともあざやかにつたえているといわれている『非攻』の墨子などは、いくらか単純すぎるような気がしないでもなかった。『理水』の社会諷刺からも、かくべつの感動もうけなかった。その他の諸作品――『補天』、『奔月』、『起死』などにいたっては、石川淳あたりが、おなじテーマを手がけたなら、もっとすばらしい効果をあげえたかもしれないとおもった。もっとも、『采薇』のなかの太公望の言葉には脱帽した。叔斉《しゅくせい》が伯夷をひきずって群衆のなかから躍り出し、周王の馬のくつわにすがりついて道を説く。そしてかれらは、たちまち武士たちの手で斬ってすてられようとする。そのとき、太公望が、「まあ待て！」といって武士たちをおしとどめ、つづいて「義士だろう。かれらを許してやれ！」と命令するのだ。わたしは、魯迅でなくては、これほど簡潔な言葉で太公望のスケールの大きさを表現することはできないような気がした。（今度、あらためて岩波書店版の選集でよみかえしてみたら、右の太公望の言葉は、「待て！」「義士じゃ。二人とも許してやれ」となっていた。これではなんとなく息せききっているみたいで、太公望のゆうゆうたる風格が出ていないような感じがするのだが、如何なものか。「二人とも許してやれ」というのはいいが「義士じゃ」は、やはり、改造社版の全集のように、「義士だろう」としたほうが、わたしには、はるかにピッタリする。）柄にもなく、そんな些細な表現にわたしが拘泥するのは、あるいは戦争中、伯夷、叔斉のように無力だったわたしが、無意識のうちに、敵の陣営に、太公望のような人物を期待していたせいかもしれない。昭和十八年、十九年頃のことである。

ロバと王様とわたし
あしたはみんな死ぬ
ロバは飢えで
王様は退屈で
わたしは恋で……
時は五月。

『故事新編』に関する回想にふけっていたら、突然、わたしの記憶の底から、甘いテノールの歌声がひびいてきた。『やぶにらみの暴君』という漫画映画のなかでうたわれていたジャック・プレヴェールのシャンソンである。そして、いま、わたしには、そのシャンソンのライトモチーフが、そっくり、そのまま、『故事新編』のなかにも発見できるような気がしてならないのだ。時は五月、だったかどうか忘れたが、そこには恋もまた、不足してはいない。逃げた恋びとのことをおもいながら、月にむかって、むなしい矢をはなつ『奔月』のなかの尾羽うち枯した英雄はまさに失恋の傷手のために死なんばかりである。しかし、いったい魯迅は、そういう甘美なニヒリズムのなかに、いつまでも安住していたであろうか。たしか竹内好は、『魯迅』という本のなかで、絶望にたいして絶望することによって、絶望から脱出した、と魯迅についてかいていたが、キェルケゴール風にいうならば、絶望とは罪であり、したがって、絶望にたいして絶望するとは、罪にたいして罪をかさねるということにすぎず、はたしてそういう手つづきをへて、絶望から脱出できるものかどうかわたしには疑問なきをえないのだ。なるほど、いまのわたしは、『鋳剣』の向うみずな反抗よりも、『非攻』の方法的な征覇のほうが好きだ。『出関』の悲愁のいろをおびた笑いよりも、『起死』のゲラゲラ笑いのほうをえらぶ。しかし、それは、わたしが変ったからではなく、わたしのまわりが変ったからにすぎない。魯迅のことは知らないが、すくなくともわたしが、わたし流に絶望にたいして絶望するためには、戦後十年の歳月が必要であった。つまり、わたしは、戦争中とちがって、わたしのまわりに、戦後無数の絶望者のあらわれるのをみて、すっかり、絶望というものにアイソをつかさないわけにはいかなくなったのである。むろんそれは、希望にたいしても同様で、わたしは、しばしば、魯迅にならって、絶望の虚妄は、希望とまったく相等しいとくりかえしたが、べつだん、自己批判を試みた結果、そういったわけではない。わたしの視線は、戦争中のように、内部にむかってではなく、たえず外部にむかってはなたれていた。そしてわたしは、魯迅にもまた、いくらかわたしのようなところがあったのではなかろうかとさえおもうのだ。

つい最近もわたしは、『政治的動物について』のなかで、政治に絶望して文学に希望をつないでいると称する連中を嘲笑した。しかし、ひるがえって考えてみれば、かれらは、『鋳剣』や『非攻』の系列には無縁であるとはいえ、『出関』や『起死』の系列には関係があり、あるいは魯迅のように、絶望すればするほど、かえって行動的にならないともかぎらないのだ。いや、たとえかれらが、いつまでたっても、無為にして、なさざるなし、といったような顔つきをしているにしても、かれらの手で、『故事新編』の日本版がかかれるとすれば、もって瞑すべきではないか。さきにもちょっとふれたが、わたしは石川淳の『曾呂利咄』や『和唐内』などは、日本版『故事新編』の傑作だとおもう。はたしてしからば、『故事新編』の甘美なニヒリズムに文句をつけたりするのは贅沢というもので、わたしは、まず、それらの作品のもつ劃期的な意義を強調する必要があるであろう。だいたい、魯迅の『故事新編』の序言が、ひとをあやまらせるものだ。かれは、第一作の『補天』を、フロイドで創造の起源を解釈してみようという意図をもってとりかかったのだが、旧世代の批評家からは悪評を――新世代の批評家からは好評をうけたので、どうしてこんなつまらない作品を騒ぎたてるのであろうと、すっかり、むくれてしまい、第二作以下をかきつぐことをやめてしまった事情を、ながながと説明し、中絶のあとで、神話伝説に材をとってかいたその他の作品も、第一作とたいして変りばえのしないシロモノだ、といったような意味のことを述べている。どうも東洋の文人というやつは、傑作をかいたあとで、かならずこういうつまらないケンソンをしなければ気のすまないところがあるので、つきあいにくい。もっとも、魯迅は、文人カタギばかりの人物ではなかったから、その序言の最後に、「ただ、古人をもう一度死なせるような書き方はしなかったから、なお、しばらくは存在の余地があるかもしれない」と、さりげない顔つきをして、自信のほどをしのばせる一句を、つけくわえることを忘れてはいないが。

戦後、間もなく、太宰治についてかいたとき、わたしは『ダス・ゲマイネ』のなかに描かれている甘酒屋の赤い毛氈をしいた縁台の異様なうつしくさや、フランス抒情詩の講義をききおえて、そこへ登場してくる大学生の口ずさむ、梅は咲いたか桜はまだかいな、という「無学な文句」のなかにみなぎっている詩や、その担い手である、端午だとか、やみまつりだとか、八十八夜だとかを気にする、暦に敏感な音楽家の性格の奇抜さなどをとりあげた。そこには、手あかのついたものが、きれいに洗いあげられて、ウルトラ・モダアンの美でかがやいていた。魯迅の『故事新編』のあたらしさもおなじようなもので、そのなかで、かれは、いわば、中国における甘酒屋の赤い毛氈をしいた縁台をとりあげ、それにたいしてコペルニクス的な転回をあたえたわけである。もっとわかりやすい例をあげれば、それは、ボーモン夫人の童話やギリシャ神話にヒントをえて、ジャン・コクトーのつくった『美女と野獣』や『オルフェ』のような映画に似ているのだ。もっとも、魯迅の仕事にくらべると、コクトーのそれはたいしたことはないともいえよう。なぜならコクトーのほうは、十九世紀リアリズムの行きづまりを、アヴァンギャルド芸術によって打開しようとしているにすぎないが、魯迅のほうは、みずからの手で、まず、リアリズムの地盤をつくりあげ、さらにまた、そのリアリズムを超えて、独自のアヴァンギャルド芸術を創造しなければならなかったのだから。魯迅が若い批評家から、『故事新編』のなかでは、『補天』が、いちばんいい、とほめられて、クサったのは当然のことだ。みたところ、その批評家は、アヴァンギャルド芸術を正当に評価しているみたいだが、じつはリアリズムにたいする無理解をバクロしているにすぎないのである。そして、超近代的なものを、前近代的なものと錯覚して面白がっているだけのことだ。

魯迅が、一時、放棄していた『故事新編』の仕事をふたたびとりあげたのは、おそらく芸術的な動機だけからではなかろう。かれは、自国の伝統の重圧を身にしみて感じ、近代化の道をとおって、先進国に追いつき、追いぬくことの困難をつくづく悟ったにちがいない。そこでかれは、前近代的なものを否定的媒介にして、近代的なものを超える方法についておもいをこらしたのだ。そのためには、なによりも伝統と断絶しなければならない。ナショナルなものを、インターナショナルな観点から、みなおしてみなければならない。そして後進国の人民を、がんじがらめにしばりあげている伝統の桎梏を、逆にバリケードに転化しなければならない。おそらくかれは、そう考えて、神話や伝説をとりあげたのであろう。その点、かれは、政治に絶望して、辛うじて芸術に希望をかけているわれわれの周囲にいる芸術家などとは、あくまで選を異にする人物だったとわたしはおもう。

人生論の流行の意味

人生論の流行は、若い世代が人生に絶望しているにもかかわらず、まだいくらか人生にミレンをもっている証拠であって、一枚も着物のつくれないやつがスタイルブックを買いこんで眼をひからせてみたり、パンと水で生活しているやつが「食いしん坊」なんて本にコーフンしてみたり、さんざん部屋代をとどこおらせているやつが、ブロック建築の写真かなんかを参考にして、自分の家の設計に熱中してみたりしているようなものだ。もともと人生というやつはつまらないものであるが、人生論というやつは、それに輪をかけてつまらない。人生論以上につまらないものは——さあ、ちょっとおもいあたりませんが、たぶん、その人生論の著者でしょうね。

いや、こんなことをいうと、人生論の愛読者から、先生をブジョクするものだといって抗議がでるかもしれない。なるほど、いわゆる人生論者のなかには、有名な文学者や哲学者や科学者がいる。そんなにつまらない人間ではないような気がするかもしれない。それではなぜかれらは、人生論なぞをかくのですか。どうしてそれぞれの専門の領域で立派な仕事をしてみせないのですか。あなた方の絶望に同情してるからだって？　ご冗談でしょう。かれらは、あなた方以上に絶望しているのだ。想像力が枯渇し、思索力が減退し、もはや文学者としても、哲学者としても、科学者としても失格してるから、人生論をかいているのだ。しかも、ずうずうしいではないか。かれらはみずからの絶望をひたかくしにして、あなた方の絶望を希望に転化させようというのだ。絶望したばあいには、絶望に徹するがいい。いいかげんのところで、希望をもとうとつとめたりしてはいけない。ホンモノの絶望というやつは、そうざらに、どこにもころがっているシロモノではないのだ。かつて魯迅は、「絶望の虚妄なること希望に同じ。」といった。どうやらかれは、絶望の正体をあますところなくとらえていたらしい。

したがって、人生論の流行は、人生論の読者よりも、むしろ、その著者のほうを完全にスポイルしてしまうであろう。読者のほうには――特に頭のいい読者のほうには、つまらない人生論を読んで、いよいよ人生のつまらなさを痛感するチャンスがある。しかし、著者のほうには救いはないね。本がどんどん売れるので、流行の服はつくる。うまいものは食べる。なかには、ブロック建築なんかをおったてて、おさまりかえるやつも出てくる。それはいいさ。しかし、そうなると、もう専門の領域で立派な仕事をしようという気が、全然、おこらなくなる。ささやかながらあったであろうかれらの才能は、ことごとくうしなわれてしまうのだ。

しかし、それならば専門の人生論者になって、立派な仕事をすればいいではないか、と著者のなかには反問するようなひともあるかもしれない。むろん、わたしは、人生論が、文学者や哲学者や科学者の手をはなれ、専門化することには賛成です。しかし、人生論専門ということになると――そうだねえ。ざっとみわたしたところ、わたしのまわりに、専門家としてたてるような御仁は、残念ながら一人もいないようだね。どいつもこいつも、人生にたいしてみみっちい希望をいだいている。バラいろのヴェールをとおして人生をながめている。そうして、小言幸兵衛みたいに、やたらに忠告をしたがるようだ。

人生論者というものは、本来モラリストのことをいうのであろう。モンテーニュだとか、ラ・ロシュフコーだとか、山本常朝だとかいった連中のことを指すのであろう。つまり、道徳家ではなく、人生の研究家のことを意味するのであろう。かれらは、人生に絶望し、人生から隠退し、人生を傍観している連中だ。したがって、かれらは、われわれにむかって、ぜったいに、ああしろだとか、こうしろだとか、指図がましいことはいわない。いう資格のないことを骨身に徹して知っているのだ。かれらは、ただ、あるがままの人生について、低い声でボソボソと語りつづける。そうだ。人生論者としての適性をしらべるばあいには、かれらの声を問題にするのもたしかにわるい方法ではないね。ホンモノは決して大声をはりあげて演説したりしない。しようとおもってもできないのだ。

わたしもまた、その昔、人生に希望をもっていた時代には、モンテーニュやラ・ロシュフコーを好んで読んだものだ。そうして、わたしは、しだいに人生に絶望するようになった。おのれの力の限界をみつめながら、精一杯の仕事をしているときには、誰だって絶望するであろう。余技として人生論をかきつづけている文学者や哲学者や科学者も、専門の人生論者になれば、きっと絶望するであろう。絶望にたえながら生きていくのが人生である。

読書的自叙伝

わたしは、ここ二十年来、つねに生活の必要にせまられて読書し、いまだかつて読書それ自体をたのしむというような余裕のある生活をおくったことがない。馬琴は『八犬伝』のおわりのほうで「筆硯読書、皆排斥して、しずかに余生をおくるにいたらば、静坐日長く思慮をはぶきて、また少年の如くなるべし。」といっているが、われわれジャーナリストの心境は、昔も今も、たいして変りばえもつかまつらん、ということになる。

学校の書庫の入口には、ここは幾多の学者の魂のさまよっているところだから脱帽をしてはいられたい、という意味の奇妙な札がかかっていたが、やれやれ、やっと解放されたともおもわないで、死後もなお、書物に執念をのこしているのがアカデミシャンというものであろうか。わたしはそういう魂にあまり敬意を感じなかったので一度も脱帽したことはなかった。しかし、その書庫から、ヤーコブ・ベーメだとか、マイスター・エックハルトだとか、ドウンス・スコトウスだとか、一見、なにが書いてあるのだかさっぱりわからないような本を借りだしてさかんに読みふけった。

むろん、わたしは神秘主義に心をひかれていたわけではない。プラーグの大学生のように、ひとりぼっちで、貧乏で、自分の影さえ手ばなさねばならないような窮境にあったわたしは、それらの書物をデータにつかって、一篇の読物をでっちあげ、前途を打開したいと考えたのである。すべてはわたしの計画どおりにはこんだ。作品は週刊誌に発表され、ほぼ一年間のわたしの生活を保証したが、しかし、わたしは、もう二度と、そんなくだらない物語を書こうとはおもわなかった。まさしくプラーグの大学生と同様、わたしもまた、自分の影を悪魔に売りわたしたような気がしたのだ。

その後、わたしはマルクスやレーニンの本を読みだしたが、これとて、べつだん、共産主義に興味をもっていたからではない。戦争がすでにはじまっていたので、そういう「危険な本」は古本屋の店頭に一山いくらで並んでおり、しごく、簡単に手に入れることができたからだ。わたしは、それらの本に教えられて、インフレーションや地代や国際収支について書いた。そうして、その種の一夜づけの論文を、おそれげもなく雑誌社に売った。マルクス主義者からの反撃がなかったのは、当時、かれらがむりやりに沈黙させられていたからであろう。そのため、わたしは、いつかわたし自身を、マルクス主義者の一人だとおもうようになった。もしも、そのころ流行していたゴットルやシュパンの書物がもっと安い値段で売られていたら、あるいは、わたしはファシストになっていたかもしれないのだ。

しかし、間もなくわたしの原稿は売れなくなった。それは、むろん、当然のことだ。そもそも戦争中、マルクスやレーニンを売りものにして、生活しようとすることそれ自体が策をあやまっている。わたしは就職することにした。そうして、農業、林業、工業と、種々の業界新聞を転々とした。わたしは猛烈に読書した。読書しなければならなかった。さもなければ、一枚も原稿がかけないのだ。こたがって、戦後出版されたそれらの論文にとに工業新聞のときにはマイった。わたしの受けもちは、技師たちの集会の経過を報告することだったが、最初、わたしの行ったところでは、かれらはタンブラー・スウィッチについて論じていた。タンブラー・スウィッチとはなにか。それがなんだかわからないかぎり、かれらの話の内容はヤーコブ・ベーメの本以上に、てんで見当さえつかないのだ。わたしは電気に関する本を買いこんで、第一課から勉強しなければならなかった。そんなふうにして、わたしは鉄や工作機械について学んだ。

もっとも、その間、わたしは、ずっと一文にもならない同人雑誌をやっていて、アヴァンギャルド芸術やルネッサンスに関する論文をかきつづけていた。したがって、戦後出版されたそれらの論文には、以上述べたようなわたしの読書の反映がある、といったほうが、いっそう適確かもしれない。いや、むしろ、そのころのわたしの生活の反映がある。わたしは読書人ではなく、生活人なのだ。アカデミシャンではなく、ジャーナリストなのだ。要するに、たえず書物と絶縁したいとねがいながら、しかも一生書物につきまとわれる人間にちがいない。馬琴のように。あるいはまた、レオナルド・ダ・ヴィンチのように。……とおもいこみたいところだが、むろん、わたしは、史上に名ののこるような人物ではない。

男の首

損得にはそれがしも引廻されてござるかナ
――『雪たたき』――

わたしは、幸田露伴について、なんら知るものではない。全集さえもっていない。ただ、戦争中、かれの『運命』を読んで心をうたれて以来、折にふれてかれの作品に眼をとおしている一読者にすぎない。おそらく露伴は、中村光夫などのいうように、前近代的な作家であろう。しかし、わたしは、かれのいうように、露伴の作品が、近い将来、ことごとく難解な古典になってしまったり、さらに一歩進んで、まったくの死文学になってしまったりするようなことは、万が一にもありえないとおもう。わたしが好きだからだ。そして、わたしが露伴を好きなのは、わたしのなかに前近代的なものが残っているからというよりも、わたしもまた、露伴と同様――むろん、異なった次元においてではあるが、はげしく近代的なものに対立しているからであろう。先日、小林勇の『蝸牛庵訪問記』を読んでいたら、昭和十四年ごろ、露伴が、ソ連映画に出てくるスターリンの顔をみて、「スターリンは、いわゆる血の粛清で伝えられるような人間ではない。いい顔をしている。ことにあの頸の強さは、あの人間をあらわしている。」とほめているくだりがあったので興味をおぼえた。おもうに、露伴のスターリン評は、その当時においても、現在においても——とりわけスターリンをコキおろすことが、コミュニストとしての正統性を証明するための不可分の条件になっているような現在においては、はなはだ反時代的な感じがするにちがいない。あるいはそのさい、露伴は、スターリンに、東洋流の王者の相を——たとえば、文王の龍顔虎眉だとか、光武帝の隆準日角だとかいったようなものをみいだしていたかもしれない。しかし、わたしには、かれの観相術は、すくなくともピカソのそれにまさるともおとらないもののような気がしてならないのだ。ピカソのスターリン像を、ちょっとおもいうかべてごらんなさい。かれもまた、露伴と同様、自然主義的リアリズムなど無視しながら、ひたすらスターリンの「いい顔」と「頸の強さ」をとらえているではないか。ハンガリアの動乱で、スターリン像が、台座からひきずりおろされたことを、単に政治的にだけ解してはならない。あれは、一つには、それらのスターリン像に具象化されている自然主義的リアリズムにたいする大衆の反感のあらわれでもあるのだ。もっとも、大衆のなかには、さまざまな好みがある。周知のように『レットル・フランセーズ』に掲載されたピカソのスターリン像は、一部の大衆の憤激を買い、当時のフランス共産党書記局は、同紙の編集長であるアラゴンを非難する声明書を発表したほどである。

しかし、まあ、そんなことはどうでもいい。わたしが、露伴に心をひかれるのは、かならずしもそういったかれの率直さのためばかりではない。いや、むしろ、反対に、どうやらわたしは、かれの曖昧さに——曖昧さとみまがうような一種微妙なかれの言いまわしに魅せられているらしいのだ。右にあげたスターリン評のばあいなどは、例外中の例外であって、わたしには、露伴が、つねにおのれの意見をオブラートでつつんでいたようにおもわれる。それは単に保身のためではない。たとえば、どこかで小島政二郎は、誰かが露伴にむかって、頼山陽をどうおもうかとたずねたとき、露伴が、ただひとこと、「さればさ」といったというので、「なんという適切な受けかただろう。先生の山陽にたいする批判は、いわずして言外に溢れているではないか。」と、ひどく感心していたが、わたしもまた、まったく同感である。露伴は、山陽を決してつまらないとはいわない。ただ、「さればさ」というだけである。といって――だからといって、価値判断をくだしていないわけではない。「さればさ」ということによって、ちゃんと山陽はつまらないといっているのである。戦争中、主としてわたしが、露伴から学んだのは、そういうレトリックの第一課であった。そして、いまとなっては、少々、いい気になって、わたしは、わたし流の「さればさ」を連発しすぎたような感じがしないでもない。もっとも、こんなことをいうからといって、わたしは、露伴の「さればさ」の真意を、いつも正しくとらえているとおもうものではない。げんにかれの晩年の作品である『雪たたき』の結末で、堺のブルジョア、臙脂屋のうちへ投げこまれる男の首は、いまだにわたしには、誰の首であるか、さっぱり、わからないくらいだ。いや、わからないというよりも、わかりすぎるほどわかっているつもりでいたのだが、そういうわたしのわかりかたを、誰一人、肯定するものがいない、といったほうが、ヨリ正確であろう。『雪たたき』の話の筋は簡単だ。足利末期、地下組織に属する木沢左京という「反抗的人間」が、偶然、右のブルジョアの娘の姦通事件の証拠をにぎる。かれは、娘の夫の知り合いだ。そこでブルジョアは、かれにむかって、事件を内済にしてくれるなら、組織にたいしてあらゆる援助を惜しまないという。しかし、かれは、かたくなにその申し出を拒絶する。損得によってひきまわされることは、いやだというのだ。ところが、組織は、かれにむかって、ブルジョアと妥協せよと命令する。かれは、あくまでいやだといって頑張るが、ついに心ならずも組織の決定に服従する。そして、その地下組織が反乱をおこした夜、ブルジョアのうちへ一箇の首が投げこまれる、というわけである。その首については、「京の公卿方の者で、それは学問諸芸を堺の有徳の町人の間に日頃教えていた者だったということが知られた。」という説明があるだけで、露伴は、それが誰の首であるか、一言もふれていない。

わたしと島尾敏雄とは、その首の持主を決定するために、会うたびごとに議論したものである。わたしは、その首を、木沢左京の首だと主張した。ところが、島尾敏雄は、どこまでもその首を、姦夫の首だといいはるのだ。わたしには、木沢左京のような「反抗的人間」は、かならず組織によって粛清されるものだというぬきがたい先入感があった。島尾敏雄は、露伴は、前近代的な作家だから、姦通によってはじめた物語を、姦通にたいする「審《さば》き」をつけないままで、おわらせるようなことはない、という前提の上に立っていたようである。たとえば幸田文は、『ちぎれ雲』のなかで、『雪たたき』について、「姦通は物語の種であり、事の発端であるが、それは片びらきの程度にしか書かれていない。スポットは時代の戦乱をバックにして、臙脂屋と木沢との渡りあいへ当てられ、不義はその片明りに浮いているといった書きかたがしてある。それだのに姦通の最後は、えごくも男の生首で始末している。私はそこに父のしいんとした姿を感じる。男は斬られたで済むが、これは安泰に遺った女、姦通の片われへの凄まじい贈りものである。」といっている。どうやらかの女は、その首を、最初から、姦夫の首だときめてかかっているらしい。わたしと島尾敏雄の議論をきいて興味をいだき、はじめて『雪たたき』を読んだ武井昭夫その他のヤンガー・ゼネレーションもまた、ことごとく島尾説を支持した。そしてわたしが、武者小路実篤でさえ、かれの『幸田露伴』のなかで、「その首は姦夫の首かもしれない。しかし、はっきりしたことはわからない。」とかいているではないか、といって反駁しても、誰一人、わたしの説に賛成しようとはしなかった。その後、間もなく、島尾敏雄は、南方へ去ってしまったので、『雪たたき』が、その材料を仰いでいる『足利季世記』をどこかで探しだしてきて、われわれの議論に決着をつけようという申し合せは、とうとう、そのままになってしまったが——しかし、たとえ『足利季世記』になんとかかれていようとも、わたしには、素直に自説をひるがえすつもりなど、さらさらない。姦通など露伴にとって問題ではないのだ。わたしは、露伴が、『雪たたき』のなかで暗示しているものは、あくまで「反抗的人間」の非業の最後だと信じてうたがわない。おもうに、露伴のなかでは、終生、木沢左京のような「反抗的人間」と、臙脂屋のような「協力的人間」とが、たえず闘争しつづけていたのではなかろうか。そして平野謙流の推理を試みれば、露伴の『渋沢栄一伝』と『雪たたき』とのあいだには、きってもきれない関係があるような気がしないこともない。それは、単にそれらの二つの作品が、相い前後して完成されたためばかりではない。露伴のなかの「協力的人間」が前者をかいたために、かれのなかの「反抗的人間」が、憤然として後者をかいたとみればみれないこともないからだ。しかし、正直なところ、わたしは、露伴を、その程度の人間だとは考えていない。露伴の眼には、「協力的人間」の限界はむろんのこと、「反抗的人間」の限界もまた、あざやかにみえていたのではあるまいか。

わたしは、いま、ここで、露伴のさまざまな作品をあげて、そのことを証明しようとはおもわない。しかし、たとえば『雪たたき』のなかで最後に登場して、木沢左京と臙脂屋との対立に終止符をうつ、地下組織の指導者、遊佐河内守の描写をみただけでも、鋭敏な読者には、ただちに露伴という作家のスケールの大きさを感じとることができるにちがいない。遊佐河内守は、議論をするわけでもない。ふとった大きなからだを折りまげてお辞儀をしながら、木沢左京にむかって、臙脂屋の言い分をききとどけてくれと頼むだけだ。そして、相手が承諾しても、かくべつ、うれしがるふうもない。すこぶるビジネスライクに万事を処理していく。にもかかわらず——いや、むしろ、それゆえにこそ、かれには、なにか一座を圧倒するような重量感があるのである。たぶん、こういう人物は、いささかも感情を浪費することなく、みずからの事業にとって障害になるような人間を、つぎつぎに粛清していくにちがいない。わたしには、木沢左京のようなうるさがたが、早晩、かれの手によって、息の根をとめられてしまうであろうことは疑問の余地のないことのようにおもわれた。すでに『雪たたき』の最後の場面においても、両者の内心の闘争は、一触即発のところまできていたのではなかろうか。木沢左京が、姦通をした娘の夫の知り合いである以上、いつまた、だだをこねはじめるかわからないから、遊佐河内守が、かれを粛清して、臙脂屋のために、ながく禍根をたってやるのは、わたしには、至極、当然のことのような気がしてならない。なぜなら、そうすることによって、遊佐河内守は、政治的には反対派を抹殺し、経済的には、ブルジョアの援助を期待することができるからである。木沢左京が臙脂屋の面前で斬られなかったのは、遊佐河内守が、反乱が成功するまで、かれを生かしておいて利用しようとおもったからにすぎない。わたしは、以前、映画で、サルトルの『汚れた手』をみたさい、ピエール・ブラッスールの扮したエドレェルに、堂々たる実際政治家の風貌をみいだして感心したが、『雪たたき』の遊佐河内守は、わたしに、あのエドレェルを連想させる。さきにあげた『蝸牛庵訪問記』のなかで、露伴は、「『雪たたき』をかいたら、人が来て、二・二六事件をもじってかいたのかと質問したが、あれはそうでない。」といっていたが——たしかにかれのいうように、日本の現代の政治家のなかには、遊佐河内守やエドレェルをおもわせるような人物が少ない。北一輝などにも、非情さが——徹底したラショナリズムが、いささか不足していたようである。

しかし、以上のようなわたしの男の首に関する見解が、島尾敏雄や幸田文に、多少の説得力をもつかもしれないとは、わたしはいささかもおもわない。幸田文などは、「京の公卿方の者で、学問諸芸を堺の有徳の町人の間に日頃教えていた者」という男の首についてのヒントから、さっそく、ブルジョアの娘の家庭教師という結論をひきだしている。しかし、その男は、木沢左京であっても、いっこう、さしつかえない。なぜなら、かれもまた、その娘の夫の知り合いであって、案外、夫のほうの家庭教師だったかもしれないからだ。それほど、『雪たたき』という作品は、どうにでも解釈できるような仕掛けになっているのだ。ある雪の夜、堺の裏通りに、一人のえたいの知れない男が、いきなりあらわれてきて、下駄の歯のあいだにはさまった雪をとるために、ある家の門の裾板を、トン、トン、トンと下駄で蹴る、すると、音もなく門が片びらきにひらき、女の手が出てきて、男を、なかへ引入れる。——というのが、この物語のプロローグだが、『アラビアン・ナイト』以来の典型的な浪漫主義の手法である。なかには、スチーヴンスンの『マレトロアの殿の扉』をおもいだすようなひともあるかもしれない。その男が、木沢左京で、かれの下駄で門を蹴る音を、姦夫の合図だと誤解して、娘の侍女が門をひらいた、というわけである。したがって、幸田文は、『ちぎれ雲』のなかで、「臙脂屋対木沢の応酬より、そこから起る戦乱より、女の私には片びらきの小門から辿る姦通ということのほうに心ひかれる。」と称し、もっぱら女の才気のもつ危さについて反省している。つまり、島尾敏雄は、露伴の芸術をささえている前近代性に反発を感じ、幸田文は、露伴から女のさかしさについての教訓を受けとり、さらにまた、わたしは、なにより露伴の政治観に興味をいだいているわけで、これでは、いつまでたっても『雪たたき』に関する三人三様の解釈が一致点に到達するようなことはあるまい。要するに、われわれ三人は、露伴の「さればさ」によって、みごとにひきまわされているのである。しかし、いま、ここで、わたしが、あらためてこの男の首に関する論争をむしかえしたのは、大衆のエネルギーについて考えているうちに、どうしても一度は、革命と反抗とを問題にしなければならないとおもったからだ。わたしには、露伴の『雪たたき』のなかには、「革命的人間」と「反抗的人間」との相違が――というよりも、むしろ、主として、「反抗的人間」の脆さが、手きびしく追及されていたような気がしたのである。むろん、カミュの『反抗的人間』というような本もある。しかし、わたしのみるところでは、そこには、世紀末の浪漫主義の伝統が根をはっているようであった。わたしは、カミュに、ダンディやボエミアンやリベルタンの眼を感じた。そういう人物が、マルクスを論じ、レーニンを論じ、バクーニンを論じ、ネチャーエフを論じてみたところで、どうにもならないのである。もともと、わたしは、「革命か反抗か」といったような二者択一的な問題提起には反対だが――しかし、数年前おこなわれたサルトル・カミュ論争のさいには、やはり、サルトルを支持しないわけにはいかなかった。

とにかく、サルトルには、近代的なものにたいする猛烈な嫌悪がある。たとえば、かれは、かれの『ボードレール』のなかで、つぎのようにいっている。「安定した世界の只中で、ボードレールは彼の特殊性を確立しようとする。最初、彼は母と義父にたいする反抗と怒りの中でそれを提示した。だがそれはまさしく反抗であって、革命的行為ではない。革命家は世界を変革しようとし、将来に向って、自分で創造する価値の組織に向って、世界を超越する。これにたいして反抗者は、反抗の対象を失わないように、彼を苦しめる弊害をそのままにしておく。彼のうちには、いつでも邪念の要素と、有罪感のようなものがある。彼は秩序を破壊しようとも、超越しようともせず、ただ、それに反抗するだけである。それを攻撃すればするだけ、それをひそかに尊重している。表向きは反対する権利を、心の奥底で擁護している。これらの権利が消滅してしまえば、彼の存在理由も、彼の正当性も、ともに壊滅してしまい、彼は恐ろしい無動機性の中にふたたび堕ちこむからである。ボードレールは家庭の観念を破壊しようとは夢にも思わなかった。それどころではなく、彼は子供時代の域を一歩も出なかったと言うこともできる。」と。とくに卓抜な見解だともおもわないが、一応、「反抗的人間」と「革命的人間」の相違をとらえているといえよう。中村光夫なども、かれの『志賀直哉論』のなかで、志賀直哉を「反抗的人間」としてとらえ、その限界を、ちゃんと指摘していたようだ。いかにも素朴な「反抗的人間」だという気がするが——しかし、志賀直哉なども、たしかに一度は、「反抗的人間」として生きたことがあるにちがいない。いや、現在の日本の文学者などは、極言すれば、一人残らず、「反抗的人間」にすぎないかもしれない。そういう連中が——やがては志賀直哉のように「和解」したり、林房雄のように「転向」したりするであろう連中が、おのれの限界を知らず、「革命的人間」のようにふるまったり、「革命的人間」に反抗したりしているところに、今日の問題があるようにわたしはおもう。事実、われわれの周囲では、ハンガリアの動乱以来、すっかり逆上してしまった「反抗的人間」には、もはや「協力的人間」と「革命的人間」とのケジメさえわからなくなっているようだ。したがって、かれらは、やみくもに反抗はするが、ぜったいに抵抗はしない。いわんや抵抗の過程において、反抗を革命にまでアウフヘーベンしようなどとは、毛頭、考えない。しかるに、われわれは、すでに個別的＝分散的な反抗では、どうにもならない段階にきているのだ。わたしが、『雪たたき』のなかの男の首を、誰がなんといおうとも、「反抗的人間」の首だとおもいこみたいゆえんである。

再出発という思想

人間を、その思想的立場によって、分類していいとはおもわない。それはファシズムの考えかたである。

――『チャップリン・人と作品』――

チャップリンの思想は、これまでにも、しばしば、問題になった。たとえばアメリカの非米活動委員会はかれをコンミュニストだといって攻撃した。ソ連のアレクサンドル・レイテスという批評家は、かれをヒューマニストだといって非難した。さらにまた、つい最近鶴見俊輔は、かれをアナーキストだといって讃美した。その他、ペシミストだとか、サディストだとか、センチメンタリストだとか、パシフィストだとか――さまざまなレッテルが、チャップリンにたいしてはられた。しかし、チャップリンは、あくまでチャップリン主義者だとわたしはおもう。どのレッテルも、かれの一面をとらえていないことはないが――しかし、かれには、つねにその種のレッテルからはみだすような、なにものかがあるのである。おもうに、これは、かれが、いろいろな思想を自家薬籠中のものにしている大思想家であるからでなく、反対に、大衆の一人としてのみずからの思想を、あますところなく物語ろうとつとめているからであろう。無告の代弁者でありつづけるということ――これがチャップリンのおのれ自身に課した、終生の課題であった。それでは、いったい、かれの思想の独自性とはいかなるものであろうか。しかし、その問題にはいるにさきだって、わたしは、ちょっとあなたに、思想というものの所在について質問してみたいような気がする。たとえばあなたの思想だが、あなたの思想は、そもそもどこにあるのであろうか。どうか自信ありげに、指をあげて、軽く額をたたいたりしないで頂きたい。周知のように、近ごろでは、ヴァイオリン・ケースのなかに、かならずしもヴァイオリンがはいっているとはかぎらないのである。しかもあなたの頭の恰好は、あなた以外の人間のそれと、かくべつ変りばえもつかまつらない。したがって、同じケースに注目するくらいなら、わたしは、あなたの頭よりも、あなたの頭の上にのっかっているあなたの帽子に注目したいとおもう。すくなくともあなたの帽子には、あなたの頭よりも、あなたの思想の片鱗らしいもののひらめきがみとめられるのではなかろうか。

それでおもいだしたが、以前、わたしは、どこかで桑原武夫が、ギリシアの海のなかから、神の彫像がひきあげられたさい、雷電か三叉槍か、神の「持ちもの《アットリビュー》」が失われていたため、ゼウスかポセイドンか、学者たちも決定に苦しんだという例をひき、元来、人間というものは、近代文学者の考えているほど、相互に相違しているものではなく、せいぜい、「持ちもの」のちがい、状況の差くらいのものではあるまいか、といったような意味のことをかいているのをみて、ひどく感心したことがある。これこそチャップリン的な観点だとわたしは考える。こういう観点に立ってながめるなら、わたしがあなたの思想を、あなたの帽子に——そしてチャップリンの思想をかれの有名な山高帽子に求めることは、至極、当然なことであるにちがいない。かれは、かれのくたぶれた山高帽子をぬいで袖で丁寧にほこりをはらう。それから、からっぽの帽子のなかに種も仕掛もないということを、ちゃんとあなたがたに検討してもらったあとで、ゆうゆうと、そのなかから、コンミュニズムやヒューマニズムやアナーキズムや——その他、もろもろの思想をとりだしてみせるのである。もっとも、チャップリンの「持ちもの」は、山高帽子だけではなかった。チャップリンを、チャップリンとしてなりたたせているものには、かれの山高帽子のほかにも、かれの小さな口ヒゲがあり、だぶだぶのズボンがあり、ドタ靴があり、さらにまた、竹のステッキがあった。したがって、それらの「持ちもの」もまた、むろん、かれの思想とは無関係ではない、ということになる。とりわけかれの竹のステッキは注目に値いする。その平凡な竹のステッキは、かれにとって、攻撃の武器であると同時に防御の武器であり、あっという間に他人の足や肩にひっかかったり、いとも無造作に頭上に落ちてくるものをポンポンとはらいのけたり、まるで魔法の杖のような神変不可思議なはたらきをすることによって、かれの思想のなみなみならぬ闘争的な一面を示している。したがって、それは、あるいはチャップリンにとって、山高帽子よりもはるかに重要な「持ちもの」であり、まさにゼウスの雷電やポセイドンの三叉槍に比すべきものであるかもしれない。もっとも、チャップリンの「持ちもの」が時代おくれだというので、でにもまったくなかったわけではない。しかし、道化の「持ちもの」は本来、反時代的なものであり、そこから、さっそく、かれの思想もまた時代おくれだといったような結論をひきだす人物が、これまで反時代的なものであるがゆえに、かえって、痛烈に時代を批評することができるのである。むろん、そのほかにも、道化の「持ちもの」を、おのれの思想を表現するための道具ではなく、反対に隠蔽するための道具だと考えているものもまた、いないわけではない。いや、むしろ、そういう道化のほうが、われわれの周囲には多いかもしれない。かれらは、道化の「持ちもの」を身につけるやいなや、すっかり、人生から韜晦したようなつもりになり、なにをいっても本音だとは信じてもらえないかわりに、またなにをいっても構わないのだとおもいこむ。しかし、はたして道化というものは、それほど、うそ寒い浮世の風の吹いてこない安全地帯に住んでいるものであろうか。わたしには、第二次大戦前後にチャップリンが、かれの「持ちもの」をことごとく放棄してしまったのは、主としてそんなあやまったものの見かたに終止符をうつためだったような気がしてならない。

といって、わたしは、そこに、ことあたらしく、チャップリンの再出発をみようとはおもわない。再出発といえば、再出発という思想こそ、かれの全作品をつらぬいている赤いアリアドネの糸ではなかったか。あなたは、数多くのチャップリン映画のラスト・シーンで、われわれの主人公が、われわれに背をむけて、しだいに画面の彼方へと遠ざかっていくすがたをみられたであろう。たしかにあのラスト・シーンはパセティックにちがいない。しかし、もしもあなたが、あのラスト・シーンから、われわれの主人公の孤独と絶望と社会からの落伍とを受けとるとすれば、もはやわたしはあなたを信じない。わたしは、そこに、われわれの主人公の——そしてまた、チャップリン自身の断乎たる再出発の決意をみるのである。たとえばチャップリンの『モダン・タイムス』のラスト・シーンとルネ・クレールの『自由を我等に』のそれとを比較してみられるがいい。どちらの作品においても、主人公たちの前に、たんたんたる道がひらけている点は同じである。しかし、前者においては、例によって例のごとく、主人公とかれの恋びととが、われわれに背をむけて、さびしげに立去っていくのに反し、後者においては、主人公とかれの友だちとが、嬉々としてたわむれながら、どんどんわれわれにむかって近づいてくる。一方には悲愁のいろがただよい、他方には快活な雰囲気がみなぎっている。しかし、決して外観にあざむかれてはならないのだ。チャップリンの作品の主人公たちは、かれらを閉めだした社会にたいしてふたたび挑戦しようと再出発しているのだが——しかし、クレールの作品の主人公たちは、社会から逃避して、かれらの「自由」をたのしんでいるにすぎないのである。わたしは、クレールの思想を、金利生活者の思想だといって、いちがいに排斥しようとはおもわない。しかし、チャップリンの思想が、クレールの思想よりも、はるかに戦闘的であって、未来につながるなにものかをもっているということについては、いま、ここで、あらためてことわるまでもないような気がする。問題は、チャップリンの画面を支配しているペイソスだが——そしてそのペイソスのおかげで、しばしば、チャップリンを、ペシミストだとか、センチメンタリストだとかいって軽蔑するコンミュニストなどもあらわれるようだが——しかし、わたしは、そういう空っ風のように元気のいいコンミュニストに共感するわけにはいかない。たとえ歴史の必然性にたいする揺るぎのない信念をいだいているにせよ、闘争過程において傷つかないものがあるであろうか。わたしは、サドゥールが、『チャップリン』のなかで、ドタバタ喜劇の主人公たちを、「現代のシジフォス」としてとらえ、山のいただきに達した瞬間、せっかく、シジフォスのかつぎあげた岩がかれの手をはなれて、山のふもとにむかって、ごろごろところがり落ちていくように、「ピアニストがピアノをたたきはじめるやいなや、たちまちピアノが、たたくそばから解体しはじめる。ふとっちょの歌手が大げさな身ぶりで、オペラのアリアをうたおうとすると、全然声がでない。下手な強盗が皿や小鉢をぶちこわして、みずから警察官を呼びよせる。さらにまた、酔っぱらいが登場して、梯子やガス燈と勇ましく戦闘を開始する。」――といったような意味のことをかいているのをみて、要するに、チャップリンは、そういった「現代のシジフォス」のすがたを、生涯を賭して、一歩、一歩、深めていったのではなかろうかとおもった。

サドゥールが、ドタバタ喜劇の主人公を、「現代のシジフォス」としてとらえているのはいい。しかし、かれは、シジフォスを、神々に呪われたために――あるいはまた、ブルジョア社会のからくりのために、永久に失敗しつづけるもの、というイメージで受けとっているにすぎない。だが、シジフォスの真の性格は、かれの失敗よりも、かれの再出発に――失敗にもかかわらず、敢えてかれのくりかえす再出発のほうに求められなければならない、とわたしは考える。そこに、チャップリン映画のラスト・シーンの意味がある。そういう観点からながめるなら、チャップリンの思想は、いくらかカミュのそれに似ていないこともない。シジフォスの手をはなれた岩は、山のいただきから山のふもとへむかって砂けむりをたてながらころがり落ちていく。シジフォスは、ふたたびその岩をかつぎあげるために、とぼとぼと山をおりていく。カミュは、『シジフォスの神話』のおわりのほうで、「わたしがシジフォスに関心をもつのはこの下降、この休止のあいだである。疲れきって、かくも石に近づいている顔は、すでに石そのものだ！　わたしは、この人間が、重いけれども規則的なあゆみで、はてしない苦悩にむかって、ふたたびおりていくのをみる。いわば呼吸にも似てその不幸と同じく確実にもどってくるこの時間、これは意識の時間である。かれが、山のいただきを離れ、少しずつ神々の住居のほうへくだっていくこの時、その各瞬間に、かれはその運命にうちかつのだ。かれは、その岩よりも強いのである。」とかいているが、わたしもまた、まったく同感だ。もっとも、こんなことをいうからといって、べつだん、わたしには、チャップリンに、エクジスタンシャリストというあたらしいレッテルを、もう一つ、はりつけるつもりなどさらさらない。レッテルなど、どうでもいいのだ。わたしは、あなたに、チャップリン映画のラスト・シーンに——かれの再出発の思想に、注目して頂きたいとおもっているだけのことである。そして、これは、一つには、わたしが、戦争中、文化再出発の会というのをやっていたところからもきている。なんとわたしもまた、チャップリン映画の主人公と同様、無数の失敗を経験しなければならなかったことであろう！　それは、まさしくサドゥールのかいているような、喜劇的な——あまりにも喜劇的な失敗にちがいなかった。そして会の名前など、最初は、いいかげんの気持でつけたのだが、そのような失敗の連続のなかで、しだいにわたしは、再出発ということの重要さに気づきはじめたのである。それかあらぬか、チャップリン映画のラスト・シーンに、ルンペン・プロレタリアの没落をみるような連中は、わたしには、ことごとく、戦争中協力していたとしかおもえない。むろん、それらのラスト・シーンのなかにも例外はある。たとえば『殺人狂時代』では、われわれの主人公は、いつものようにわれわれに背をむけて、画面の彼方へとあるいていくが——しかし、かれを待ちうけているのは、死刑台以外のなにものでもない。さらにまた、『ライム・ライト』では、われわれの主人公の死と、その死も知らずに踊りつづけている女主人公のすがたでおわっている。しかし、そこでもやはりチャップリンは、われわれが、ふりだしにもどって、あらためて第一歩を踏みだすことを、つよく要望しているような感じがわたしにはする。つぎの世代にむかって、シジフォスの粘りづよい闘争を期待しているようにわたしにはみえる。

ラスト・シーンに次いで、わたしの記憶の底からよみがえってくるのは、『黄金狂時代』のなかの飢餓のシーンだ。金鉱を探しにいったわれわれの主人公と、かれの友人とは、山小屋のなかで、嵐のために孤立してしまう。食糧がなくなる。かれが靴を煮てたべたり、ローソクをたべたりするところも面白い。しかし、なにより驚嘆すべき場面は、餓死しそうになったかれの友人の眼に、われわれの主人公のすがたが、ニワトリにみえてくるところである。人間の大きさをしたグロテスクなニワトリが、ときどき、羽根をばたつかせながら、かれの友人のまわりを、ヨチヨチとあるきまわる。それはかぎりなく滑稽であると同時に、かぎりなく悲惨な場面であった。チャップリンは、ショペンハウエルやニイチェやクロポトキンやマルクスを読んだかもしれない。しかし、わたしにはかれの思想の形成に大いにあずかって力のあったものは、右の一場面によってもあきらかなように、それらの書物よりも、むしろ孤立無援の状態におけるかれの少年時代の飢餓の経験だったような気がしてならない。むろん、第二次大戦を通過してきたわれわれは、友人のすがたがニワトリにみえるというところまではいかなかったにしても、多かれ少かれ、飢餓を経験した。しかし、われわれは忘れっぽい。わたしは、チャップリンが、生涯にわたって、かれの飢餓の記憶をなまなましく保存し、そこから絶えずみごとな教訓をひきだす態度に脱帽しないではいられない。いや、単にそればかりではない。『黄金狂時代』の飢餓の場面は、『キッド』における夢の場面などと共に、われわれの潜在意識をとらえて大胆不敵に形象化してみせた先駆的な例であり、チャップリンのアヴァンギャルド芸術家としての一面を、あざやかに示しているといえよう。あの不恰好なニワトリのイメージには、ブルトンのいわゆる「黒いユーモア」が集中的に表現されており、地上すれすれのところを飛んでいく『キッド』の主人公とかれの被保護者である子供のイメージとは、ぜったいに空高く天翔けることのない庶民の魂の秘密を物語ってあますところがない。チャップリンはなにものにもましてリアリティを尊重するとはいえ、いささかもリアリズムなどに拘泥するような人物ではなかった。それにもかかわらず——いや、かえって、それゆえにこそ、かれの作品は、子供の心さえ、はげしく揺すぶることができるのである。その間の消息については、ソ連あたりでも、もっと突っ込んだ研究がなされなければならないとおもう。たとえばこの一文の冒頭でふれたレイテスのように、『モダン・タイムス』の主人公が、偶然、街頭に落ちていた赤旗をひろいあげたため、デモの先頭に立たされるというくだりに、チャップリン自身のすすんだ政治的センスとおくれた芸術的センスとのズレを発見してみたり、『殺人狂時代』に否定的人間像はあるが、理想的人間像はないといっていきまいてみたりするような素朴さではおはなしにならない。レイテスにくらべると、チャップリンを、ノーマン・メイラーの小説『鹿の園』に登場する映画監督チャーリー・アイテルにじつによく似ている、といっている鶴見俊輔のほうが、まだしもマシのような気がするが——しかし正直なところ、わたしには、同じチャーリーであるにしても、アイテルからチャップリンを連想することはできなかった。それは、かならずしもアイテルが、神々に屈伏したシジフォスであるためばかりではないのだ。はたしてチャップリンは、アイテルのように、無為無策の好人物であろうか。

たとえば『鹿の園』の最後で、アイテルは、芸術家の誇りをもって現存するいっさいの権力の壁にむかって、あなたは、あなたの挑戦の小さいトランペットを吹き鳴らさなければならない、といったような意味の感傷的なセリフをつぶやくが——おもうに、これほど、チャップリンの思想から遠いものはない。こういった急進的な芸術至上主義者ほど、政治家のサディズムを満足させるのに恰好な餌食はない。そこへいくと、チャップリンの抵抗は、老獪をきわめている。『殺人狂時代』の戦争屋にたいする猛烈なプロテストが弾圧されるやいなや、さっそく、かれは、搦め手にまわって、『ライム・ライト』をつくるのだ。時は一九一四年、当時、喜劇王と称せられていたカルヴェロが、人気をうしなって尾羽打枯らすはなし、とくるのだから皮肉である。みたところ、グッド・オールド・デイズへのノスタルジアにつらぬかれた人情ばなしにすぎないが——しかし、これは、ただの人情ばなしではない。てっとうてつび、ストーリーは、カルヴェロに——したがってまた、素顔のまま、カルヴェロに扮しているチャップリンに、観客の同情があつまるようにつくられており、かつての喜劇王が、芸術家としての誇りなどかなぐりすてて、大道のヴァイオリンひきになり、きわめて淡々たる心境で、かれの全盛時代を知っている連中から、零細なほどこしを受けているシーンなども、ちゃんと抜け目なく挿入されているのだ。つまり、一言にしていえば、そこでチャップリンは、アイテルのように、権力者にたいして挑戦のトランペットを吹き鳴らすような愚かな真似をせず、これでもか、これでもかといった調子で、ヴァイオリンをかきならしながら、おのれの不当な運命を、大衆の心情にむかって訴えているのである。その結果、チャップリンへの共感が、ただちにかれを迫害したものへの反感に転化することはいうまでもない。わたしは、『ライム・ライト』のセンチメンタリズムの背後に、底意地の悪いチャップリンの眼のひかっているのをみとめないわけにはいかなかった。おそらく支配階級にとって、このくらいイヤな相手はあるまい。アメリカという国は、ルツボのようなものであって、そのなかに投げこまれた種々雑多な外国人を、いつの間にか、手ぎわよく規格にはまったアメリカの市民に変えてしまうというような伝説がいっぱんに信じられており、げんにサルトルなども、かれのアメリカ旅行記のなかで、向うで溶解過程にある一フランス人に会い、オウィディウスの『変形譚』をまのあたりにみるような奇異なおもいをした、とまことしやかに報告している。しかし、はたしてそうか。チャップリンは、一九一〇年以来、アメリカのルツボのなかに投げこまれていたにもかかわらず、ついに最後まで溶解しなかったではないか。われわれは、この現代のシジフォスから、柔軟屈撓性にとむ水ぎわだった抵抗の方法を学ぶべきであろう。

「実践信仰」からの解放

丸山真男の『日本の思想』（岩波講座『現代思想』第十一巻）のなかで述べられている「理論」と「実感」の問題をめぐって、高見順が、『社会科学者への提言』（『中央公論』一九五八年五月号）をかき、さらにまた、その高見のエッセイを踏まえた上で、若い世代の社会科学者や文学者たち（加藤秀俊、田口富久治、江藤淳、大江健三郎、橋川文三）が、「『実感』をどう発展させるか」（『中央公論』一九五八年七月号）という座談会で、それぞれ、忌憚のない意見を発表している。わたしは、そのいずれにもざっと眼をとおしてみたが、さて、そのあとで、いちばん、心にのこったのは、「ともかく僕らが、実感的などという形で、思想形成の基本原則というか、有効な組織論の前提となる認識論というか、きわめてベイシックな問題を改めて論じなければならないことは、なんといっても現代の政治と思想の状況がそれを強いるんで、考えてみればひでえもんだという気もしますね。」という座談会における橋川文三の嘆声であった。まったく「ひでえもんだ。」とわたしもおもう。ひと昔前までは、「理論」と「実践」の関係が問題になっていた。しかるに、いまでは、その「実践」が、さりげない顔つきをして「実感」にスリかえられ、しかも前にもまして大真面目に論議されているのである。つまり、一言にしていえば、「実感をはなれた理論はからっぽの理論であり、理論をはなれた実感はめくらの実感である。」というわけであって、両者の関係は、実感→認識→再実感→再認識というこ とになるのであろう。かつて清水幾太郎は、『激動する欧州を旅して』という文章のなかで、ウィーンで会ったハンガリアの避難民のすがたをながめながら、「スターリン批判の結果、おこったものがこれだ——牛乳をガブガブのんでいる子供、杖にすがっている老婆、警視庁外事課のベンチに並んでいる人たち。」などと、いささかメロドラマチックにみずからの「実感」を吐露していたが、あるいは「実感」が「実践」にとってかわって、大いにのさばりかえっているのもまた、スターリン批判と無関係ではないかもしれない。げんに座談会の出席者の一人である田口富久治は「たとえば僕の一つの経験なんですけれども、四、五年前にスターリンの著作を一生懸命読んだわけですよ。その時に、あの中に出てくる、いかにもギリシア正教の坊主の息子くさい、人を威圧するような文体にたいして不審の念をもっていた。しかし、そういう時代には、そういう実感はちっとも明るみに出されない。それが自分の分析の対象にならないんだな。あの時、もし僕が自分の実感に忠実であり、それを忠実に分析し、その根元を明らかにするという信条をもっていたら、ハンガリー暴動、スターリン批判の事態の前に過ちが明らかになって、自分の犯した政治的過ちにたいする責任の大きさに途方にくれるということがなくてすんだんじゃないか。」といっている。もしかすると、かれは、目下、マルクスやエンゲルスやレーニンの文体にたいする自分の実感を検討中かもしれない。

そういわれてみると、毛沢東の『実践論』の文体などにも、少々、不審なところがないでもないような気もするが——しかし、「実感」と「理論」との関係を、かれ流に、「感性的認識」と「理性的認識」との関係としてとらえるなら、「実践」のあとで、両者のあいだに往復運動がおこるのは当然のことであって、それは、つぎの「実践」のための不可欠の手つづきにすぎない、ということになる。もしそうだとすれば、座談会の出席者たちが、編集部からの注文とはいいながら、「実践」のかわりに「実感」にばかり拘泥して、それと「理論」との関係にばかり注目するからといって、べつだん、かれらを、逃避的だと考える必要はいささかもあるまい。そこへいくと、高見順の『社会科学者への提言』は、きれいさっぱり、「実践」とは縁をきり、ひたすら「実感」の肩をもって「理論」を軽蔑しているだけのことであって、完全に今日の現実から遊離している。たとえば右の座談会の記事によってもあきらかなように、スターリン批判の結果、田口富久治のようなマルクス主義者は、すっかり、自信を喪失し、加藤秀俊のような大衆社会論者は、不意に解放されたような気分になり、要するに、社会科学者たちの大部分が、ふりだしにもどって、あらためて「実感」から出なおそうとしている時代に、「理論」の名においてではなく、「実感」の名において、かれらを断罪しようというのだから、変っている。むしろ、高見順は、決然として「実感」からの脱出を説いている大江健三郎や江藤淳のような文学者たちにむかって、かれの「提言」をしてみればよかったのである。もっとも、こんなことをいうと、高見順は、自分の問題にしているのは、そういった群小社会科学者たちではなく、かれのいわゆる「教祖」である丸山真男ただ一人だと答えるかもしれない。なるほど、丸山真男なら、高見順と同様、あざやかに「実践」から足を洗っている人物だから——つまり、一つ穴のムジナだから、かれにとって、からむのに適当な相手であることはたしかである。しかし、『日本の思想』のどこに、高見順のいうように、「理論」を尊重して、「実感」を眼の敵にしているようなところがあるというのであろう？　丸山真男は、ただ、単に、日本における社会科学者の「理論信仰」と文学者の「実感信仰」とをとりあげ、両者の発生の社会的原因を、手ぎわよく「解釈」してみせているだけのことではないか。むろん、その「解釈」もまた、一つの「理論」にちがいない。しかし、「理論」が、正しいかどうかをきめるものは、くりかえしていうが、「実感」ではなく、「実践」なのである。おもうに、高見順にしても、その程度のことがわからないはずはない。にもかかわらず、あえてかれが、おのれの「実感」を、相手の「理論」に堂々と対立させて恥じないのは、おそらくかれが、そのどちらも、実践のプログラムのひきだせない点にかけては、五十歩百歩だと考えているためであろう。したがって、かりに二人が論争をしたところで、その対立からうまれるものは、「実感」と「理論」とのあいだのはてしないどうどうめぐりだけであって、要するに、それは、なんの役にもたたない、ただの遊びにすぎないのである。そこのところが、たぶん、高見順の気にいったのにちがいない。といって――毛沢東のようなことをいうからといって、正直なところ、わたしもまた、それほど「実践」を好んでいるわけではないのだ。たぶん、毛沢東は、その稀なる例外であろうが、理論的に実践家である人物は、概して、いかなる理論家よりも非実践的である、というのが、わたしの年来の主張であって、とりわけわれわれの周囲においては、「理論信仰」や「実感信仰」以上に、「実践信仰」が、害毒をながしているような気がわたしにはするのだが、如何なものであろうか。そのような「実践信仰」家の「めくらの実践」を、冷然と拒否したことによって、はじめて丸山真男の「理論」や高見順の「実感」のあらわれたことをおもうならば、それらのものを、無造作に、なんの役にもたたない、ただの遊びだ、などといって、あっさり、カタづけてしまってはいけないのかもしれない。いや、そもそもただの遊びを、つねになんの役にもたたないものだと簡単にきめてしまってもいいものであろうか。

『梁塵秘抄』に、「遊びをせんとや生れけん、戯《たわぶ》れせんとや生れけん。遊ぶ子供の声聞けば、我が身さえこそ動《ゆる》がるれ。」という平安朝の白拍子のうたったという歌がのっている。いっぱんに、白拍子が、みずからの罪業を悔恨してうたったものであろうといわれているが、わたしは反対だ。かの女は、子供ほど遊びに徹することができない自分自身のふがいなさを嘆息しているのではないかとわたしはおもう。芸術は、むろん、遊びだ。それは、生産力の一定の発展段階において生じた閑暇の所産にすぎない。科学もまた、遊びである——などというと、社会科学のほうはともかく、自然科学のほうは、技術をとおして、直接生産力に関係があり、遊びというのは当らないと立腹するような向きもあるかもしれない。しかし、大いなる転形期にのぞめば——つまり、それまで無意識のうちに踏襲されてきたルーティンが、さまざまな領域において、相ついでこわれはじめるような時代にいたれば、科学技術もまた、それが編みこまれている実用的な生産面から、一応、解放される必要があるのである。そして、そこから、それの遊戯化がおこり、遊びは、一方において、「理論」の探究となって未来の「実践」につながり、他方において頽廃して、そのまま、ほろびさってしまう、というわけだ。たとえば芸術家でもあり科学者でもあったレオナルド・ダ・ヴィンチなどは、相当、遊びに徹していたほうではあるまいか。わたしが、『復興期の精神』（未來社刊）のなかで、かれのつくったオモチャについて一章をさいたゆえんなのだ。したがって、遊びもまた、なんの役にもたたないどころか、大いに役に立つ、ということになる。ただ、問題なのは、高見順や、丸山真男の遊びが、未来の「実践」につながるなにものかを、もっているかどうかということだ。戦争中にくらべると、現在は、なんといっても、「実践」の場がひろくなっているので、若い世代はめぐまれている、といったような説をよくきくが、はたしてそうであろうか。高見順にしても、丸山真男にしても、あるいはまた、わたしにしても、戦争中、「実践」の場がせばめられていたおかげで、多少なりとも遊びの精神を身につけることができたのに反し、いまの若い世代は、たとえばさきにあげた橋川文三のように、「実感」擁護の社会科学者たちと「実感」否定の文学者たちとのあいだの完全にディス・コミュニケーションにおわった座談会を司会したあとで、「いろいろな論点が出されましたが、実感論のいちばん実践的な目標というのは、思想的態度としての統一戦線の方法論といっていいんじゃないかと思います。日本ではこれが一度も成功していません。政治としてはもちろんですが、思想と文化においても、そうだと思います。今日の話合いが、そういう方向へ何歩かでも押し進めたとしたら、それでいいのじゃないでしょうか。」といったようなしらじらしい結語を述べ、あくまで「実践」にたいするジェスチュアを示さないではいられないのだから不幸である。じつをいうと、わたしが、現在、ここであたえられている課題もまた、科学者と文学者とのあいだにうまれる、そういったディス・コミュニケーションを、いかにして克服するか、といったようなものであった。しかし、高見順と丸山真男とのあいだには、うわべはとにかく、はなしの通じないようなことがあろうなどとは、てんでわたしには想像することとさえできないのだ。ところが、わたしと高見順、わたしと丸山真男とのあいだには、とうてい、越えがたい深淵がくちをひらいているような気がしてならないのである。それは、わたしが、かれらにくらべると、段ちがいに遊びの精神に徹しているからだとわたしはおもう。高見順とは、数年前、

「アヴァンギャルド芸術」の問題をめぐって論争したことがあるので、かれの遊びの精神が、どの程度のものであるか、すでにわたしには経験ずみなのだ。

丸山真男についていうならば、かれは、『思想』（一九五八年一月号）の『思想の言葉』のなかで、わたしの『大衆のエネルギー』（講談社刊）を批評して、つぎのようにかいた。著者、すなわち、わたしは、「『マス化』といわれる現象と大衆のラディカリズムとは本質的に相反するかのように理解しているが、これは『マス化』という問題が大衆社会論争では主として大衆の——しかも未組織大衆の逃避的な側面、消費文化に浸透される側面においてとり上げられたことと無関連ではあるまい。『マス化』にも拘らず——ではなくて『マス化』あるいはアパシー化のゆえのラディカルな行動様式の分析こそ、『ブルジョア』政治学や社会学がとり上げて来た課題の一つであった筈なのに……。このように理解の断層が生れるのはべつに誰の責任ということではないが、少くも結果は編集者なり、執筆者なりの意図に反して、学界とのディス・コミュニケーションをかえって甚だしくし、もっと悪くするとアカデミシャンの妙な優越意識を強めかねない。」と。マス化あるいはアパシー化のゆえのラディカリズムは、『新編　錯乱の論理』（青木書店刊）以来のわたしのテーマであって、『大衆のエネルギー』のなかでもまた、わたしは、そのテーマを、わたし流にあつかっているつもりだったので当惑したが——しかし、それにもまして、右の批評にあらわれているかれの生真面目な精神に、いっそう、当惑した。かれにくらべると、それまでわたしの眼に、真面目な紳士の典型のようにうつっていた高見順でさえ、はるかに不真面目な精神の持主のような感じがしてくるのだから、やりきれない。あらためてことわるまでもあるまいが、ここでいう真面目とは、遊びにおける真面目であって、いっぱん

戦後文学エッセイ選1

花田清輝集

（第一回配本）

栞

No.1

わたしの出会った戦後文学者たち（1）

松本昌次

2005年6月

野間宏さんに連れられて東京・本郷追分、東大農学部前にあった未來社を訪れ、編集者として採用されたのが一九五三年四月末。二五歳。出版のシの字も知らず、ひたすら同時代の戦後文学者の本を作りたいと思っていたが、その第一冊目が、はじめて企画し編集にかかわり翌年一〇月に刊行された花田清輝『アヴァンギャルド芸術』であった。編集者になったらどうしても本を作りたいとひそかに心に期していたもう一人が埴谷雄高さんで、そのエッセイ集の第一冊目『濠渠《ほりわり》と風車』は、一九五七年三月に刊行できた。未來社創業以来の支柱であった木下順二さんとの出会いとともに、この三氏が、いわば、わたしに編集者としてのあるべき基本精神を教えてくれたといっても過言ではない。花田さんと埴谷さんは、烈しい論争をかわしながら生涯をかけての盟友であった。いまは亡き「新日本文学」二〇〇四年一・二月合併号に書いた「花田清輝・埴谷雄高　冥界対論記録抄」といういささかふざけた拙文を再録し、両氏の面影（?）をしのばせて頂くことで、まず連載をはじめたい。今後も拙文再録が多いことをお許し願う。なおカッコ（　）内は、再録にあたっての追記である。

＊　＊　＊

花田　だいたい君は、こっちに来るのが遅過ぎたんじゃないのかねえ（埴谷雄高・一九九七年二月一九日没、八七歳）。俺なんか、もう三〇年ぐらい前、さっさとあっちには見切りをつけたんだ（花田清輝・一九七四年九月二三日没、六五歳）。亡霊だか幽霊だか怨霊だかもう忘れたが、人をギョッとさせる題名の小説（『死霊《しれい》』）を完結させるとか何とか、信者の面々にチヤホヤおだてられていい気になるなんて、実にくだらない。あんな、「悪意と深淵の間に彷徨」う（『死霊』巻頭にかかげられている序詩。「悪意と深淵の間に彷徨ひつつ／宇宙のごとく／私語する死霊達」）人間たちのワケの解らない小説なんか、さっさと中断すればいいんだ。誰かの言葉だが、「永久の未完成これ完成である」（宮澤賢治「農民芸術概論綱要」）さ。

埴谷　そういう君は、あっちにおさらばするのが少し早すぎたんではないかねえ。君だけでなく「深夜の酒宴」（椎名麟三氏の戦後のデビュー作の作品名。「展望」一九四七年二月号）をともにした戦後文学の旗手といわれたどいつもこいつもが（本選集に登場する方々のほか、原民喜、梅崎春生、三島由紀夫、高橋和巳、椎名麟三、平野謙、荒正人、福永武彦などの諸氏をさす）、俺を置いてさっさと先に逝ってしまった。戦後文学の孤塁を守って、君たちを心からおだて、追悼してあげたのは、一体、誰だと思っているのかねえ。「死んでしまったものはもう何事も語らない。ついにやってこないものはその充たされない苦痛を私達に訴えない」（『埴谷雄高集』に収録の「還元的リアリズム」にある詩句。この〝対論〟の末尾に後半引用）。

花田　ふん。そういう君の相手をコロリとさせるような殺し文句が気に入らないねえ。追悼文とか何とかいって、ずいぶんと原稿料を稼いだんじゃないか（『戦後の先行者たち　同時代追悼文集』影書房、一九八四年四月刊）。俺がいないことをいいことに、「対立物を対立のままに統一する」（花田さんの慣用句）という俺の古典的名言に対して、「行きつ戻りつ、戻りつ行きつ、絶えずこちらの端から、あちらの端へ行って、また、あちらの端からこちらの端へ帰ってくるという方法」などと余計な注釈をして、まるで俺を酔っ払い扱いしてるじゃないか。

埴谷　いや、それを「往復の弁証法」と名づけて、その「独自性」を大いに評価してあげたんだぜ（埴谷さんの講演「花田清輝の弁証法」新日本文学、一九七八年五月号）。君もまた、なにやら人をかどわかすアフォリズムを、あっちにいた時にはさかんにバラまいたじゃないか。「すでに魂は関係それ自身になり、肉体は物それ自身になり、心臓は犬にくれてやった私ではないか。（否、もはや『私』という『人間』はいないのである。）」（花田さんのエッセイ「群論—ガロア—」文化組織、一九四二年五月号）とか、「生きることか。それは家来どもにま

花田　当り前だ。「時代のオリジナリティー」に献身する人間のあるべき姿を言ったまでさ（『復興期の精神』〝跋〟文。「個人のオリジナリティーなど知れたものである。時代のオリジナリティーこそ大切だ。」）。一九五〇年代半ば、君と君のとり巻き（荒正人、山室静、大井広介、高見順などの諸氏をさす）と、心ならずも「モラリスト論争」とかをやったことがあるが、その時も俺は、君の発言を「デコレーション・ケーキ」の甘い味といって、「理論のかわりに感傷がある。事実のかわりに雰囲気がある。正確さのかわりに誇張がある。謙虚さのかわりに自惚れがある。率直さのかわりに韜晦がある。」といって批判したんだ（花田さんのエッセイ「世の中に歎きあり」群像、一九五六年七月号）。覚えているだろう。

埴谷　甘いものは俺の好物でね。一九三二年五月から一年有半、豊多摩刑務所の独房に収監された時も、お袋や女房のさし入れてくれた砂糖をなめてなんとか命をつなぎ、戦後の記念碑的作品（『死霊』）の構想を練ったんだ。甘いからといって和菓子やケーキを軽蔑するもんじゃない。事実、「首が飛んでも動いてみせるわ」（鶴屋南北『東海道四谷怪談』の主人公・民谷伊右衛門のせりふ）と硬派ぶっていた君が、戦争中、右翼の襲撃にあうや、「首が飛ぶどころか、二つ三つなぐられるとともに、たちまち地上に長々と伸びて動かなくなっ」た逸話（花田さんのエッセイ「太刀先の見切り」現代文学、一九四四年一月号）は有名じゃないか。長い独房生活と、二つ三つの鉄拳と、経験

花田　非暴力主義者として当然のことさ。君のように、獄中でカントとかドストエフスキーを読み耽って、内面的な転向をとげたなどという伝説を撒き散らせなくて残念至極だ。俺は、戦争中、「率直な良心派のなかにまじって、たくみにレトリックを使い」モノを書いたまでさ。「良心派は捕縛されたが、私は完全に無視された。いまとなっては、殉教者面できないのが残念でたまらない」（『復興期の精神』〝跋〟文）がね。

埴谷　まあ君とはたえず対極に立ちながら、戦後文学の可能性に、お互いの方法で挑戦したんだ。「一方は実存に投げこまれた魂であり、また、他方はシュールリアリズムの彼方の物」というわけだ。しかしところでまことに「アイロニカルにまたユーモラスに論争」（『埴谷雄高集』収録の「花田清輝との同時代性」）することによって、次の世代に「精神のリレー」をしようと努力した俺たちのことを、おめおめと生きながらえているあっちの連中は、どれだけ理解しているのかね。

花田　誰が理解するものか。俺は「思い出」なるものは大嫌いだが、遥かに想いかえせば、俺の「『戦後』は、敗北の連続」だったね。だからといって、なにも「愚痴」をいったり嘆いたりしているわけではない。「個人の敗北が、階級の勝利につながらんことを」願ったまでだ（『花田清輝集』収録の「さまざまな「戦後」」）。こっちから見ていると、これほど「近代」が暴虐の限りをつくしている時代はないように見えるんだけど、あっちの連中は、のんべんだらりとして、いったい、何を考えているのかね。

埴谷　俺は君とちがって、「蜘蛛の巣のかかった何処か忘れられた部屋の隅」で、「永久革命者の悲哀」（『埴谷雄高集』収録のエッセイ）を、生涯語りつづけただけだが、君は、あきもせず、あまりパッとしない会ばかり、「ちぎっては投げ、ちぎっては投げ」（花田さんのエッセイ集『乱世をいかに生きるか』「あとがき」）つくってばかりいたからねえ。文化再出発の会、綜合文化協会、夜の会、記録芸術の会、そして新日本文学会――。しかし、俺は君に言ったことがあるね。俺が病気になった時は金を貸してくれる人がいるが、君にはいない、とね。会をいくら作っても、君は孤独だったのさ。最後に残った会もとうとう姿を消すという噂だね。

花田　お説ご尤も。「生活を喪失」し、「私的な交渉が、いっさい、ない」俺にとっては孤独は当然の運命さ。「集団のなかにおかれないかぎり、自他ともに、人間の正体など、永遠にわかるものではない」というのが、俺の持論だからね。こっちにくる直前、共同制作を提唱（『花田清輝集』収録の「古沼抄」）して、もう名前は忘れたが、ほかの三人と演劇の共同制作を試みたことがある（木六会公演『故事新編』小沢信男、佐々木基一、長谷川四郎氏と共同制作）。しかし、さっさとこっちに来てしまったから、どんな舞台だったか見てはいないが。そのあと誰一人共同制作をやるヤツはいやしない。

埴谷　俺はもともと、俺の書くものは「何処か僅かな秘密の隅で読まるべき」もので、「本来は流通しない贋造紙幣」（「運命的なシリーズ」未來社一五年の記録『ある軌跡』、一九六七年三月）と思っているから、共同制作もへったくれもないんだ。

それゆえ、あっちにいた時は、大量の流通を目的とする〝文庫版〟を俺は一切拒否したんだけど、俺がいなくなったら誰かが勝手に禁を破ってしまって、贋造紙幣が流通しているようだよ（文芸文庫『死霊』『埴谷雄高評論選書』各全3巻）。読んでも、ロクに理解できるヤツはいないからいいようなもんだけどね。

花田　そこが君のダメなところなんだ。もう五〇年ほど前、あっちにいた時だけどね、なんて言ったか名まえはとうに忘れたがある日、まだすれていない無邪気な表情を残した二〇代半ばの編集者（つまり、わたし）が飛びこんできて、俺の本を作りたいというんだ。儲けさせてやろうと思って、口絵に著者近影として、俺にそっくりな男前のアメリカの有名な俳優（ヴィクター・マチュア）のブロマイドをのせろと主張したんだが、結局のらなかった。スキャンダルをおこして折角ベストセラーにしてやろうと思ったのにね（「著者近影」同『ある軌跡』）。『アヴァンギャルド芸術』だったかな。まあ、以後、そのケチな出版社から、くされ縁で一七、八冊本は出したけどね。

埴谷　そいつなら俺も知っている。結核と心臓病で寝こんでいたところに、やはり飛びこんできて、俺の「断簡零墨」までを本にしたいというんだ。俺がすぐ死ぬと思って、惻隠の情にかられたんだろうね。花田と俺とノロマヒドシ（野間宏さん。岡本太郎氏の命名といわれる）という綽名の小説家とは、出版社つぶしの三傑だといったんだが、きかないんだな。結局、あちらにいる間に、評論集二一冊、対話集一二冊作っちゃったけどね。いまもそいつは、闇書房か黒書店か知らないが俺の本の書名にそっくりな、いかにも暗い社名で、やめればいいのによたよたしながら出版をつづけているらしいよ。

花田　〝竹林の隠者〟といわれたヤツ（富士正晴）の言葉を借りれば、「アホか」さ。それにしても、日々、あっちは悪くなっているようだね。そういえば、俺の書いた匿名のものまで、重箱の隅をつっつくようにして集めて、俺がいうのもなんだが画期的な全集を作った、これもアホな男（久保覚。一九九八年九月、六一歳で急逝）もいて、もうこっちに来てるらしいが、彼が書いていたな。「資本主義との徹底した、持続したたたかいをたたかおうとしない者には、花田清輝の思考作業がもつ切実な意味など、ただ単に訳のわからない不可視なものにしかすぎないだろう。」（久保覚「未來からの眼で花田清輝を見よ」思想運動、一九八五年一月一日・一五日合併号）とね。

埴谷　あまり、自分をかいかぶるなよ。はじめに引用した俺の詩は、あとこうつづいているんだ。「ただなし得なかった悲痛な願望が、私達に姿を見せることもない永劫の何物かが、なにごとかに固執しつづけているひとりの精霊のように、高い虚空の風のなかで鳴っている。」と、ね。

花田　もう、日本はダメだねえ。

埴谷　うん、もうダメだねえ。

花田　しかし、まあ、そんなことはどうでもいい、（花田さんのエッセイに頻出する句。閑話休題の意）や。

埴谷　あっは！　ぷふぃ！（『死霊』のなかの登場人物が時折対話のなかで放つドイツ語の間投詞。）

からは不真面目として受けとられ、反対に、不真面目とは、遊びにおける不真面目であって、いっぱんからは真面目として受けとられているようなシロモノのことを指すのだ。「真面目、不真面目、馬鹿、利口、頭の中から猫が啼く。」といったような文句を、しばしば、名声、偏執につかれた文学者たちが口走るのは、いまにいたるまで、われわれの周囲において、真面目と不真面目との遊びにおける右のような転倒した在りかたが、ほとんどみとめられていないからではあるまいか。つまり、一言にしていえば、高見順は、とにかく、かれの文学が遊びであるという「実感」の上に立っているのに反し、丸山真男のほうは、かれの社会科学が、断じて遊びではないという「理論」の上に立っているようにわたしにはみえるのだ。『社会科学者への提言』のなかで、高見順は、そういう丸山真男の態度をとらえて、「社会科学者が、文学者などと違って自分だけが『真理』の探究者であるかのごとく思いこんでいる」ためであるといって、その「驚くべき独尊的錯覚」をしきりに攻撃しているが、これまた、わたしをしていわしむれば、見当ちがいもはなはだしい。「実感信仰」と同様、「理論信仰」をせせら笑っている相手が、そういう錯覚におちいるはずがないではないか。もしも丸山真男に、いまだになにか「信仰」のようなものがあるとするならば、おそらくそれは、「実践信仰」にちがいないとわたしはおもう。そして、その「実践信仰」なら、ささやかながら、高見順もまた、依然としてもちつづけているのではなかろうか。「めくらの実践」ときっぱりと手をきって、「理論」や「実感」を育てあげているかれらではあるが、それだけにまた、いまだに「実践信仰」のほうからは、解放されてはいないのではあるまいか。そして、その「信仰」にわざわいされて、かれらは、わたしほど、遊びの精神に徹することができないのではないか。したがって、わたしには、「実践」ということではなく、「実践信仰」ということではなしあえば、かれらのあいだのディス・コミュニケーションなど、たちまち解消してしまいそうな気がするのであるが、まちがっているであろうか。

むろん、「実践」が、「理論」や「実感」の検証者である以上、無視できないのは、当然のことであるとはいえ、「実践」のかわりに、「実践信仰」をとりあげ、みずからの不安をごまかそうとする行きかたは、やはり、感傷的であるというほかはない。埴谷雄高、竹内好、武田泰淳といったような文学者たちと、丸山真男とのあいだにコミュニケーションが成立しているのは、あるいはかれらが、ことごとく、「実践」家ではなく、「実践信仰」家であるためかもしれない。たとえば武田泰淳は、『現代の魔術』（未來社刊）の『社会科学者と文学者』のなかで、「高見順さんが、丸山氏の論文に反撃した。その高見氏の文章は、丸山説を三分の二ほど読んで、あとをスッとばしているように思われた。つまり高見氏のほうが少し性急で、限界が狭いように見うけられた。高見氏は、小説家のなかでは、社会科学者の著作をたくさん読んでいる方だし、論文にも鋭い所があるけれども、まだやはり充分に読んでいるとは言えない。」と批評し、自分の社会科学の論文の読みかたについて、つぎのように述べている。「ぼくは社会科学者の論文を読みくらべて、その表現方法のちがいを読みわけるのが好きだ。はじめは、各々のちがいがわかりにくいが、だんだんわかってくる。同じ東大の政治学の教授でも、辻清明氏と丸山真男氏では、学説の表現方法、つまり文章がまるでちがう。ユーモアの出し方もちがう。各々に美点もあり、重量があるから、どちらが良いと言うことはできない。ただし、そのちがいが読みわけられるようになった瞬間に、何かパッと新しい光線がさしかけられたようで、眼のウロコが落ちた気持になる。と言うことは、小説の新形式を発見したときと同じように、なかなか楽しいものだ。」と。またしても文体論である。そういえば、竹内好もまた、どこかで丸山真男の文体を、小林秀雄のそれと比較して論じていたようだ。冒頭にあげたスターリンの文体からスターリンの父親を連想し、ひそかに不審の念をいだいた田口富久治のように、かれらが、丸山真男の文体から、丸山の父親を連想したりしないで、ひたすら美学的な享楽にふけっているのは、「実践」家と、「実践信仰」家の相違というものであろう。しかし、丸山真男の文体を他の誰かの文体と比較しようとおもうなら、辻清明や小林秀雄のそれとではなく、せめてラスキのそれと比較してもらいたいものである。いずれもわたしのいわゆる「分析的文体」であるとはいえ、ラスキの冷静な文体のなかに脈うっている「実践」的な情熱は、丸山真男のそれからは薬にしたくともみつからない。もっとも、こんなことをいうからといって、もう一度、くりかえすまでもなく、わたしは、ここで、「実践」の重要性を強調しようというのではない。反対に、「実践」と手をきっている以上、「実践信仰」など、さっさと清算してしまって、もっとみずからの遊びに徹してみたらどうか、といいたいのだ。うたごえ運動も遊びである。生活綴り方運動も遊びである。さまざまなサークル運動をめぐって、「理論」がどうの、「実感」がどうのと、しきりに饒舌をふるっているのは、一部の文学者や社会科学者たちだけであって、大衆は、とうのむかしから、それらの運動が、ただの遊びだということを、ちゃんと知っているのだ。遊びを馬鹿にしてはいけない。ある演劇サークルで、スタニスラフスキー・システムにもとづいて、ストライキの芝居を熱心に練習し、舞台においてではなく、「実践」の場において、演技をふるってみたら、たちまちそのストライキに勝ってしまったということである。

佐多稲子

佐多稲子は、木下順二の『夕鶴』の女主人公をおもわせる。やさしいなかにも、きりりとひきしまったところのある風貌が鶴に似ているから、そういうのではない。いわんやかの女と別れた夫の名が鶴次郎であるから、「鶴女房」というのではない。あっちを向いて立っているときは、天井くらい高くて透明にすけてみえる。こっちを向いているのをみると、小さな世話女房になっているという、つまり人間ではできないような話なのだが、そういうイメージが欲しかった。——と、どこかの座談会で、木下順二は、『夕鶴』の女主人公について述べていたが、じつに佐多稲子ほど、そのイメージにぴったりあてはまるような作家はいないとおもうから、そういうのである。

佐多稲子は大作家だ。つまり人間ではできないような話を、みごとにやってのけている作家なのである。かの女が、当代のジョルジュ・サンドとも称すべき有数の作家であるから、そういうのではない。こっちを向いているときのかの女を知っている人々は多いが、あっちを向いているときのかの女を知っている人々は、ほとんどいないような気がするので、そういうのだ。天井くらい高くて透明にすけてみえるといったようなイメージ。——『夕鶴』の女主人公に扮した山本安英は、そういうイメージを表現するために、そばでみると危険なような高い足駄をはいてみたり、照明でかの女の影が非常な高さにまでとどくようにしてもらったり、いろいろ、苦心したということであるが、佐多稲子には、足駄も照明の必要もない。黙って、あっちを向いて突っ立っていれば、そうみえるのだ。という意味は、『夕鶴』の女主人公と同様に、かの女は、つねにわれわれをよろこばせるため、惜しげもなく自分の羽根をつかって、かの女の作品をつくっているにもかかわらず、地上をみすててとびたつのに十分なだけの羽根を、いつも決してつかいきってしまってはいないということだ。つまり、一言にしていえば、かの女は、あらゆる大作家の例にもれず、ヒューマニストとしての愛情と共に、アンチ・ヒューマニストとしての非情を、あわせもっているような作家だということだ。

かの女の愛情が、かの女の身辺にそそがれているからといって、かの女を単なる私小説家だと考えてはならない。かの女の非情が、たえずかの女を、かの女のおかれている場所からはみださせ、天井くらい高くて透明にすけてみえる、かの女のイメージをかたちづくっているからである。かの女に匹敵するような作家は、たぶん、中野重治ただ一人であろうが――しかし、その中野でさえ、かの女にくらべると、しばしば、あまりにも地上的な感じがする。かの女の作品のいたるところからひびいてくる羽ばたきの音のきこえないような人々は、すでに批評家として失格しているというほかはないのだ。永瀬清子の『諸国の天女』の一節をかかげて、結語としよう。

ああ遠い山々をすぎゆく雲に
わが分身ののりゆく姿

さあれかの水蒸気みどりの方へ
いつの日か去る日もあらば
いかに嘆かんわが人々は

きずなは地にあこがれは空に
うつくしい樹木にみちた岸辺や谷間で
いつか年月のまにまに
冬すぎて春来て諸国の天女も老いる

風景について

太宰治は、『東京八景』のなかで、十年間のかれの東京生活を、その時々の風景に託してかいてみたいという計画を、ながいあいだ、あっためていた、という。戸塚の梅雨。本郷の黄昏《たそがれ》。神田の祭礼。柏木の初雪。八丁堀の花火。芝の満月。天沼の蜩《ひぐらし》。銀座の稲妻。板橋脳病院のコスモス。荻窪の朝霧。武蔵野の夕陽。――と、つぎつぎにあげてくると、いささか小林清親の浮世絵の昭和版みたいな感じがしないこともないが、どうやらかれの記憶の底からうかびあがってきたそれらの雑然たる風景は、かれの断腸のおもいによっていろどられ、かれの内部世界において一種独特の光彩をはなっていたもののようだ。しかるに、わたしは、すでに四半世紀以上も、この東京に住んでいるにもかかわらず、そういう風景らしい風景を、なに一つとしておもいだすことができないのだ。太宰治は、生活を風景に託してかいてみたいというが、わたしのように、すでに生活を喪失しているものにとっては、風景もまた、まったく無意味なのだ。わたしは生活を無視した。ほとんど蔑視した。生きることか。それは家来共にまかせておけ。――といったようなわけなのである。そういえば、わたしは、乗物にのっても、いまだかつて注意して、とびさっていく窓のそとの風景をながめたことがない。戦争末期の二年間、鎌倉から東京の新聞社へ通勤していたわたしは、往復の電車のなかではラテン語に熱中していた。ある日、動詞の変化かなんかに取組んでいたわたしは、ふと、あたりが、いやにひっそりとしずまりかえってしまったので、眼をあげた。すると、おどろいたことに、釣革にぶらさがって突っ立っているのはわたし一人だけであって、ガランとした車内には、乗客の影さえみあたらないのだ。かれらは、敵機の襲来と共に、いちはやくどこかに避難してしまったらしいのである。もうこうなったら、逃げだすわけにもいかない。わたしは、頭上すれすれのところをとんでいく艦載機の爆音に耳をすましながら、そのままの姿勢で、もう一度、停止した電車のなかで、動詞の変化をつぶやきはじめた。そして、そんなふうにして、戦争は、わたしのまわりを、騒々しく通りすぎてしまったのだ。

しかし、そういってしまっては、みもふたもない。せっかく、冒頭に『東京八景』などをもちだしたのだから、たとえ風景に託して生活を物語ることはできないにしても、一つぐらい、わたしにもまた、このひろい東京に心にのこる風景がありそうなものである。——そうだ。一つだけ、いま、わたしはおもいだした。もっとも、それは、戸塚の梅雨だとか、本郷の黄昏だとか、神田の祭礼だとかいったようなオーソドックスな風景にくらべると、いささかここで、れいれいしくもちだすのには、気恥ずかしくなるような代物にちがいない。それは、あるいは土門拳なら、よろこんで写真にとるかもしれないが——しかし、いっぱんの人びとにとっては、なんの変てつもない、ただの平凡な石塀なのだ。その石塀は、溜池に——正確にいえば、溜池の三〇番地に立っていた。赤坂区溜池三〇番地——そこに、戦争中、その石塀にかこまれて、東方会があり、戦後には、同じくその石塀にかこまれて、真善美社があった。戦火は、そのあたり一帯をなめつくし、中野正剛の魂のさまようその溜池の一角もまた、むろん、きれいさっぱり、灰燼に帰してしまったにもかかわらず、ただ、その石塀だけが昔のままのすがたで残ったのだ。したがって、溜池の石塀——などというと、いかにも非芸術的な野暮ったい感じがするにちがいないが——しかし、それは、わたしにとって、戦争中と戦後とをつなぐ、ほとんどただ一つの貴重なイメージなのである。

いや、その石塀から、そういう印象をうけたのは、かならずしもわたし一人だけではなかったようだ。あれは、宮本百合子が、病気だからといって、椅子に腰をおろしたまま、才気溢れるような報告をしたのをおぼえているので、たぶん、新日本文学会の第二回大会の席上でのことだったとおもうが、わたしの前列にすわっていた松田解子が、偶然、うしろをふりかえって、わたしをみとめ、先日、溜池のへんをあるいていたら、すっかり、なにもかも変りはててしまっているのに、ただ、あの石の塀だけがポツンと残っているのをみて、いろいろとあのころのことをおもいだし、感慨無量だった、といったような意味のことを、わたしにむかって、さもさもなつかしそうに述べたことでもわかる。かの女もまた、昭和十五年頃、東方会の一室に事務所を借りていた当時の文化再出発の会の会員だったのである。そして、わたしの最初の著書である『自明の理』は、昭和十六年七月、その文化再出発の会から、『魚鱗叢書』の第一冊として刊行された。

その本の内容は、文化再出発の会の機関誌『文化組織』に連載されたわたしのアヴァンギャルド芸術論をあつめたものであって、現在、青木書店から刊行されている『新編 錯乱の論理』のなかに、その大部分が収録されている。手もとにただ一部だけしか残っていないその本をながめていると、一方においては読まれることを望みながら、他方においては読まれないことを望んでいたそのころのわたしの奇妙な心理が、そこにまざまざと反映しているようでおもしろい。表紙は、濃紺と黒の二色刷であるが、その上にパラフィン紙がかけられているので、本の題名も著者名も、誰にも判読できないような仕掛けになっているのだ。ただ一人、大井広介という一面識もない人物が、葉書をよこして、トルストイが『戦争と平和』のモチーフを、玉突きをしているうちにつかんだというきみの新説には心をひかれた、といったような意味のことをかいてきただけだ。おびただしい返品の山を、横眼でにらみながら、しかし、わたしは安心した。そして、ひきつづいて『文化組織』に連載中の『復興期の精神』に全力をあげた。要するに、わたしは、わたしのかいたものが、無事に検閲の網の目をくぐりぬけていきさえすれば、それでもうそのころは、しごく満足だったのである。しかし、太平洋戦争のはじまったころには、すでに文化再出発の会は、特高にたいするバリケードの役割をもはたしていた溜池の石塀でかこまれてはいなかった。事務所は、祖師ヶ谷大蔵の中野秀人のアトリエへ移され、会合は、たいてい、神楽坂の不二家という喫茶店の二階でひらかれていた。そして、それから、何年間『文化組織』がつづいたか、いまとなっては、わざわざ、調べてみる興味もない。たぶん、わたしの『復興期の精神』に二十あまりのエッセイがはいっているところからみると、二年近くもつづいたのであろう。

戦後、わたしが、あらためて溜池の石塀と関係をもつようになったのは――そして、これこそ戦争中には、想像もしないことだったが、ついにその石塀のなかに住むようになったのは、中野正剛の長男の中野達彦が、真善美社という出版社をつくり、その最初の本に勇敢にもわたしの『復興期の精神』をとりあげたからであった。勇敢にも――と、わたしはいったが、たしかに中野達彦は、一風変った人物にちがいなかった。かれは、わたしの本を二千部印刷し、製本したが、さて、そこで、すっかり、絶望してしまったのである。配給会社に交渉する前に、とうてい、売れないであろうと自分であっさりきめてしまったのだ。そして、わたしの本を倉庫につみあげたまま、社員一同と共に、真善美社の解散について大真面目に協議しはじめた。社員というのがまた、ことごとくたよりない連中であって、戦争中、黒シャツをきてのしあるいていたような二十代の青年ばかりなのだ。わたしは、かれらのてっていしたペシミズムを愛したが——しかし、一戦もまじえずに退却してしまうのは、いささか性急すぎるような気がしないこともなかった。さらにまた、著者としての責任のようなものもある。といったようなしだいで、とうとう、わたしは、中野達彦と二人で、真善美社の屋根裏へ引っ越し、社員の督戦につとめることになったのである。『復興期の精神』は版をかさねた。つづいて出した『アプレゲール叢書』もまた、『魚鱗叢書』などとは、比較にならないほど、売れた。とくに野間宏の『暗い絵』などは、抜群の売れ行きをみせた。そこでわたしは、それらの戦後派の文学者たちと共に、綜合文化協会をつくり、真善美社のなかにその事務所をおき、機関誌『綜合文化』を出すことにした。したがって、いわゆる第一次戦後派の文学者たちは、わたしや松田解子のように、戦争中の無傷のすがたは知らなかったにしても、あの溜池の弾痕のいろも生まなましい石塀を、いやというほど、みたはずである。寒い冬の日、風のピュウピュウふきこんでくる屋根裏の窓からながめていると、石塀のかなたには、電車どおりをへだてて、アメリカ人たちのあたたかそうなアパートがあり、そのまたアパートの向うがわには、屋根の上で星条旗のひらひらしているマックァーサーの宿舎があった。わたしは、かつてこの石塀の内がわで、米英排撃の火ぶたがきられ、大使館へおしかけていって、灰皿をたたきわってきた、などといって大騒ぎをしていた元気のいい連中のいたことを、おもいおこさないわけにはいかなかった。——そうだ。そういえば、わたしは、あの屋根裏時代には、めずらしく、いくらか風景に興味をもっていたようである。われはながめいりぬ。ながめいりつつ、運命のはげしさに泣きぬ。——などというと、いささか島崎藤村みたいで、そらぞらしくなるけれども。

真善美社は、社員もろとも、ぐんぐん生長していった。そして、本郷にビルを買って溜池のバラックから移転していった。もはやわたしの督戦の必要はなかった。しかし、綜合文化協会のほうは、その主要メンバーだった加藤周一や中村真一郎たちが、脱退して、河出書房から、『方舟』を出しはじめて以来、さっぱり、ふるわなくなってしまった。ちょうどそのころ、わたしは岡本太郎と知り合いになった。かれは、わたしの『錯乱の論理』を——戦争中、返品の山をきずいた『自明の理』の戦後版を、一読して以来、当然、わたしが、かれと共にアヴァンギャルド芸術運動をするものだと考え、機関誌のことなどについても、ひとりで、いろいろ、頭をひねっていたらしいのである。わたしは、かれと共に、夜の会をつくり、東中野のモナミや、本郷のなんとかいうお寺で、しばしば、会合をもった。そして、その運動のなかから、わたしの『アヴァンギャルド芸術』や『さちゅりこん』がうまれたのである。しかし、もうわたしは、ここらあたりで、こういう話はうちきりにしたいとおもう。そのあと、わたしは、夜の会をほったらかして、『新日本文学』の編集に専心するようになったが、そこでは、それまでに漠然とわたしのいだいていた、集団のなかにおかれないかぎり、自他ともに、人間の正体など、永遠にわかるものではない、といったような理論を、あらためて確認したにとどまる。岡本太郎は、それを、わたしの「組織ロマンチシズム」だというが――しかし、そういうかれ自身もまた、わたしのみるところでは、組織のなかにあって、はじめて燦然とかがやくような人物なのである。そして、このところ、わたしは、記録芸術の会の一会員として、『大衆のエネルギー』や『映画的思考』をかき、未来の視聴覚文化の確立のために、いくらかでも寄与できたら、とおもっている。文化再出発の会。綜合文化協会。夜の会。新日本文学会。記録芸術の会。――と、こうかぞえあげてくると、よくもあきもせずに、あんまりパッとしない会ばかりやってきたものだとおもうが、もしもそれらの会がなかったなら、おそらくわたしは、文学者にも芸術家にもならなかったにちがいない。そして、そのようなわたしのすがたは、すでになんらかのかたちで、これまでに出したわたしの本のなかにとらえられているのだ。したがって、それ以外のわたしについては、――もしもそれ以外にもわたしというものがあるとすればの話であるが――ここで、くだくだしくふれる必要はないのではあるまいか。溜池の石塀についてかいたことも、もしかすると余計なことだったかもしれないのだ。前月、久しぶりに溜池のあたりをとおらなければならなかったが、その問題の石塀もまた、いつのまにか、いともあざやかに消えうせていた。

そういったようなわけで、わたしには、もうこれ以上、なに一つとしてかくことはないような気がしてならないのだ。戸塚の梅雨。本郷の黄昏。神田の祭礼。――不幸だったか、幸福だったか知らないが、とにかく、『東京八景』をかいた太宰治には、生活があった。かれには、兄弟があり、恋びとがあり、友だちがあり、いずれにしろ、人間とのさまざまな私的な交渉があった。ところが、わたしには、そのような私的な交渉が、いっさい、ないのである。なるほど、女房が一人と、息子が一人いるが——しかし、かれらとの交渉もまた、はたして厳密な意味において、私的だといえるかどうか。かつて埴谷雄高が病気になったとき、おれには金を貸してくれるひとがあるが、おそらくきみには、誰もいないだろう、そこのところがちがうのだ——といったような意味のことを、わたしにむかって述べたことがあるが、知己の言として、いまだにわたしは、その言葉を忘れない。どうやらかれは、かなり的確に、わたしの孤独のいかなるものであるかを洞察していたようである。べつだん、太宰治に拘泥するわけではないが、話の行きがかり上、あえていうならば、かれのいわゆる「東京生活」という表現には、なんとなくわたしには、根こぎにされていない人間の安心のようなものがつきまとっているような気がしてならない。しかるに、わたしには、完全に故郷というものがないのだ。さらにまた、わたしには、兄弟もない。いや、かならずしもないとは断言できないが——あるいは、ありすぎるほどあるのかもしれないが、どうもその点がハッキリしないので、まあ、ないといっておいたほうが無難であろう。わたしの父親は、『従妹ベット』のなかに登場するユロ男爵みたいな人物だったので、方々に異母弟や異母妹をどっさり、こさえているらしい形跡があるのだ。しかし、これまでのところ、かれらとの私的な交渉はまったくない。つぎに恋びとや友だちにいたっては——すなわち、病気になったとき、金を貸してくれそうな人びとにいたっては、埴谷雄高のいみじくも喝破したとおり、それこそわたしのまわりには、ただの一人もいないのである。これでは、どんなに頭をひねってみたところで、太宰治のように、かくに値するようないざこざのおこりようがないではないか。

“to make a scene”という言葉がある。一つの風景をでっちあげるためにも、われわれは、相当、泣いたり、わめいたり、てんやわんやの大騒ぎを演じなければならないのだ。したがって、わたしは、

『東京八景』をかいた太宰治のエネルギーに脱帽しないわけではないのであるが――しかし、自分の手でシーンをつくることだけは、できれば願いさげにしたかったのである。わたしは、門をとざし、犬を庭にはなし、つねにひっそりと暮らしてきた。――すくなくとも暮らそうと望んできた。そして、集団のなかでだけ人間とのつながりをもちたいとおもった。わたしは、『復興期の精神』の『群論』のなかで、すでに魂は関係それ自身になり、肉体は物それ自身になり、心臓は犬にくれてやったわたしではないか。(いや、もはや「わたし」という「人間」はいないのである。)――とかいたが、そういう「わたし」が、ながいあいだのわたしの理想的人間像だったのである。したがって、わたしもまた、たしかに太宰治と同様、八丁堀の花火も、芝の満月も、銀座の稲妻もみたけれども、それらの風景は、わたしにとって、たちまちにして消えさってしまう、束の間のイリュージョン以外のなにものでもなかったのだ。にもかかわらず、なぜわたしは、溜池の石塀にだけ、特別の関心を寄せたのであろうか。それは、さきにもいったように、その石塀が、戦争中と戦後とをむすぶわたしの貴重な唯一のイメージだったからであろうか。それとも、わたしが、オブゼとして、その石塀に芸術的な興味をもっていたからであろうか。あるいはまた、堅牢無比とみえたその石塀が、やはり、束の間のイリュージョンにすぎなかったということに、逆に心をうごかされたのであろうか。

ひるがえって考えるならば、わたしは、あまりにもシーンをつくることにおそれをいだいているわたし自身に、いくらかアイソがつきてきたのかもしれないのだ。たぶん、わたしは、あまりにもお高くとまっているわたし自身を、一度、台座からひきずりおろしてみたくなったのかもしれないのだ。そして、すすんでシーンをつくってみることによって、シーンをつくることにたいするしりごみを、克服したくなったのかもしれないのだ。どうせ門に鍵をかけたり、犬をはなし飼いにしたくらいで、シーンをつくらないでもすむなどとは、いかにおめでたいわたしであっても、いささかも信じてはいないのである。たぶん、わたしが、昨年の秋以来、『泥棒論語』、『私は貝になった』、『就職試験』——と、わたしとしては矢つぎばやに三つのドラマをかいたのは、せめて紙の上だけでも、毒をもって毒を制したかったからであろう。むろん、それらのドラマは、いずれもわたしのエッセイの一変種であって、シーンをつくることにたいする根づよい嫌悪によってつらぬかれているが——しかし、それでも、わたしは、なんとかして、とにかく、一見、シーンらしいものをつくりあげたのだ。そして、わたしは、いまさらのように、シーンをつくらないということと、シーンをつくるのをさけてとおるということとのあいだの微妙なちがいに気づかないわけにはいかなかった。吠える犬はかみつかない。だが、吠えない犬のなかにも、かみつかない犬はいるのである。日本のドラマのなかに、ほんの少しでもいいから、論理をみちびきいれること。そして、そのような作業を芸術と実生活の二つの面においておこなうこと。——つまり、一言にしていえば、わたしのささやかな願望は、そういうことになるのであるが。

柳田国男について

柳田国男のおびただしい著作は、今後、いろいろな人びとが、いろいろな観点からとりあげていくであろう。家永三郎は、昭和三十二年に出版された『日本の近代史学』（日本評論新社刊）のなかの『柳田史学論』の『追記』で、「本稿は歴史的考察よりも超越的批評を主としているため、おのずから柳田史学の思想史的解明には意をつくしていない。その後、私は、柳田史学の社会的性格を在村地主イデオロギーと考えるとき、その相対的進歩性と保守性とがはじめて十分に理解されるのではないかと考えるようになった。そしてそのことは農政学者および国家官僚としての彼の前身と不可分にからみあっているように思われる。ただそれらの点を具体的に実証するに十分の準備が整っていないので、しばらく他日の精考を期したいと思っているが、本論の趣旨をそのような観点から見直すならば、思い当るところの多いであろうことを、最後に一言附け加えておく。」とかいた。これもまた、たしかに一つの観点である。一つの観点にはちがいないが――しかし、右の『柳田史学論』をつらぬいている家永三郎の近代主義から想像すると、おそらくそれは、現在、もっとも広汎な説得力をもつ、一つの観点ではあるまいかとわたしはおもう。にもかかわらず、わたしには――わたし自身、家永三郎よりも、柳田国男の著作についても、農政学者や官僚としてのかれの前身についても、知るところ少いものではあるけれども——柳田国男の思想を、「在村地主イデオロギー」といったような言葉でかたづけてしまうのは、いささか乱暴なような気がしてならないのだ。たとえば明治四十三年に刊行された柳田国男の初期の労作『時代ト農政』（聚精堂刊）は、そのなかに収録されている当時の報徳会の指導者である岡田良一郎の農本主義にたいする批判のゆえに——その「在村地主イデオロギー」にたいする駁論のゆえに、いまもなお、精彩をはなっているようにわたしにはおもわれるのであるが——しかし、家永三郎は、『時代ト農政』のなかでは、ドイツの産業組合制度を、そのままのかたちで日本へ移植することの愚を説いているくだりだけに注目し、そこから柳田国男の保守性を——かれの「その後数十年にわたる活動を貫く根本態度」をひきだしているのである。もっとも、家永三郎は、柳田国男を、ただの保守派だと考えているわけではない。かれは、柳田国男の保守的態度を、「陽に進歩的をもって自任しつつ実はきわめて非近代的な無自覚ぶりを遺憾なく発揮している似而非近代主義の公式論に対する仮借のない批判的態度」としてとらえている。しかし、もしそうだとすれば、いったい、かれは、かれのいわゆる「在村地主イデオロギー」なるものを、いかなるものだと心得ているのであろうか。

わたしには、家永三郎が、柳田国男の保守性を強調するあまり、いくらかその進歩性のほうをみてみないふりしているような気がしないこともない。くりかえしていうが、『時代ト農政』のなかで、当然、とりあげられなければならないのは、『報徳社と信用組合の比較』における岡田良一郎にたいする論争であって、柳田国男自身もまた、その本のなかで、その一篇をいちばん重要視していたことは、序文の半ば以上をつかって、右の論争についてふれていることによっても明白であろう。周知のように、そこで、柳田国男は、岡田良一郎らの遠江報徳本社が、十万円の積立金を擁しながら、いたずらに蓄積しているだけであって、農民の金融につとめていないということ、その褒賞制度、入札制度、無利息貸付制度などが時代おくれであるということ、その組織事務がすこぶる形式的保守的であるということ、完全なセクト主義におちいっているということ、等々を指摘し、報徳社の信用組合への変形に反対して「信用組合は実利を主とするものである、報徳社は道徳を主とするものである、二者を混同すべきではない。」と主張する二宮尊徳の亜流である岡田良一郎を批判したのであった。同じころ出版された『報徳新論』のなかで、山路愛山が、「近頃は其筋の役人いずれも車輪になりて報徳講を奨励し……色々報徳仕方の有難きことどもを説法して廻わらすこととなれり。是れ則ち二宮金次郎の後立《うしろだて》に明治国家がなりたるものなり、殊に面白きは今の内務次官一木（喜徳郎）氏、文部次官岡田（良平）氏はいずれも二宮門下、遠州岡田良一郎の子息なることとなり。」といい、尊徳を「並の人間に毛の生えた位のもの」として、その流行の原因を、「時勢と環境」に帰し、その思想についても「敢て珍しく二宮の哲学などと名乗る程のこともなく、時勢の一反映と見る外はない」と断じているのにくらべると、柳田国男の批判は、実践的であるとはいえ、一見はなはだ微温的である。しかし、はたしてそうか。家永三郎流にいうならば、わたしは、そこに、かれの「その後数十年にわたる活動を貫く根本態度」を——前近代的なものを否定的媒介にして、近代的なものをこえようとする進歩的態度をみないわけにはいかないのだ。たぶん、かれの眼には、報徳社の全面否定を試みている山路愛山などよりも、日露戦争後の農村の危機が——農村における急激な階級分化のありさまや独占資本主義の吸着ぶりが、あざやかにうつっていたことであろう。それゆえにこそかれは、土地改良のためにうまれた農民の負債や、肥料、種子、苗木、農具等の購買をとおして資本に隷属しないわけにはいかなくなった農民の現状をつきつけて、いたずらに精神協同体の必要を説きまわっている報徳主義者の理想を粉砕しないではいられなかったのにちがいない。ここで柳田国男が、ただ単純に協同組合の宣伝だけをすれば、近代主義者はむろんのこと、報徳主義者といえども、「道徳」と「実利」との二本だてをみとめないわけにはいかない以上、賛成したことであろうが——しかし、柳田国男は、報徳社そのものを協同組合として生かすことを主張したのである。したがって、報徳社にも、協同組合にも不満なかれが、保守派からも、進歩派からも、疑惑の眼をもってみられたのは当然のことというほかはなかろう。

それかあらぬか、家永三郎は、柳田国男の『女性生活史』のなかから、「文字を読めるようになったのは新らしくとも、文芸が平民の心を養ったのは久しいのであります。本を読む為には光を要します。夜は燈の火をかかげなければならず、又片手は少なくとも二宮金次郎のように使わなければなりませんが、耳を働かすのには人々が近よって居ればよかったのです。（中略）分量が少なかっただけに効果は昔の口承文芸の方が、今よりも遥かに大きかったのであります。（中略）文学という言葉を広く解するならば、女たちが是に親しむ時間は、昔の方が却って今より豊かだったのです。昔無かったものはなまにえの翻訳文学だけであります。」といったようないささか皮肉な一節をひき、そこから柳田国男の今日の活字文化にたいする攻撃を読みとるのだ。しかし、はたしてそこで柳田国男は、活字文化を攻撃しているのであろうか。かれは、ただ単に活字文化偏重の弊を痛感し、活字文化以前の——原始文化より活字文化の発生にいたるまでのコミュニケーションの形式の重要性にいっぱんの注意を喚起しているだけのことではなかろうか。すくなくともわたしは——映画やラジオやテレビといったような活字文化以後のあたらしいマス・コミュニケーションの形式に関心をいだいているわたしは、柳田国男よりも家永三郎のほうにヨリ保守的なものを感じ、かつてのパーソナル・コミュニケーションの在りかたにたいする反省から、活字によるマス・コミュニケーションの在りかたの変革を考えないわけにはいかないのである。文化といえば活字文化だけをおもいうかべる近代主義者たちは、書物をいただいてみせたあとで、おもむろに講義にとりかかった、かつての道学者たちに、多少、似ていないこともない。ここでもまた、柳田国男は、報徳社のばあいと同様、かれのいわゆる「口承文芸」を否定的媒介にして、活字文化をこえた、別個の伝達方法を探求しているのかもしれないのだ。家永三郎のいうように、柳田国男が活字文化の攻撃者ではないということは、柳田国男自身の著書が、百冊に近いことによってもあきらかではないか。といって——だからといって、かならずしもわたしは、家永三郎の性急な批判を、いささかも非難しようとはおもわない。もしかすると、かれが、柳田国男の保守性とともに、その相対的進歩性をあげているのは、みつけものかもわからないのだ。たとえば昭和十三年に刊行された赤松啓介の『民俗学』（三笠全書）には、つぎのような一節がある。「柳田国男著『石神問答』は明治四三年五月に出版され、柳田氏と山中笑・和田千吉・伊能嘉矩・白鳥博士・緒方小太郎・喜田博士・佐々木繁・松岡輝夫の石神に関する往復書翰を内容とし、民俗学的論著の冒頭を飾る歴史的意義を持つ。本書の重要性は中小農没落必至化の傾向に基底崩壊を感じた官僚の、小ブル的農本主義に立つ回顧的・空想的研究の発端をなしたことにあり、それは同じ著者の『時代ト農政』（同年十二月刊）に現われた尊徳仕法への憧憬に明かである。」と。

わたしは、『石神問答』には、まだすこぶる文献主義的な傾向があり、そこでは文字に拘泥しない柳田民俗学の本領が十分に発揮されているとはおもわないが――しかし、日本の山神、荒神、石神等に関するその執拗な探求態度には、やはり、敬意をはらわないわけにはいかない。赤松啓介は、それを、単なる往復書翰だと考えているようであるが――そして、事実、それはそうにちがいないのであるが、見かたを変えれば、その往復書翰は、辞句こそおだやかであるとはいえ、同学のあいだでおこなわれた、しんぼうづよい論争の記録ではあるまいか。わたしは、そこに『時代ト農政』の序文のなかで述べられているように、「先輩講話時代、黙々拝聴時代の一日も早く過去ることを切望」し、精神をはげまして民俗学の開拓につとめている、柳田国男の闘争的なすがたをみないわけにはいかない。われわれの祖先の信仰をあきらかにするための必死の努力を、「回顧的・空想的研究」として――農本主義の内部からの切りくずしを、「尊徳仕法への憧憬」として一蹴するような批判は、もはや批判ではなく、誹謗と受けとられても仕方がないのではなかろうか。なるほど、それは、一見、権威をおそれない批判のようにみえるかもしれないが――したがって、柳田国男の行きかたと軌を一にするもののような気がするかもしれないが――しかし、事実は、マルクスやレーニンの権威によりかかり、日本人の生活から眼をそむけているにすぎないのである。もっとも、わたしは、いま、柳田史学や柳田民俗学の弁護をしようとおもってペンをとりあげているのではない。昭和初年の革命運動が、日本の底辺へたっすることができなかったので、革命は無惨にも挫折し、革命家は、ことごとく失格してしまった、といったような威勢のいい全面否定を試みるような人びとが、かれら自身、かれらのコキおろしている当の革命家たちにまさるともおとらぬほど、これまでわき目もふらずに日本の底辺ばかりを問題にしつづけてきた柳田国男の大きな仕事に、さっぱり、注目しようとしないのをみて、ちょっと一言してみたくなったまでのことなのだ。耕作権をめぐる小作争議の相次いでおこった昭和四年に出版された『都市と農村』（朝日新聞社刊）のなかで、柳田国男は、つぎのようにいっている。「組合の新しい傾向が追々に経済の共同へ、それも一つ一つの生産行為の一致から、次第に生計の全般の支持にまで、其交渉を及ぼそうとしていることは、日本の農村においては殊に自然なる推移であって、それをびっくりするものは、よくよくの手前勝手か、そうでなければこれまでの久しい沿革を、すこしも考えてみなかった心なしの観測にすぎない。現在の共産思想の討究不足、無茶で人ばかり苦しめて、しかも実現の不可能であることを主張するだけならば、どれほど勇敢であってもよいが、そのためにこの国民が久遠の歳月にわたって、村で互いに助けあって辛うじて活きてきた事実までを、ウソだといわんと欲する態度を示すことは、良心も同情もない話である。」と。こういう言葉から、柳田国男の保守性を――あるいはまた、かれの反動性を、これみよがしにひきだしてはならない。産業組合が、小作人たちを除外した「旦那衆」の組合であることに――そして農民組合が、それに対抗するための小作人組合であって、たとえ争議によって耕作権の獲得に成功したところで、小作人たちを、「細小の自作農」に転化するだけであることにあきたりないかれは、ここでもまた、農村における前近代的な協同の在りかたを否定的媒介にして、産業組合と農民組合とを打って一丸とするようなあたらしい組合の在りかたを――超近代的な組合の在りかたと考えているのだ。

したがって、家永三郎は、『柳田史学論』の序説のなかで、「ただし私は歴史家、とくに思想史を専攻する史家としての関心から先生の業績を史学として観察するのであって、民俗学そのものをあげつらおうとするのではない。民俗学が科学分類の中でいかなる位置を占めようとも、それは私の関知するところではなく、ただ先生の学問が史学としてはいかなる性格を有するかを考えようとするのみであって、これ、上のごとき題目を掲げた所以である。」というが――しかし、柳田史学と、柳田民俗学とが、きってもきれない関係の上に立っていることは、あらためてことわるまでもなかろう。たとえばそこでは、ユヒだとか、モアヒだとかいったようなわが国古来の慣行が、それら自体のためにではなく――いわんやそれらを復活するためにではなく、現在の組合を止揚して、あたらしい組合をつくりあげるための手がかりをつかむためにだけ、熱心に問題にされているのである。民俗学は、史学の現在にたいするつよい関心にうながされて、問題の所在を探り、史学は、民俗学の過去にたいする研究の成果を踏まえて、現実の変革を目ざすのだ。すくなくとも柳田民俗学の成立にあたっては、『時代ト農政』にうかがわれるような柳田国男の「経世済民」の志が、大いにあずかって力のあったことに疑問の余地はあるまい。しかし、ひるがえって考えるならば、民俗学は、本来、そういうするどい政治的センスの持主にとっては、すこぶる苦手な学問であり、おそらく柳田国男は、これまでに、しばしば、みずからの民俗学的な探求にもどかしさを感じたことがあったにちがいない。しかもそのもどかしさに拍車をかけるかのように、当時のいわゆるマルクス主義者たちは、かれの民俗学を、たとえばさきにあげた赤松啓介のように、「小ブル的農本主義の上に立つ回顧的・空想的研究」であるとして、たえず否定しつづけたのだ。一つの学問の創始者としては当然のことであろうが、柳田国男は、今日にいたるまで、知己を後世に待ちながら、粘りに粘ったのである。昭和十年に出版された

『郷土生活の研究法』（刀江書院刊）のなかで、かれはいっている。「今日の社会の改造は、一切の過去に無省察であっても、必ずしも成し遂げられぬとはきまっていない。現に今日までの歴史の変化にして、人間の意図に出たものは大半がそれであった。復古を標榜した或るものといえども、また往々にして古代の認識不足に陥っている。我々の如く正確なる過去の沿革を知って後、始めて新らしい判断を下すべしというものは一つの主義である。盲滅法界にこの主義を否認してかかるならまた格別だ。我々は蔭にいて、それが自然の正道に合致せんことを祈るのほかはない。しかし、いやしくも歴史の知識を持っていてから仕事に取掛ろうというならば、意外によって教えられるだけの用意がなくてはならぬ。出来るだけ多量の精確なる事実から、帰納によって当然の結論を得、且つこれを認むること、それが即ち科学である。社会科学の我邦に於て軽しめらるる理由は、この名を名のる者が往々にしてあまりに非科学的だからである。」と。

わたしは、どちらかといえば、柳田史学よりも柳田民俗学に——柳田民俗学によってあきらかにされたわが国におけるさまざまな前近代的な芸術の在りかたに、ヨリ多く興味をもつ。なぜなら、わたしには、それらの芸術の在りかたを否定的媒介にしないかぎり、近代芸術をこえた、あたらしい革命芸術の在りかたは考えられないからである。こういうわたしの観点は、いまにはじまったことではなく、わたしが、柳田民俗学についてふれながら、柳田国男のいうように、日本がフォークロアの実験室の観があるということは、むろん、アジア的停滞性のあらわれ以外のなにものでもないとはいえ、そこにまた、日本の前衛芸術家にとっては千載一遇の好機会があるのであり、かれらは、われわれの周囲にいまだにゆたかに存在している前近代的な芸術と近代芸術とを対立物としてとらえ、両者の闘争を止揚することによって、そこからまったくあたらしい、国際的水準をこえた超近代的な芸術を創造することができる、と説いたのは、昭和二十二年のはじめに発表した『二十世紀における芸術家の宿命』（筑摩書房刊『太宰治研究』所収）においてであった。そこでわたしのとりあげたのは、太宰治の文学であったが――しかし、わたしには、かれの文学が、あるばあいには、前近代的なものに――他のばあいには、近代的なものに支配的な契機をみいだしながら、結局、両者の対立を止揚することのできなかった典型的な「敗北の文学」のような気がしてならなかった。したがって、また、わたしには、昭和初年のプロレタリア芸術は、それのもつ近代的なものをこえたいというはげしい意欲と、ほとんどそれと対蹠的な、前近代的なものにたいするおどろくべき無関心さのゆえに、かならずしも革命芸術の名に値いしないようにおもわれたのであるが――しかし、その後、たとえば中野重治の初期の作品などには、前近代的なものをスプリング・ボードにして、近代的なものをこえようとする態度が、不十分ながら、みとめられるのではなかろうか、と考えるようになった。そこでわたしは、東洋的な伝統芸術を、革命芸術のなかに生かしたいとねがっている、かれの小説『波のあいま』の主人公の絵かきを例にとりながら、『二つの絵』のなかで、もしもその絵かきのねがいが、あらゆる領域で実現されていたならば、プロレタリア芸術運動は――ひいては日本の革命運動は、あれほどのいたましい挫折を経験しないでもすんだのではあるまいか、といったような意味のことをかいたのである。

しかし、佐々木基一は、『プロレタリア文学と大衆化の問題』（『文学』昭和三十四年二月号）のなかで、わたしと同様、右の『波のあいま』の絵かきに注目しながら、わたしとはちがって、その主人公を、伝統芸術を、「ビラとかポスターなどのような、アジ・プロの仕事の方に生かしたいと念じている」ものとして受けとり、そこに「かれ自身のもつ資質と美意識とを直接労働者運動にピタリとくっつけよう」として悩んでいるプロレタリア芸術家のすがたをみいだしている。つまり、佐々木基一は、前近代的なものを否定的媒介にして、近代的なものをこえるという行きかたに、わたしが、革命芸術の方法を——さらにまた、ひろくいって、革命運動の戦略戦術をみいだしているのに反し、芸術家の資質や美意識と、労働者運動とのあいだによこたわるギャップを——一言にしていえば、戦後文学における中心課題だった「政治と文学」との対立をみいだしているのだ。したがって、大衆化の問題については、わたしもまた、あとでふれるつもりであるが、かれは、わたしのように、『波のあいま』の絵かきのような行きかたを、芸術大衆化のための唯一無二の方法だとはどうしても考えることはできないのである。それではなぜ『波のあいま』の絵かきのような行きかたが、革命運動において採用されなかったのであろうか。むろん、政治家のがわに、柳田国男のいわゆる「現在の共産思想の討究不足、無茶で人ばかり苦しめて、しかも実現の不可能であることを主張する」といったような未熟さのあったことが、その一つの原因であったことに疑問の余地はないにしても、『波のあいま』に即していうならば、絵かきのがわにもまた、まったく責任がなかったとはいえないかもしれない。その絵かきは、北斎にも心をひかれているが——しかし、それにもまして、「ヂイウンリン」や「ワウ翬《き》」にも血道をあげている。換言すれば、かれは、それらの作品を、前近代的なもの一般としてとらえているのであって、伝統芸術のなかの支配階級の芸術と被支配階級の芸術とをひとしく革命芸術のなかに生かそうと考えているかのようだ。これでは、現在、オリエンタリズムに魅力を感じている欧米の画家たちと、実質的には、それほどの相違はないのではあるまいか。いや、そういう意味では、かれは、むしろ、第一流の――ということは、支配階級によって受けいれられ、洗練されてきたということであるが――伝統芸術へのノスタルジアを、臆面もなく披瀝しつづけていた日本浪漫派の連中と、さして変りはないかもしれないのである。むろん、そのなかには、たとえば太宰治のように、そもそもの出発点から、かれの『晩年』のなかにはいっている『ロマネスク』によってもあきらかなように、民間説話の語りくちに興味をいだいていたような人物もまた、いないわけではなかった。しかし、後年のかれの『お伽草紙』は、もはや民間説話の近代化以外のなにものでもなかった。そこには、近代をこえようとする意志が――おのれの芸術を、革命芸術にまで高めようとする野心が、ほとんどみとめられないのだ。

昭和十三年に刊行された『昔話と文学』（創元社刊）のなかの『藁しべ長者と蜂』で、柳田国男はいっている。「国の文芸の二つの流れ、文字ある者の間に限られた筆の文字と、言葉そのままで口から耳へ伝えていた芸術と、この二つのものの連絡交渉、というよりも一が他を育くみ養ってきた経過が、つい近頃まで心附かれずに過ぎた。昔話のやや綿密なる考察によって、始めて少しずつ我々にわかってきたのである。所謂説話文学に限らず、歌でもことわざでも、もとは一切が口の文芸であり、今でもまだ三分の一はそうだ。現にカタリモノなどは、活字になっても尚カタリモノと呼ばれている。即ち少しも筆を捻らぬ人々の隠れたる仕事のあと始末だったのである。それが文人を尊敬するの余りに、悉く椽の下の舞になってしまった。読者という者の文芸能力を無視して、大衆はアレキサンドル大王の兵士の如く、どこへつれて行って討死させてもよいもののようになった。まことに浅ましいへりくだりだと思う。この心持を改めて、文学を総国民の事業とする為に、この私の『藁しべ長者と蜂』が、少しばかり入用なのである。今日の大衆文芸が、いつまでたっても講釈師のおあまりを温めかえしたようなものばかりで、前へもあとへも出て行けないのを見た人には、聞き手又は読者に指導せらるる文芸などは、不愉快な拘束だと思われるかも知らぬが、私たちの見た所では、これとても中代の屈従の名残であって、以前は今すこし自由に、書かぬ人たちも空想し得た世の中があったのを、紙と文字と模倣性とが、あべこべにこのように型にはめ込んだものだと思っている。この点は武家時代に入ってからの、文学のマンネリズムを見た者には、すぐ気づかれる筈だが、一方には又口承文芸の若干の比較によって、いと容易に之を立証しうる望みもある。」と。こういう観点からながめるなら、プロレタリア芸術運動におけるいわゆる「芸術大衆化論争」などは、まず、まっさきにそれが、ほとんど活字文化にその視野をかぎられていた点において、つぎに世界文学または日本文学のなかの主としてブルジョア文学の継承発展ということにアクセントをおいていた点において、さらにまた、最後に創造者としての大衆の主体性を過小評価していた点において、ほとんどプロレタリアートとも農民とも無関係な、一部の「革命的」なインテリゲンチャのあいだの蝸牛角上の争いとみえるであろう。前にあげた『プロレタリア文学と大衆化の問題』のなかで、佐々木基一は、当時の芸術大衆化論を、少々、図式的ではあるが、とことわったうえで、一、本来のプロレタリア芸術の確立、二、直接的アジ・プロのための芸術活動、三、プロレタリアートの上層部分、すでに可成の文化水準を獲得した読者に向けられているような作品のほかに、比較的単純な、比較的初歩的な、大衆を目安にする大衆芸術の制作、の三つに分類している。しかし、わたしをしていわしむれば、第一の傾向は、ソヴェト芸術への追随であり、第二のそれは、共産党への追随であり、第三のそれは、菊池寛や吉川英治の作品にたいする追随であって、少数の例外をのぞき、ひとしく活字文化以前の、大衆自身の手によってつくりあげられてきた、視聴覚文化の伝統にたいする十分な省察を欠いていた。したがって、その視野のせまさは、現在にいたって――活字文化以後の視聴覚文化の急速な発展をみた現在にいたって、あますところなく白日の下にさらけだされてしまった観がある。にもかかわらず、今日のインテリゲンチャの多くが、昔と同様、「一億総白痴化」などと称して、もっぱら視聴覚文化を、俗流的なものとしてとらえているのは、骨のズイまで、かれらが、活字文化によって呪縛されているからであって、本来、かれらは、「近代」と共に、ほろびさるべき連中にほかならないのである。

『柳田史学論』のなかで、家永三郎は、「歴史は『仕来り』を突破する反逆的精神を動力として新しい展開をつづけてきたのである。柳田は、私との対談において、『私共が田舎を歩いておってしょっちゅうぶっつかるのは、目に一丁字なくして、事理の明確に言える、人に誤まったことがあると承知せぬ、極めて判断力に富んだ、それでいて表現の力がない、そんな人間が沢山いるのですよ。そういう人の思想』こそ思想史の対象として重要ではないかといわれ、『ただそういう人の思想は、いわゆる一世を動かすというようなことはできないでしょう』という私の反問に対し、『そんなことは絶対にないのです。村が半分インテリで、半分無学の人ならばインテリの奴に引ッ張ってゆかれますけれども、村挙ってお寺の坊主、神主を除けばインテリでないような村だったら、村を動かしているのは無識の者の判断です』と答えているが、社会を『根こそぎ改革』する産業革命が決してこのような人々によって惹起されたのではないことを見ただけでも、『常民』の歴史上における地位を過大視するの失当なるは明白といわねばならぬ。」と抗議している。しかし、家永三郎自身が、産業革命以来の「仕来り」の上にぬくぬくと安住して、未来への突破口をつくるために、産業革命以前の「仕来り」を探求しているものを、保守反動あつかいしていないと誰が保証することができようか。かれの主張が、かれのいわゆる「陽に進歩的をもって自任しつつ実はきわめて非近代的な無自覚ぶりを遺憾なく発揮している似而非近代主義の公式論」でなければ幸いである。おもうに、今日の課題は、いたずらにルネッサンス以来の活字文化の重要性を強調することにあるのではなく、柳田国男によってあきらかにされた活字文化以前の視聴覚文化と、以後の視聴覚文化とのあいだにみいだされる対応をとらえ、前者を手がかりにして後者を創造することによって、活字文化そのものをのりこえていくことにあるのではなかろうか。ということは、むろん、活字文化をかえりみないということを意味しない。それのもつ固定性、抽象性、純粋性、高踏性をもう一度、あたらしい視聴覚文化のなかで、流動化し、具体化し、綜合化し、さらにまた、大衆化するということなのである。それでは、視聴覚文化の特徴は、たとえば民間説話などでは、具体的にいかなる点にあらわれているであろうか。

民間説話には、おびただしいヴァリアントがある。大筋のところは固定しているにしても、部分的には、時と処とによって、いろいろと変化している。柳田国男は、それについて、『昔話と文学』（創元社刊）のなかの『竹取翁』のくだりで、つぎのようにいっている。「私たちは是を説話の変化部分、又は自由区域と呼ぼうとして居る。独り後代の御伽冊子が、其真似をして居るだけで無く、口で言い継がれる昔話に於ても、婦人などの忠実に聴いた通りを話そうとする者の外に、其場相応の改作と追加とを、可なり巧妙に試みる者があったのである。上古の最も厳粛なる神話時代にも、是は尚認められて居た技術だと私は考えて居る。即ち赫奕姫に幾人もの求婚者があり、如何なる方法を以て近よろうとしても、徹頭徹尾決して許さなかったという大筋は不変であって、ただそれを例示する幾つかの場合を、話者又は筆者の空想の活躍に委ねたのである。是も余りに面白く巧みに出来たものは、後には定まった型となって守られ、或はそれから又一つの新らしい話が分岐することもあったようだが、原則としては取捨を許されて居た。近頃の例でいうと、小児などの印象を鮮かにする為に、話者の添附する説明にも近いものがあった。ここでいうならば何兵衛どん見たような金持があってとか、此村なら何川のような川の橋でとか、一々比較して聴かせるなども此部類であった。或は山寺に泊って夜の更ける迄の間に、色々の小さな不思議があったり、狐が勇士を騙そうとして、次々に術をかえて失敗するというの類、何れも事が小さく又たわいも無い部分だけに限るのが常であった。独り竹取物語の五人の冒険談のみが、是に比べると特に精彩あり、又伝うるに堪えたる好文字であったという迄である。」と。この説話の変化部分または自由区域には、パーソナル・コミュニケイションのもつプラス面が——送り手と受け手との相互交通の上に立った、文字によって拘束されない、ダイナミックな表現がみいだされる。そこで支配的なものは即興性であって、たとえば音楽や演劇におけるアド・リブのように、状況に即応した口から出まかせの表現が、説話全体に、潑剌とした活気と、無限の柔軟さとをあたえるのである。いや、単にそればかりではない。かりに同じ説話がくりかえされるばあいであっても、それが、つねに顔の表情や身ぶりをともなった口頭的表現であるため、文字による表現にくらべると、はるかに具体的であって、アクセントのつけかた一つで、言葉のもつ微妙なニューアンスをとらえることもまた可能なのだ。その上、説話は、座頭によって語りつたえられるばあいが多かったので、盲人に特有の表現を含んでおり、それが、しばしば、受け手にたいして、超現実的な、新鮮な印象をあたえたこともまた否定しえない。たとえば柳田国男は、徳川夢声の『問答有用』(朝日新聞社刊)のなかの対談で、つぎのようにいっている。「わたしども、むかしの話をあつめていても、ここは座頭の想像だナということは、はっきりわかります。耳だけを通してえた経験でものをいってるから、話が理屈に落ちるんですね。たとえばオオカミに案内されて山のなかを歩いたという話があるけれども、『竹ぼうきだと思ってつかんだら、それがオオカミのしっぽだった』というんです。オオカミのしっぽと、竹ぼうきとじゃあ、だいぶん感じがちがう。その座頭は、竹ぼうきはときどきにぎったことがあるかもしれないが、オオカミの経験はないから、自分の頭のなかで、そういうふうにこしらえてしまうんですね。」と。右のオオカミのしっぽと竹ぼうきの例は、芸術的表現としては、それほどすぐれているとはいえないが――しかし、かならずしも柳田国男のように、「話が理屈に落ち」ているともいえないであろう。すくなくともそれは、主として触覚や聴覚によってみずからの世界像をつくりあげている盲人でなければおもいつくことのできない、独特の非合理的な表現である。そして、その種の表現は、ラジオ的表現のなかに生かされるとき、とくにファンタスチックな効果をあげるのに適しているもののようだ。一九五九年三月、「ラジオ東京」で放送された、盲目の子供たちの生活に取材した羽仁進の録音構成『ベソにさわった話』が、受け手にたいして異常な感動をあたえたのは、作者が、盲人に特有の想像力を立体的に展開してみせたからであった。そこでは、われわれが、ベソをかく、というばあいのベソが、オオカミのしっぽを竹ぼうきとしてとらえたような感覚で、すこぶる具体的に、盲目の子供の口をとおして、あざやかに物語られていたのだ。

げんに民間説話は、再話というかたちで――木下順二が『日本民話選』(岩波少年文庫)の『あとがき』のなかでいっているように、「農民特有の魅力的な語りくちを可能なかぎり文体の中に生かしながら、話の内容についても教訓その他の目的的な解釈をあとからつけ加えたりせずに、できるだけ文学的密度の高い作品をつくりだそうとして」、今日の文学者たちの手によって、どんどんつくり変えられつつある。しかし、わたしは、かならずしもかれのいわゆる「文学的密度の高い作品」が、原話にくらべて、未来につながるなにものかを、ヨリ多くもっているとおもうものではない。たとえば、そこで、かれは『すねこ・たんぱこ』(未來社刊)のなかにはいっている『山梨もぎ』の再話である、かれの『なら梨とり』において、つぎのような箇所で原話を変更したといっている。原話では、太郎が山へわけ入っていくと、「大きな岩の上に婆さまがいて」三本道のところに「笹っ葉コが三本立っている。それが『行けちゃガサガサ』『行くなっちゃガサガサ』というから、行けちゃガサガサという方さ入ってけと教えてくれた」とある。ところが、木下順二は、そういう単純なはなしでは満足できない。「静かな深山で、とつぜん大きな岩の上に老婆がすわっているのを発見するというのは少々こわいイメージをよび、そういう老婆は反対に『行くなっちゃガサガサ』のほうへ行けというほうがイメージに合っていると私に思えたのでそのようにし、もっともその点はどうともとれるだろうが、ともかく結果として三人の兄弟の、かれら自身の判断力がためされるというシテュエイションを私はつくってみた。すると笹っ葉コはただの三本であるよりも(三本だけということはそれなりに民話的に特徴的だが)見わたすかぎりの笹原でありたく、三百本の笹っ葉コが鳴りわたっていてどちらともとれるその笹っ葉の歌の中で、人は正しい歌を聞きわけねばならず、そこで行けっちゃサヤサヤ以下五行の擬音的なくり返しが必要になってくる。正しい歌を聞きわけるための根拠は、この場合はいわば自分の自然な感覚を信じるか否かということにあるのであって、この点に私はこの民話、というよりこの再話の限界も可能性もあるように思う。」とかれはいうのである。たしかに以上のようなかれのデフォルマーションによって、昔話の登場人物たちは、それぞれ、主体性を回復し、その結果、それは、「文学的密度の高い作品」になったかもしれない。しかし、また、それと同時に、残念ながら、原話にはあったおおらかさが、再話によって、いくぶん、そこなわれたのは是非もない。どちらかといえば、わたしには、老婆が、再話のばあいのようにひねくれないで、「行けっちゃガサガサ」のほうへ行けといい、途中で太郎が、その忠告を忘れてしまって、「行くなっちゃガサガサ」のほうへ行ってしまうという原話のほうが好みにあっている。といって、また、わたしは、そのほうを、そのままのかたちで肯定しているわけでもない。つまり、一言にしていえば、わたしには、原話のほうは報徳会的であり、再話のほうは協同組合的である、といったような感じがしてならないのだ。したがって、作者が、『日本民話選』のなかの『瓜コ姫コとアマンジャク』において、『すねこ・たんぱこ』のなかの『瓜子姫』から、赤頭巾的な要素を——さえばん（俎）の上にのせて怪物が瓜子を殺害する残酷なくだりを、あっさり、省略し、機の音と、その反響音とを中心に、一篇を透明な詩情でふんわりとつつんでしまっていることにたいしてもまた、わたしには、わたしなりの不満がある。なぜなら、そこには民間説話から、それのもつ前近代的な部分を——ヒューマニストのお歯にあわないような夾雑物をことごとくとりのぞき、その残りを、「文学」として——活字的表現として、ぬきさしならぬものに変えてしまおうとする努力があきらかにみとめられるからである。それかあらぬか、かれは、『木下順二放送劇集』（未來社刊）のなかにはいっている『瓜子姫とアマンジャク』においても、あくまでかれの「文学」に固執し、それをナレーションのかたちで整然と展開しているにすぎない。むろん、そのラジオ・ドラマは、「文学」との対決をさけてとおっている多くのラジオ・ドラマよりも、はるかに洗練されたものではあろう。しかし、もう一度、くりかえすなら、われわれの今日の課題は、文学的表現の完璧を期することにあるのではなく、民間説話などによって代表されるかつての視聴覚的表現を手がかりにして、ラジオやテレビなどの未来のあたらしい視聴覚的表現をつくりだし、文学的表現の限界を突破していくことにあるのではなかろうか。そして、その結果、文学的表現もまた急激なメタモルフォーシスを経験することになるのではあるまいか。要するに、現在、われわれは、説話の具体の世界から、文学の抽象の世界へ到達し、さらにまた、文学の抽象の世界を踏まえて、映画やラジオやテレビの具体の世界へ飛躍しつつあるのではないか。

誤解をさけるために一言しておくが、だからといって、わたしは、文学的表現を、すこしも時代おくれだと考えているわけではない。文学的表現は、芸術的表現のなかで、現実を抽象的に表現し、大衆に伝達することにかけては、なんといっても最高のものであり、これを自家薬籠中のものにした上で、はじめてマス・コミ芸術のなかの具体的表現が――映画やラジオやテレビにおけるあたらしい視聴覚的表現の創造が問題になるのではないかとわたしはおもう。したがって、昭和初年のプロレタリア芸術運動のなかで、文学運動が、その他の美術運動、演劇運動、音楽運動、映画運動に比し、主動権をにぎっていたようにみえるのは、文学そのものが活字文化時代のマス・コミ芸術である以上、当然のことであるといえようが――しかし、そこにまた、プロレタリア芸術運動の限界が、ハッキリと示されていたといえばいえないこともなさそうだ。むろん、それらの運動が、相互に密接な関連をもち、芸術上の共通の課題を追及することによって、綜合芸術運動にまで発展しなかったことに、いちばん、大きな問題があるであろう。しかし、そのためには、運動の参加者たちが、活字文化と活字文化以後にくる視聴覚文化との関連を、ハッキリとつかんでいる必要があったのである。活字文化をこえていこうという大きな目的意識があってこそ、はじめて芸術の綜合化もまた、現実の課題となるのだ。しかるに、次代の視聴覚文化の最初の創造にあたるべき映画運動は、演劇運動に従属したささやかな運動として出発した。正確にいえば、ナップ所属左翼劇場映画班がそれであって、のちに日本プロレタリア映画同盟――プロキノと名のるほどに生長したさいにも、それはナップのなかでも、もっとも不活発な組織にすぎなかった。昭和五年の春、中野重治は、プロキノの活動をつぎのように批判した。「映画同盟の種々の具体的プランは金がないために活動が思うように出来ないという結論にカラミつかれている。だがプロレタリア芸術の活動について金がないということは問題にならない。金がないならば集めるがいい。そして金を集める方法は具体的活動そのものだ。フィルムを作れ……。」と。しかし、そういう批判をあえてした中野重治自身に、活字文化以前の視聴覚文化についてならともかく、以後の視聴覚文化についてどれほどのヴィジョンがあったであろう。わたしには、かれに、柳田国男のように、断乎として活字文化を克服しなければならないというかたい決意があったかどうか、はなはだうたがわしいような気がしてならないのだ。結局、かれは、日本におけるあたらしい活字文化のにない手の一人にすぎなかったのではなかろうか。それは、昭和三十三年に出版された、かれの『映画雑感』（講談社刊）に、わざわざ、「素人の心もち」といったような傍題がつけられていることによってもあきらかだ。同様のことが、昭和四年に『太陽のない街』をかき、昭和十八年に『光をかかぐる人々』をかいた徳永直についてもいえるであろう。周知のように、共同印刷のストライキを描いた前者によって、印刷工から作家になった彼は、戦争中、後者によって日本印刷史の黎明をとりあつかい、文字どおり、あたらしい活字文化の創造のために奮闘したのだ。活字文化と共に、近代がはじまる。したがって、かつてのプロレタリア芸術家たちには、一人残らず、近代をこえようとするようなポーズがあったとはいえ、それは、結局、ポーズ以外のなにものでもなく、かれらの視野は、大部分、近代だけにかぎられていたような気がわたしにはするのであるが、まちがっているであろうか。といって——だからといって、わたしは、少しもかれらの努力を過小評価するものではない。たとえば戦争中、小林秀雄の『無常といふ事』などによって代表される「近代の超克」の風潮に抵抗して、近代をまもるために、『光をかかぐる人々』をかくことは、戦後になって、近代の顕彰につとめた『近代文学』一派の仕事などにくらべると、段ちがいに困難な仕事だったのである。活字文化以後のあたらしい視聴覚文化の創造になんらの関心をもいだかない「近代の超克」は、むろん、「超克」でもなんでもない。それは単純な文化反動にすぎないのだ。わたしには、家永三郎流にいうならば、活字文化の最後のまもり手と考えるとき、はじめて戦前のプロレタリア文学者たちや戦後の『近代文学』同人たちの相対的進歩性と保守性とが十分に了解されるような気がするのであるが、如何なものであろう。

もっとも、同様に近代主義者であるとはいえ、桑原武夫の視野は、かれらの視野よりもいささかひろい。昭和三十三年に出版された『この人々』（文藝春秋新社刊）のなかの『大菩薩峠』にふれたくだりで、かれは、つぎのようにいっている。「あえて小説のみでなく、文化現象を考えるとき、それを木にたとえることができる。木には地上に枝葉をのばし、花をさかせる部分と、暗い地下に根をはびこらせて、そこから養分を吸いあげる部分とがある。多くの文化論は、その美しい花のみをめでる。そしてそれが古典的で一ばん本来の鑑賞法であろう。サクラやウメは花どきに見る。しかし、冬枯れの花木に、その枝ぶりの骨格を見るということもある。構成、さらにその作品の系譜や作者の生活をかえりみるのが、これに対比できようか。さらに私はこのごろ、その木の根が地層のどこまでとどいているか、という見方もあるだろうと考えている。まだくわしくは考えてみないが、ごく大ざっぱにいって、日本文化のうち西洋の影響下に近代化した意識の層があり、その下にいわゆる封建的といわれる、古風なサムライ的、儒教的な日本文化の層、さらに下にドロドロとよどんだ、規定しがたい、古代から神社崇拝といった形でつたわるような、シャーマニズム的なものを含む地層があるように思われる。この層には柳田民俗学などがクワ入れをしている。これらの層の厚さは時代とともに変るので、たとえば第一層は敗戦後、いろいろヒヤかされながらも厚みをましてきており、第三層はうすくなりつつあるようなものである。」と。そして、かれは、その文学の根が、主として第一層にからみ、少しは第二層にも達しているものの例に横光利一、その反対の例に吉川英治、それらの三つの層のすべてに達しているものの例に中里介山をあげ、中里介山の作品と、たとえば深沢七郎の『楢山節考』などとをくらべてみると、「深沢氏の中々の努力にもかかわらず、第三層が知的にとらえられたにすぎぬという感じがするであろう。」といったような意味のことを述べている。むろん、そこには、近代をこえなければならないという目的意識はいささかもみとめられない。したがって、日本文化の三つの層は、単に客観的にとらえられているだけであって、第三層から養分を吸いあげることによって、第一層の上に、もう一つ、あたらしい層を形成しうるといったような見透しの上に立った発言ではない。しかし、活字文化以前の視聴覚文化の重要性を、これほど正確に評価している近代主義者が、ほかにあるであろうか。それでおもいだすのは、昭和三十年に出版された、かれの『雲の中を歩んではならない』（文藝春秋新社刊）のなかにはいっている『学問を支えるもの』という一文である。それは、かれが、柳田国男との対談によって触発されてかいたものであって、明治の学者とそれ以後の学者とのあいだには大きな断絶があり、前者には素朴だがつよいところがあるのに反し、後者は知識が深くなったにもかかわらず、どこか弱い感じがするのはなぜかというかれの質問に答えて、柳田国男が、言下に、それは孝行という考えがなくなったからだといったことが、一篇のモチーフになっている。かれが、びっくりして、それは、いったい、どういうわけかと反問すると、柳田国男は、大よそつぎのような意味の説明を試みた。「明治初期に生まれた学者は、忠義はともかく、孝行ということだけは疑わなかった。自分なども『孝経』は今でも暗誦できる。東京へ出て勉強していても、故郷に学問成就を待ちわびている父母のことは夢にも忘れることができなかった。人間には誰しも怠け心があり、酒をのみに行きたい、女と遊びたいという気も必ずおこるのだが、そのとき眼頭にうかぶのが自分の学費をつむぎ出そうとする老いたる母の糸車で、それは現実的な、生きた『もの』である。ところが、私たち以後の人々は、儒教を知的には理解していても、もはやそれを心そのものとはしていない。学問は何のためにするのか、××博士などは恐らく、真理のため、世界文化のため、あるいは国家のため、などというだろうが、それらは要するに『もの』ではなくて、宙にういた観念にすぎない。観念では学問的情熱を支えることができにくい。平穏無事な時勢は、それでも間に合うように見えるけれども、一たび嵐が吹きあれると、そんなハイカラな観念など吹きとばされてしまう。その上わるいことに日本人は自分の身のまわりの物を見て、そこから考えることを怠って、やたらに本を読むくせがついた。本の中には真理が入れてあり、それを手でつかめばよいかのように。だから日本のことは、歴史のことも身のまわりのことも何も知らなくても、西洋の本に書いてあることを知っておれば、けっこう学者として通用するようになった。学者が弱々しい感じをあたえるというのはあたり前のことです。」と。そこで桑原武夫が、儒教がいかに明治学者の学的情熱をささえたにもせよ、これを復活させることには絶対に反対で、学問は柳田国男のいわゆる「常民」の幸福の総和の増進ということを目標としなければいけないとおもう、といいはったところ、柳田国男は、それには賛成を表し、もはや儒教の復活などできることではない、といったというのである。

むろん、柳田国男が、桑原武夫の説に賛成したのは、当然のことであって、かれは、もともと、儒教の復活などを主張したがっているわけではない。そこでかれのいちばんいいたかったことは、かれが孝行というものを、老いたる母のブンブン音をたてながらまわしている糸車のイメージによってとらえていたということであろう。しかし、わたしには、そのさい、かれが、糸車などをもちださないで、老いたる母のくちからきいた昔話が――たとえば、「親棄山」のはなしなどが、かれに、すすんで親孝行をする気をおこさせ、それが、かれの学的情熱のささえになったといってくれたほうが、はるかにかれの真意をヨリ的確につたえ、桑原武夫にむかって、近代をこえていく道を――つまり、活字文化以前の視聴覚文化と以後の視聴覚文化との関連をとらえるキッカケをあたえることになったのではなかろうかといったような感じがしてならない。ついでながら、『楢山節考』は、桑原武夫のいうように、「第三層が知的にとらえられたにすぎぬ」ものだとはわたしは考えない。そういう批判は、前にあげた木下順二の『日本民話選』や木下恵介の映画化した『楢山節考』にたいしては適切であるが――しかし、深沢七郎の原作は、むしろ、わが国古来の民間説話である「親棄山」そのままの復活ではないかとわたしはおもう。なぜなら、そこでは、柳田国男のいわゆる「孝行という考え」が、無条件的に肯定されているからである。

「修身斉家」という発想

帰郷運動者の一人が、クニへ帰って、まず、オヤジを説得してくるよ、といって勇んで出発するのをみて、武井昭夫が、とんでもないことをいいやがる、そんなむつかしい仕事は、革命がおわってからとりかかっても遅くはなかろうに、といったような意味のことを、めずらしく実感をこめてつぶやいていたのは、ほほ笑ましかった。さすがの武井昭夫の雄弁をもってしても、オヤジの説得だけは、朝飯前というぐあいにはいかなかったのであろう。わたしは武井昭夫に同感した。たとえ中野重治の『その人たち』という詩のなかで、「サヤ豆を育てたことについてかつて風が誇らなかったように、また船を浮かべたことについてかつて水が求めなかったように、その信頼と愛とについて、報いはおろかそれの認められることさえ求めなかった親であった人たち」と感謝されているにしても、まず、まっさきにオヤジやオフクロに構うのは、手つづき上あやまっている。

『大学』のなかに「修身斉家治国平天下」という有名な言葉がある。これは、以前、福田恆存の『平和論の進め方についての疑問』が発表されたときにもいったことであるが、修身にはじまって、平天下におわる、といったような平和論の進め方にたいしては、あくまでわたしは反対なのである。

万能にたっして一身さだまらず、女、子供、家庭、すべて荒廃した、といったような状態におちいって、はじめて人は真剣に、治国をおもい、平天下をこころざすのではなかろうか。いや、こんなふうにいうと、どうも自分を合理化しているみたいで、おもしろくない。第一、江藤淳のいわゆる一般国民から——ようやく自分の小さな家が持てて一息つき、今年はひとつ扇風機でも買おうかと考えているような一般国民から、そっぽを向かれてしまうにちがいないのである。それァ、わたしだって扇風機は欲しい。扇風機よりもクーラーのほうが、なお欲しい。しかし、そこからはじめるのは、なんだか手つづき上、あやまっているような気がするので、じつは、やせ我慢をしているのだ。

むろん、徳川家康が、朱子学を官学として採用し、なによりさきに、「修身斉家」を宣伝させた心境が、まるでわたしに、わからないわけではない。丸山真男の『日本政治思想史研究』のなかでふれられてはいなかったとおもうが、おそらく徳川家康は、戦国時代に形成された武士のモラルを、急速に変革する必要を感じたのであろう。戦国武士たちは、埴谷雄高のように——クラウゼヴィッツのように、ではない——政治とは、他の手段をもってする戦争の継続であると考え、つねに「やつは敵である。敵を殺せ。」といったような横柄な命令をくだしながら、孫子の「兵は詭道なり」という言葉を、金科玉条のように信奉していたのである。詭道とは、目的のために手段をえらばず、敵をだますということであって、一名、武略ともいわれ、徳川家康などのそれまでさんざんその手をつかって、危機をきりぬけてきた兵法を意味する。

もっとも、だからといって、かならずしも戦国武士が、つねにウソをつくことを正しいことだと考えていたわけではない。『甲陽軍鑑』によれば、武略は、パブリックな場において、「大敵」「大身」

「強敵」と対決するときにのみ用いられ、プライベートな場においては、ぜったいウソをついてはいけなかったのである。『朝倉宗滴話記』のなかには、「武道を心がくる者は第一うそをつかぬもの也。いささかもうろんなことなく、不断律義をたて、物はじを仕るが本にて候」とある。ところが、家康の時代になって、丁度、われわれの時代のように、公私が混同され、戦場のモラルが、私生活においても平気で通用しはじめたので、「修身斉家治国平天下」といったような公私をつらぬく平和論の進め方がとりあげられたのではないかとわたしはおもう。たぶん、徳川初期の武士たちは、切取り強盗は武士のならい、とかなんとかいいながら、扇風機の月賦など、堂々と踏み倒していたのではあるまいか。

したがって、わたしは、たとえ手つづき上あやまっているにせよ、朱子学を官学にした徳川家康の苦衷がわからないわけではないというのだ。しかし、ふたたび乱世のきざしがあらわれはじめるや、とうてい「修身斉家」からはじめて、「治国平天下」におわる、といったようなまわりくどい道をたどっていたのでは、ましゃくのまにあわなくなることはたしかである。さきにあげた丸山真男の『日本政治思想史研究』によれば、徳川吉宗の時代になって、朱子学は徂徠学によってとってかわられ、あらためてパブリックなものがプラベイトなものからきりはなされ、道の本質は、「治国平天下」にあるというので、もっぱら礼楽刑政の確立が求められるようになったということだ。新井白石や三浦梅園や、その他、重要な洋学者たちの思想が、故意に無視されているという不満はあるが——しかし、パブリックなものからきりはなされたプライベイトなもののなかに「近代」の芽ばえをみいだそうとする右の研究が、たいへん、示唆にとむものであることはことわるまでもなかろう。だが、もしも丸山真男が、現代をとらえるばあい、依然としてそういうものの見かたの上に立っているとすれば問題である。

丸山真男は、『八・一五と五・一九』(『中央公論』八月号)のなかで、第二次大戦後、日本の「臣民」が解体して、今年はひとつ扇風機でも買おうかと考えているような「私《わたくし》」化した農民や小市民のグループと、相い変らず「滅私奉公」的なものを残している、肩ひじをはった「革新運動」のグループとに分化し、支配者たちは、前者の政治的無関心をいいことにして、後者の「封じ込め」に成功し、漁夫の利を占めた、といったような意味のことを述べている。これでは、まるでわれわれが、徳川時代に生きていた、われわれのヒイジイさんやヒイバアさんと、いっこう、変りばえもつかまつらんではないか。『新潮』(九月号)の『常識に還れ』のなかで、一言居士の福田恆存は、丸山流の論法を逆用して、たとえば「安保阻止国民会議」の指導者たちは、前者の政治的無関心をいいことにして、後者の防衛、強化をはかることができた、ともいえるであろう、と批評した。『群像』(九月号)の『天下泰平策という発想』のなかで、藤原弘達は、あきらかに丸山真男を意識しながら、福田恆存よりも、もっと皮肉に、今日の進歩的文化人の思想は朱子学的であり、今日の支配者たちのそれは、徂徠学的である、ときめつけた。

はじめにいったように、わたしは、手つづき上の問題としては、どこまでも「治国平天下」のほうをさきにして、「修身斉家」のほうは、あとまわしにすべきものだとおもっている。いや、単にそればかりではない。「治国平天下」とひとくちにいうが、そのばあい、「平天下」のほうがさきであって、「治国」のほうは、そのあとにつづくものだと考えている。「平天下」については、戦争中にも論争した。わたしの論敵は、「一剣平天下」を主張し、わたしは「一筆平天下」を主張した。そのせいで、いまだに扇風機さえ買えないでいるのかとおもうと、まことに感慨無量なものがある。しかし、そもそも「天下」とはなんであろうか。徳川時代、「天下」とは日本六十四州のことであった。しかし、いまはちがう。いまは、「天下」のなかには、ソ連も中国もアメリカもイギリスもはいっているのである。「平天下」は、インターナショナリズムの上に立たないかぎり、ぜったいに実現できないであろう。「治国」だけしか眼中にないナショナリストたちは、かりに「修身斉家」のほうは断念しているにしても、やはり、手つづき上、あやまっているのではなかろうか。

もう一つの修羅

『醒睡笑』のなかに、たとえばつぎのようなはなしがある。「下総の国とかや聞く。墨染の衣きて掛《か》絡《ら》をかけたる僧行脚《あんぎゃ》す。又武士の馬上にて行くにあう。かの僧愚鈍なり。覚えたる事とては、天下泰平国土安穏、この一語のほかは知らず。さるままかの侍をむずかしく思い、掛絡をはずしふところに入るる。すなわち馬より飛びおり、敵を見て旗を巻くとき如何とありし。言下に、天下泰平国土安穏と。武士問訊す。（運は天にあり、もちあわせる竹槍にて大敵をはらったわ）」

『醒睡笑』の著者である安楽庵策伝は、天文二十三年（一五五四）にうまれ、寛永十九年（一六四二）に八十九歳で死んでいる。すなわち、かれは、かれのながい一生を、ほとんど戦国乱世の巷《ちまた》ですごしたのである。たぶん、そのためであろう。わたしには、右にあげたはなしが、ひとしお、意味ありげにみえる。おもうに、かれもまた、生涯にわたって、そのはなしの主人公である愚鈍な僧と同様、天下泰平国土安穏という一語を、馬鹿の一つおぼえみたいにくりかえしながら、かれをみおろしていた武士たちと対決しつづけたのではなかろうか。むろん、『醒睡笑』をかいたかれは、愚鈍どころか、たいへん、聡明だったにちがいない。しかし、わたしには、かれが、そのはなしの主人公の僧に、みずからの分身をみとめ、そして、その愚鈍さを、かなり、愛していたような気がしてならない。天下泰平国土安穏の理想を実現するためには、聡明さと共に、愚鈍さもまた、必要なのである。というものの、そのはなしには、愚鈍さときってもきれない関係にある鼻もちならないヒロイズムは、いささかも発見できない。林達夫は、『歴史の暮方』のなかで、「思想闘争は猪突や直進の一本調子の攻撃に終始するものではない。また終始してはならない。そんなことでは、それは警官の前で、戦争絶対反対！　と叫んでその場で検束されてしまう、あのふざけ者のダダイストと、結果的には一向変りがなく、道行く群衆はただ冷然とそれを見送るだけのことだ」とかいたが、われわれの愚鈍な僧もまた、問答をして一泡ふかせてやろうという気構えもあざやかに、穴のあくほどかれをみつめながら、向うからやってくる馬上の武士に気づくや否や、さっそく、禅宗または浄土宗の象徴である掛絡《から》（袈裟を小さくしたもので、首にかけて胸にたらす）をはずしてふところへ入れ、相手の鋭鋒をさけようとする程度の分別はもっていたのである。なるほど、それは卑怯な態度かもしれない。だが、わたしには、かれを卑怯だとののしって、少しも良心の痛みを感じないような人物は、かえって、暴力と対決しながら、あくまでおのれの非暴力の主張をつらぬきとおそうとしたことのない、温室育ちの理想主義者のような気がしてならない。ときは、戦国時代である。一文不通の僧が、うるさ型の武士との無用の摩擦をさけてとおろうとするのは、当然のことではあるまいか。もっとも、こいつァいけねえ、というので、つとめてさりげない顔つきをして、そっと掛絡をかくそうとした僧の態度が、滑稽でないことはない。ところが、相手の武士もまた、なかなか、ユーモアを解する男だった。掛絡をかくして問答をさけようとする僧の魂胆が手にとるようにわかったので、かれは、馬からひらりと飛びおりると同時に、わざとからかい半分に「敵を見て旗を巻くとき如何」と、するどく問いかけてきたのである。そこで僧のほうは、すっかり、どぎまぎしてしまって、相手の問いの意味など、少しもわからなかったにもかかわらず、つい、反射的にいつものくちぐせである「天下大平国土安穏」というきまり文句を口走ってしまったのだ。その間髪をいれない答えが、少しも答えを予期していなかっただけに、いっそう、自信満々たる相手の心胆を寒からしめたことはたしかであろう。「武士問訊す」という簡潔な結びの一句からは、閉口頓首している武士のすがたが眼にみえるようだ。そのはなしにたいする策伝の批評もまた、いかにも人民の一人として、舌さき三寸で乱世を生きぬいてきたひとのものらしいさわやかさがあって、なかなか、いい。「運は天にあり、もちあわせる竹槍にて大敵をはらったわ」というのは、すこぶる戦国時代的な表現であって、天下泰平国土安穏の一念に徹していたために、期せずして危機をきりぬけることのできた味方の幸運をよろこぶと共に、とんでもないやつにぶっつかって、おもわぬ不覚をとったおそるべき敵にたいして、ひそかに哀悼の意を表しているもののようだ。そういえば、『醒睡笑』のなかにあつめられているさまざまな笑話は、策伝自身の「もちあわせたる竹槍」のようなものかもしれなかった。

なるほど、本のできあがったのは、元和九年（一六二三）である。『醒睡笑』の序には、「ころはいつ、元和九癸亥《みずのとのい》の稔《とし》、天下泰平人民豊楽の折から、策伝某《それがし》小僧の時より、耳にふれておもしろくおかしかりつる事を、反故《ほうぐ》の端《はし》にとめ置きたり。是年《ぜねん》七十にて誓願寺乾《いぬい》のすみに隠居し安楽庵と云う。柴の扉《とぼそ》の明暮《あけくれ》心やすむるひまひま、こしかたしるせし筆の跡を見れば、おのずから睡をさましてわらう。さるままにや是を醒睡笑と名づけ、かたはらいたき草紙を八巻となして残すのみ」とある。戦国の遺風は、まだ、完全に地をはらってはいなかったとはいえ、わたしは、そこに、いちおう、まがりなりにも「大敵をはらった」あとの著者ののびのびとした解放された気分をみとめないわけにはいかない。ということは、つまり、言葉をかえていえば、それらの笑話が、天下泰平人民豊楽の結果ではなく、原因の一端をになっており、かれが、笑いを武器として、たえずたけりくるっている連中の心に働きかけ、かたっぱしから、かれらの気勢を殺いできたことを意味する。そして、さらにまた、そういう生きかたは、当然のことながら、かれ一人のものではなく、いかなる危機的な時代にあっても、からからと声をはりあげて快活に笑うことを忘れない人民大衆のすべてに通じるものであり、かれが、かれらの一人としてたたかってきたことを意味する。修羅をもやしつづけた戦国の武将たちもまた、おそらく一剣平天下を目ざしていたかもしれない。しかし、平天下という目的においては一致しているにしても、剣をもってしては、ぜったいにその目的を実現することができないというのが、武士たちのいわゆる「口舌の徒」にすぎない、策伝をはじめとするいっぱんの人民の信念だったのである。武士たちに、剣や鉄砲があるように、人民のがわにも、舌や筆がある。前者が、あくまで修羅をもやしつづけるなら、後者もまた、後者なりにみずからの修羅をもやしつづけたところで、いっこう、さしつかえなかろうではないか。むろん、信長の生きた修羅と策伝の生きたそれとのあいだには、みたところ、どこにも共通点はあるまい。しかし、わたしに不可解でならないのは、能の修羅物にしても、講談の修羅場にしても、あるいはまた、石川淳の『修羅』という小説にしても、ことごとく、剣や鉄砲と無関係ではなく、修羅というものを、かならず流血の惨事とむすびつけて受けとっているということだ。むろん、仏教的な本来の意味においては、それを、そう受けとることは正しいことであろう。

だが、口舌の徒にとっては、口舌の徒に特有の修羅というもののあることを、口舌の徒の一人として、つかのまも忘れてもらっては困るのである。たとえば徳川夢声の『問答有用』(Ⅶ)のなかで、桜川忠七は、つぎのようにいっている。「芸があっていいタイコモチか、芸がなくっていいタイコモチかということになると、芸があるからいいタイコモチだとはいえないんです。あたしどものほうで修羅場ってえますがね、お客さまとのとっさのやりとりがパッパッとうまくいきますと、一時間でお帰りんなるとこが二時間となって、一時間分よけいな玉《ぎょく》がつくってわけです。お客さまのおみ足を一時間ひきとめるということは、なかなか……。ねえさんがたなら、お色気でもってひっぱれますけども。(笑)ま、芸がよくって修羅場がよければ、売れっ子ってえことになるんです」と。わたしは、策伝と桜川忠七とを、ただちに同一視するものではない、しかし、すくなくともそこで、修羅場という言葉が、すこぶる平和的な意味において使われていることは、注目に値いする事実ではないかとおもう。忠七には策伝のように、治国平天下の志はなかったかもしれない。だが、かれが、策伝と同様、口舌の徒として、かれらに特有の修羅を、自覚的に生きていたことはたしかである。『問答有用』のなかで、さらにかれは、語をついで、つぎのようにいっている。「タイコモチはりこうでできるか、ばかでできるかってえことになりますと、りこうばかりじゃあできない。ばかにならなくっちゃあいけないこともあるんです。お客さまがしゃれたことをおっしゃったときに、こっちがあんまりりこうがったことをいっちゃあいけない」と。とっさのやりとりがパッパッとうまくいって、こちらの才気さえひけらかすことができれば、それで好感をもたれるといったような商売ではないのだ。ときに戦術的な後退を試みて、相手を勝利の快感にひたらせることもまた、必要なのである。策伝の話術が、そういう擒縦《きんしょう》自在の境地にたっしていたことは疑問の余地はなかろう。関山和夫の『安楽庵策伝』によれば、どうやらかれは、戦国時代における一流の説教師であり、茶人であり、さらにまた、御伽衆《おとぎしゅう》でもあったらしい。もっとも、関山和夫は、桃山時代以後には、御伽衆と御咄《おはなし》の衆とのあいだには区別があり、策伝や策伝の兄の金森長近などは、「咄上手で古老又は教養、地位等実力あるA級の人物」のみにかぎられていた御咄の衆であって、「単に咄上手で芸人であるのみというB級の人物」にすぎない御伽衆ではなかったということを強調している。しかし、わたしにとっては、そんな区別なんかどうでもいい。問題は、A級B級の如何を問わず、かれらが、かれらに特有の修羅を、ちゃんと自覚し、はげしく生きていたかどうかということにかかっているのだ。

さて、ここらで、最初にあげた『醒睡笑』のなかのはなしへ帰り、そこでとらえられている笑いの性格について、もう一度、考えてみよう。まず、第一に、この武士と僧とのやりとりが、禅問答などにふくまれている辛辣な笑いの俗流化した一つのかたちだということだ。はなされている内容は別として、両者のあいだの一瞬のためらいをも許さないやりとりと、そこからほとばしりでるユーモアと、そして、そのユーモアを手がかりにして、突然、コミュニケーションの成立するありさまを、それは、ほぼ、原形に近いかたちで、みごとにつたえている。しかし、内容に即してみるならば、もともと、大衆にとっては、宗教的な問答などは、まるでチンプンカンプンであって、どちらが勝とうが負けようが、かくべつ、大局に影響もなさそうな事柄をめぐって、汗みずくになって問答している二人のすがたそのものが、ひどくばからしくみえるものなのである。したがって、そういう観点からみるならば、それは、浄土と法華とのつきあいをあつかった狂言の『宗論』などと同様、問答の愚劣さをテーマにした、一篇の笑話であるとみることもできよう。もっとも、その問答がおかしいのは、それが、ただの問答ではなく、おもいちがいによる問答であって、問うもののがわが、ひとり角力をとって、あわれにも敗北を喫してしまう点にある。したがって、そこから、知識人の生悟りにたいする諷刺と、大衆の一徹さにたいする同情とを読みとることは容易である。落語の有名な「こんにゃく問答」などが、このはなしの延長線上にある作品であることは、いま、ここで、あらためてことわるまでもあるまい。ただし、こちらは、問うもののがわにも、答えるもののがわにもおもいちがいがあるにもかかわらず、身ぶりや手ぶりだけによる両者の無言の問答が、桜川忠七のいうように、「パッ、パッとうまくいく」ので、一見しただけでは、策伝の作品よりも、はるかにおかしいようにみえる。だが、問うがわの永平寺の僧というのが、宗教的常識の上に安住している、なんの変てつもない人物であるばかりではなく、住持に化けてかれの問いに答える無知なこんにゃく屋のおやじというのがまた、海千山千のしたたかものときているので、その問答からうまれる笑いは、策伝の描いた、さっそうとした馬上の武士と掛絡をかくす小心な僧との問答からうまれるナイーヴな笑いにくらべると、わざとらしく誇張されているという感じがしないこともない。誇張もけっこうである。しかし、そこで物語られているような口舌の徒の修羅は、もはや修羅と呼ぶには、あまりにもエネルギーを喪失しすぎているのではなかろうか。これは、一つには、策伝のはなしが、「下総の国とかや聞く」という冒頭の一句によってもあきらかなように、事実そのままの聞き書を意味する『唯有《ただある》』という一章のなかにはいっている作品であることとも、多少、関係があるかもしれない。とすると、策伝は、これまでわたしの述べてきたように、そのはなしの登場人物たちによっていささかも心をうごかされていたわけではなく、きわめて没価値的な態度で、ただ、事実をありのまま記録しただけのことだ、といったような反対論がでるでもあろう。そこで、それにたいする反証として、やや長いが、『醒睡笑』の『清僧』という一章のなかにはいっているつぎのはなしを掲げておこう。「天竺《てんじく》に一寺あり。住僧多し。達磨《だるま》和尚僧どもの行いを見給うに、念仏するあり。或房《ぼう》に八、九十ばかりなる僧、ただ二人碁を打つほかは他事なし。達磨件《くだん》の房を出で他の僧に問う。答えていわく、この二人若きより囲碁のほかする事なし。よって寺僧いやしみ、外道《げどう》のごとく思えりという。和尚聞きて、さだめて様《よう》あらんと思い、かの老僧の傍《かたわら》にて碁打つさまを見れば、一人は立ち、一人は居ると見るに、忽然として失せぬ。あやしく思うほどに、立てるは帰り、居ると見れば又居たる僧失せぬ。さればこそと思い、囲碁のほか他事なしとうけたまわる。その故を聞き奉らんとの給うに、答えていわく、年来、この事よりほかはなし。ただ黒勝つときは、わが煩悩勝ちぬと悲しみ、白勝つときは菩薩勝ちぬとよろこぶ。打つにしたがいて、煩悩の黒を失い、たちまちに証果の身となり侍るなりと云々《しかじか》」

ここにもまた、武士たちの知らない、もう一つの修羅を自覚的に生きているもののすがたがあるのだ。なるほど、このはなしの後半は、策伝の得意とした説教になっている。しかし、そこでかれの描こうとしたものが、仲間の僧たちから外道あつかいされながら、一心不乱に碁にうちこんでいる老僧の孤独な生きかただったことに疑問の余地はない。おそらくその老僧は、碁には白をにぎるものと、黒をにぎるものとがいなければならないので、一人で敵と味方とをかねていたのであろう。そうもってこのはなしを読みかえしてみれば、そこには奇蹟らしいものの要素は、いっさい、なく、要するに、老僧の遊戯三昧があるばかりではあるまいか。しかるに、策伝は、人眼には遊びほうけているとしかみえないこの老僧を、清僧としてとらえているのである。はたしてしからば、かれが、天下泰平国土安穏という一語以外には知らず、埃りっぽい戦国の街道を独住邁進していた僧をもまた、清僧としてとらえていないはずがないではないか。たぶん、精神をはげましながら、『醒睡笑』といったような「かたはらいたき草紙」を八巻もかきつづけた策伝もまた、それらの僧たちと、それほどちがった人柄ではなく、「外道」とみられることをおそれずに、とくにそのころの知識人たちのあいだでは、鼻であしらわれていた一口噺《ひとくちばなし》というジャンルのなかへのめりこんでいったのにちがいない。わたしは『八犬伝』をかくのが悪いというのではない。だが、『醒睡笑』をまとめあげるためには、『八犬伝』の著者のあずかり知らない、奇妙な苦労をしなければならないのである。かつてデュマは、フローベールについて、あの男は小箱一つをつくるために森林一つを伐採してしまう巨人だったといったということであるが、なにもそうおどろくほどのことはない。それが、立派な小箱をつくるためのきわめて普通の手つづきなのだ。ちっぽけなコントのなかにこめられているエネルギーは、しばしば、厖大なロマンのそれを凌駕する。われわれの策伝もまた、『醒睡笑』のなかのへんぺんたる小ばなしのために、よろこんでその苦労にたえたのだ。もっとも、そのなかには、さきにもいったとおり、すでに人民のあいだで口から耳へ語りつたえられてきたはなしに、かれが筆をとって生きいきとした表現をあたえたようなものもまた、たくさん、はいっている。これは、無告の代弁者として終始したかれとしては当然のことをしたまでのことであって、おかげでわれわれは、いまにいたるまで、悲劇を、あっというまに喜劇に転化してしまうエネルギーをもっていた、乱世の人民の不屈の意気に、まのあたり接することができるわけである。幸田露伴は、『洗心広録』のなかで、一口噺についで、つぎのようにいっている。「人をして泣かしむるも詩なり、人をして笑わしむるも詩なり、すべて人をして実の世界を離れて虚の世界に遊ばしめて、而して無邪の感想を起さしむるものは詩なり。一口噺は詩なり。尊び重んずべし、侮《あなど》り軽んずべからず。俗諺には時に不滅の真理あり、一口噺にもあるいは不朽の詩趣あるべし。よく俗諺の佳なるものをつくれるものは、その人蓋し名無きの賢人なり。よく一口噺の佳なるものをつくるものは、その人恐らくは文を属《しょく》せざるの詩人なるべし。愛重すべきかな一口噺とその作者とや」と。

ブレヒト

わたしは殉教者というものを、いちがいに否定するものではない。しかし、わたしが、昔から、殉教者らしい殉教者よりも、一見、背教者のようにみえる殉教者のほうに、はるかに心をひかれていたことは事実である。たとえば、ケラーの描いた『悪名高い聖ヴィターリス』のような奇妙な坊主のほうに。

八世紀のころ、エジプトのアレクサンドリアの遊女たちを、一人残らず改宗させたいという悲願をいだいたヴィターリスは、毎晩、客のようなふりをして登楼し、朝になるまで、熱烈な祈りと説教とで、遊女たちを悩ました。そして、信心深い連中から、破戒僧として排撃されながら、人眼をかすめて遊女たちをつぎつぎに修道院へおくりこんだ。

もっとも、わたしは坊主ではないから、聖ヴィターリスの真似をしようとはおもわない。ただ、殉教者のなかでは、どちらかといえば、ヴィターリス型のほうを、虫が好くというまでである。中村光夫などが、わたしを「偽悪者」と呼んだりするのは、あるいはそんなところからきているのかもしれない。

つい最近、わたしは、マーティン・エスリンの『ブレヒト』（白鳳社刊）を読み、当然のことながら、わたしの大好きな、『三文オペラ』や『ガリレイの生涯』の作者に、すこしも殉教者をおもわせるようなところのない点に、もっとも感心した。ブレヒトは殉教者らしい殉教者でないばかりではなく、背教者のようにみえる殉教者ですらないのだ。わたしには、もしもかれがヴィターリスにならって、海千山千の遊女たちにむかい、徹夜で道を説こうとしたりすれば、たちまち『三文オペラ』のメッキー・メッサーのように、かの女たちの手れん手くだにひっかかり、あっさり、丸めこまれてしまうにちがいない、といったような気がしてならなかった。そして、あらためて『ガリレイの生涯』のなかで、地動説を取り消した日のガリレイと、かれの弟子のアンドレアとの意味深長なやりとりをおもいださないわけにはいかなかった。ガリレイの教会への屈伏を告げる聖マルクス寺院の大鐘がとどろきわたる。おどろいた弟子が、帰ってきた先生を非難して、「英雄をもたぬ国は不幸だ！」と叫ぶと、先生のほうは、案外、平静に、「それはちがう。英雄を必要とする国が不幸なのだ。」と答える。

そこがいいのだ。むろん、地動説を取り消したのがいいというのではなく、地動説を取り消さないで、殉教者になることを拒んだのがいいというのだ。殉教者というものは、もともと、教会の発明したものであって、教会と対立しているガリレイが殉教者になることによって、地動説にたいする信仰を、大衆のあいだにバラまいたりすれば、かえって、科学の前途にとって有害だったにちがいないのだ。信仰と手をきることによって、近代科学ははじまる。ガリレイ以前に、地動説を主張し、あくまで教会に反対して、火刑台上にほろびさったブルーノが、はたしてガリレイよりも、近代科学の発展にたいして寄与したか。

殉教者にならなかったのはいい。だが、その点だけをとりあげるならば、わたしは、ガリレイよりも、むしろ、コペルニクスのほうが、ずっと科学者としては立派だったとおもう。地動説の最初の主張者であるコペルニクスは、ガリレイのように、「しかし、地球はうごいている」といったような傍白をつぶやく必要もなく、平穏無事な七十年の生涯をおくったのだ。それぱかりではない。ブレヒトの芝居のなかで、あざやかに描かれているように、ガリレイの転向には、肉体の欲望にたいして抵抗することのできない、おのれの弱さが、大いにあずかって力があったかもしれないのだ。ガリレイは、みずからの食欲や性欲や知識欲のおもむくがままに、したい放題のことをしたあげく、宗教裁判所で拷問の道具をみせられただけで、ひとたまりもなく、自説を取り消す。マルクス主義者であるブレヒトが、そこにブルジョア科学者の限界をみいだし、ガリレイを、原子物理学への道とともに、原子爆弾への道をひらいた人物としてとらえていることは、理由のないことではないのだ。といって——だからといって、かれは、今日の科学者にむかって、殉教者にならなければならないと呼びかけているのではないのだ。近代の超克とは、断じて中世へ帰ることではないのである。（詳細はわたしの『復興期の精神』のなかの「天体図」を参照されたい。）

エスリンの『ブレヒト』は、ブレヒトという人物を、ガリレイとみまがうような人物として描いているといったような不満が、われわれの周囲にはあるようだ。まさかそんな読者は、マルクス主義というものを、科学としてではなく、信仰として受けとり、ブレヒトが、ガリレイと同様、殉教者らしくふるまわないのが、気にいらないのではあるまい。十数年前、一億玉砕といったようなばかばかしいスローガンの横行していた国だから、ちょっと疑ってみたくもなろうというものだ。

ものみな歌でおわる

「槍はさびても名はさびぬ、昔忘れぬおとしざし。」という古い歌があります。しかし、わたしの『ものみな歌でおわる』という戯曲のなかに登場する名古屋山三郎という牢人は、槍を一本かついでるだけで、刀はさしていません。きっと刀のほうは腰につるした瓢簞《ひょうたん》のなかの酒に変ってしまったのでしょう。槍をとるか、財産をとるか、二つのうちの一つをえらべ——というのが、徳川幕府の牢人対策でありました。したがって、わたしの名古屋くんが、槍をかついでるのは、かならずしもかれが、「槍師、槍師は多けれど、名古屋山三は、一の槍。」ともてはやされたかれの過去に恋々としてるためではありません。かれが素寒貧のピイピイだということのあらわれなのです。

わたしは、右の戯曲の登場人物たちに、どんなスタイルの言葉をしゃべらせようかと、ずいぶん、長いあいだ、思案に暮れていました。バーナード・ショオは、シーザーにでも、クレオパトラにでも、現代語をしゃべらせています。そして、それが、ショオの偶像破壊の意図にうまくマッチしています。クレオパトラが、「かもね。」だとか、「そうのようよ。」だとかいえば、観客は笑いださずにはいられないでしょう。わたしもまた、『泥棒論語』という最初の戯曲をかいたときには、あっさり、現代語を採用し、ところどころで、やや、セリフに古びをつけるのにとどめました。それは、『土佐日記』の世界を描いたものだったので、一つには、その手で行くことが、紀の貫之の精神にもピッタリするような気がしたからです。ご承知のように、貫之は、誰にでもわかるように、その日記をはじめて国文でかきました。そして、かれは、日記といえば、漢文でかかなければならないものだとされていた当時の風潮にたいして対立したのでした。

しかし、いまでは、猫も杓子も現代語で、時代物の戯曲をかきます。それが、いけないというわけではありませんが、わたしは、またしても名古屋山三郎や出雲のお国に現代語をしゃべらせるのかとおもうと、なんとなくためらいのようなものを感じました。それではなんだかイージー・ゴーイングなような気がしてならなかったのです。なにか新手はないものか、とわたしは、途方にくれながら、頭をひねりました。

そのとき、突然、わたしは、岩田豊雄の『東は東』という狂言スタイルでかかれた戯曲をおもいうかべました。三十年ばかり前、雑誌に発表されたのを読んで以来、これまでにも、しばしば、わたしの脱帽してきた戯曲です。げんにわたしは、わたしの出した『シラノの晩餐』というエッセイ集のなかでもその戯曲について、「わたしのみるところでは、いまだにわれわれの周囲においては、これを抜く作品は一篇もあらわれてはいないのだ。それは、その作品が、たとえば三島由紀夫の『近代能楽集』などとはちがって、能狂言の近代化ではなく、能狂言を否定的媒介にして、あざやかに近代をとらえることに成功しているからである。そこから、伝統的なものにたいする作者のノスタルジアを読みとってはならない。あとになって作者は、〈その当時、僕は現在のような意味で伝統に心をひかれてるとはいえなかった。僕は非常によく日本を研究した外国人の気持で、あの戯曲を書いたかも知れないのである〉といっているが、誤解されやすい否定的媒介という言葉は、多少、不正確ながら、おおよそ、そんな意味なのである。」とかきました。しかし、わたしは、いまだかつて、自分の手で、その種の狂言スタイルの戯曲をかいてみようなどとは、夢想だにしたことがありませんでした。

というのは、有朋堂文庫の『狂言記』を読んだていどのわたしには、とうてい、狂言の言葉など、つかいこなせないとあきらめていたからでしょう。それに、わたしは、能も狂言も、一度もみたことがありませんでした。……いや、そういってしまっては嘘になります。学生時代、一度、友だちに誘われて能をみに行ったことがあります。たぶん、眠くなるだろうとおもっていたのですが、『鉢の木』という能をみて、わたしは、すっかり、感動してしまいました。いずれしかるべき名人が演じていたのでしょうが、いまでもシテが、小刀で、ちょう、ちょうと鉢の木をきるときの手つきが眼底に残ってるほどです。そこには、封建的なモラルが、なまなましく息づいていました。わたしは、こんなふうにアジられては、昔の武士たちが、ドン・キホーテのように、痩せ馬にまたがり、息せききって、戦場へ駈けつけたのも無理はないとおもいました。そして、それ以来、二度と能楽堂には近寄らなかったのです。そのさい、たしかに狂言もみたようにおもいますが、まったくおぼえていません。

しかし、そんなことをいって、しりごみをしていたら、いつまでたっても戯曲はかけないでしょう。それればかりではありません。中世末期に生きていたこんどのわたしの戯曲の登場人物たちは、たぶん、狂言の言葉をつかっていたはずです。狂言の言葉というのは、中世の口語であります。そこでわたしは、とにかく、あたらしい戯曲では、狂言の言葉をつかうことにきめ、あらためて手もとにある『狂言記』上下を読みかえしてみました。そして、それが和泉流のテキストだということがわかったので、ついでに大蔵流のテキストをとりあげた岩波の古典文学大系にはいってる『狂言集』上下、鷺流のテキストをつかってる朝日新聞の日本古典全書のなかの『狂言集』上中下、その他、大蔵流と和泉流の両方のテキストののってる、幸田露伴の編集した『狂言全集』上中下などを、片っぱしから読んでみました。そして、近代以前の視聴覚文化の正確なすがたが、いかに活字文化のなかで歪められてるかに、いまさらのように気づきました。流派がちがえば、同じ題名の狂言でも、セリフのちがうのは当然かもしれませんが、同じ流派の同じ題名の狂言でも、テキストがちがえば、ひどくセリフがちがうのです。これでは、近代以前の視聴覚文化を否定的媒介にして、近代をこえる視聴覚文化をつくりだしていくというわたしの持論を、実行に移すのは容易なことではないでしょう。

といって、いまさら、中止するわけにもいきません。名古屋山三郎ではありませんが、わたしもまた、ペンをとるか、財産をとるか、二つのうちの一つをえらべ——とわたし自身に命令して、ペンをとりあげた一人です。わたしの名古屋くんは、槍のさきに瓢箪をのっけて、くるくるとまわしてみせますが、わたしだって、戦国時代の男女に狂言言葉をつかわせるくらいの芸当ができなくては、一人前の文学者とはいえないでしょう。その上、どっさり、読んでみてハッキリわかったのですが、狂言は能の対立物でした。狂言には、能のように、上からジリジリとわたしたちを圧迫して、感動の押し売りをするようなところがありません。そこには、軽快で洒脱《しゃだつ》で柔軟屈撓《くっとう》性にとんだ、大衆のユーモアの精神がみなぎっていました。とりわけわたしにとって印象深かった作品をあげますと、たとえば岩波の『狂言集』下のなかにはいってる『くさびら』なども、その一つでしょう。この本には、くわしいト書がのってるので、まざまざとその舞台を想像することができます。

くさびらというのは、茸《きのこ》のことです。庭に季節はずれの茸がはえたので、山伏に占いを頼みます。ボロンボロ、ボロンボロと山伏が数珠をもんで祈りますと、茸はひっこんでしまいます。そこで山伏が、自分の法力を自慢してると、あちらに二つ、こちらに二つと、ふたたび茸がはえでてきます。時には、五つ、どっとはえでてくることもあります。おどろいた山伏は、もう一度、祈りはじめますが、茸たちは、こんどはひっこんでしまうどころか、あとからあとから無限にはえでてきて、ホイ、ホイ、ホイ、ホイといいながら、山伏を追っかけまわすのです。それは、いかにも超現実的な光景ですが、同時に不屈の大衆のエネルギーのいかなるものであるかを、みごとにとらえています。

わたしが、舞台をみないで、本からばかり狂言をまなんでることを迂遠だとおもわれるひとがあるかもしれません。それは、わたしが、現在の活字文化を、これからの視聴覚文化のなかにあますところなくとりいれるというわたしの日ごろの主張に忠実なためでありますが、正直なところ、そればかりではありません。室町や戦国の快活な笑いが、徳川三百年の天下泰平ムードのなかで、かなり、変質してしまってるのではなかろうかと危惧してるからです。いや、いっそう、正直なことをいうなら、さっき述べた能をみに行った日に、切符だけですむのかとおもってたら、座ぶとん代、茶代、弁当代等々を要求され、たちまち破産してしまった暗い記憶がわざわいしてるのでしょう。むろん、いまは能楽堂も椅子席になってるようですから、べつだん、ビクビクする必要はないのですが。

しかし、狂言の言葉を、そっくりそのまま、つかうと、やはり、現代の観客には、わかりにくい点があります。とくにわたしの『ものみな歌でおわる』は、題名が、『フィガロの結婚』の結びの文句からとられてることによってもあきらかなように、フィガロのセリフのように、雄弁の魅力がでないと困るのです。そこで、わたしは、『泥棒論語』のばあいとは反対に、ところどころで、狂言言葉を現代語訳してつかいました。全部、狂言言葉そのままでは、ただの「媒介」で、「否定的媒介」にはならないではありませんか。そして、戯曲をかきおわったあとも、騎虎の勢いで、わたしは、狂言の本を読み続けています。先日、手に入れた冨山房版の『狂言三百番集』のなかで、『狸の腹鼓』というのを、はじめて読み、くやしくてたまりませんでした。わたしの戯曲のなかには、狐や狸がゾロゾロ登場するのです。狐のほうは、『釣り狐』や『佐渡狐』という狂言で、なんとか始末しましたが、狸のほうは、あいにく、否定的媒介にすべきお手本がなかったので、たいへん、てこずってしまいました。

さまざまな「戦後」

フランク永井のうたった『大阪ぐらし』という流行歌のどこが「戦後」的といえるのでしょうか。人によっては、そこには、むしろ、「戦後はおわった。」といわれはじめたころのやるせないムードがみなぎってるようにきこえるでしょう。なるほど、「赤い夕ばえ、通天閣も、染めてもえてる夕陽《ゆうひ》が丘よ。……」という歌いだしの文句もまた、ひどく感傷的であって、べつだん、「戦後」らしい、はずんだおもむきはみとめられません。にもかかわらず、わたしには、やはり、その流行歌が、笠置シヅ子の猛烈な『東京ブギ』や『買い物ブギ』などと共に、どうしても「戦後」的なもののような気がしてならないのです。低音の魅力ということもさることながら、最初、わたしは、その歌のなかで、通天閣という固有名詞が、ちょっとアメリカ人のしゃべる日本語をおもわせるような気どった調子で発音されるところに、「戦後」らしさがあるのではなかろうかとおもいました。そういえば、その歌そのものが、なんの変てつもない昔ながらの大阪を、しごくバタくさくうたいあげただけのシロモノかもしれないのです。しかし、フランク永井がうたうと、明治、大正、昭和と三代にわたって人口に膾炙《かいしゃ》してきた大阪の通天閣が、パリのエッフェル塔なみに、エキゾチックにきこえるから奇妙です。

とすると、わたしにとっての「戦後」とは、『大阪ぐらし』のようなものなのでしょうか。

わたしは、あらためてその流行歌のレコードをきいてみました。そして、もしかすると、わたしが、その歌に「戦後」を感じるのは、かならずしもフランク永井の外国風の発声のためばかりではなく、その第三節目に、「坂田三吉、端歩《はしふ》もついた、銀が泣いてる、勝負師かたぎ。……」といったようなくだりがあるためではあるまいかと考えました。坂田三吉が、村田英雄によってうたわれた『王将』という流行歌の主人公であって、大阪の有名な将棋さしであるということは、いま、ここで、あらためてことわるまでもありますまい。しかし、わたしは、『大阪ぐらし』とちがって、『王将』にたいしては、いささかも「戦後」的なものを感じません。「吹けば飛ぶよな将棋の駒に、賭けた命を、笑わば笑え。……」という『王将』の歌いだしの文句に、かなり、心をひかれるにもかかわらず、です。おもうに、それは、その歌が浪曲調でうたわれてるためではなく、『大阪ぐらし』のように、端歩をつく、といったような坂田三吉の「阿呆な将棋」が、具体的にうたわれていないためにちがいありません。記憶の底から戦後間もないころに発表された、織田作之助の『可能性の文学』というエッセイがうかびあがってきます。くわしいことは忘れましたが、そのなかでこの大阪うまれの作家は、「戦後」とは、大事な将棋の対局で、前代未聞の端歩をつき、その結果、進退きわまった盤上の駒をみつめながら、「銀が泣いてる。」とつぶやいた坂田三吉にならって、未来の可能性に賭けることであると称し、かれの眼に伝統にたいする反逆とみえるサルトルの小説などをもちだして、いかにも戦後派のはしりらしい気焰をあげていました。わたしにとって、『大阪ぐらし』が「戦後」的なもののような気がしてならないのは、あるいはそのエッセイを、焼け跡のバラックのなかで読んだ記憶のせいかもしれないのです。それは、「坂田三吉、端歩もついた、銀が泣いてる、勝負師かたぎ。……」といったような一節を、いくらかバタくさくうたいあげた点において、まさにフランク永井の歌にそっくりでした。

もっとも、そうはいうものの、その当時、わたしは、そのエッセイに、全面的に共感していたわけではありませんでした。正直なところ、わたしには、端歩をつくといったような行為は、「戦後」的なものというよりも、逆に「戦前」的なもののような気がしてなりませんでした。わたしは、破壊された水道管からゴボゴボとふきだす水が、まるで岩石砂漠をおもわせるような赤ちゃけた瓦礫の原っぱのあちこちに銀いろによどんだ廃墟の風景にながめいりながら、この惨憺たる敗戦は、もとはといえば、日本人自身に、端歩をつくといったような習性があったためではあるまいかとうたがわないわけにはいきませんでした。それればかりではありません。どうやらそのエッセイに関するかぎり、織田作之助にとって、端歩をつくということは、日本文学を近代化して、バタくさい小説をかくということを意味するらしいのを知って、ガッカリしたことを、ありありとおぼえています。それは、わたしの独断によれば、いかなる意味においても乾坤一擲《けんこんいってき》の冒険ではなく、むしろ、石橋をたたいて渡る用心深さにすぎませんでした。しかし、わたしに、『大阪ぐらし』という流行歌が、どうしても「戦後」的なもののような気がしてならないのは、やはり、坂田三吉とサルトルを一緒くたにしてほめあげたその支離滅裂なエッセイの印象が、いまだにわたしのなかに尾をひいてるためであるようにおもわれてなりません。とにかく、そこには、混沌として渦をまいていた「戦後」の期待にみちた熱っぽい空気が、まがりなりにもとらえられていたようでした。織田作之助の年譜には、「昭和二十一年

（一九四六）十一月、『土曜夫人』の舞台が東京に移るに先立ち上京、銀座裏佐々木旅館に宿泊、訪客に忙殺されつつ執筆をつづけた。はじめて林芙美子、坂口安吾、太宰治と相識った。評論『可能性の文学』を書き終えると同時に大量の喀血をし、絶対安静を命じられた。」とあります。とにかく、そのエッセイには、もう一度くりかえすまでもなく、「赤い夕ばえ、通天閣も、染めてもえてる夕陽が丘よ。……」といったようなところのあったことを否定できません。翌年の一月十日、織田作之助は、病勢、にわかに悪化して、三十四歳になるやならずで死亡しています。したがって、わたしには、いっそう、そのエッセイに、もえつきようとする生命の焔が、最後の瞬間、パッとあかるくもえあがった風情があるような感じがするのかもしれません。

といったようなことを、ちょっとはじめにいってみたくなったのは、むろん、フランク永井や織田作之助に敬意を表するためではなく、わたしもまた、わたしなりに、「戦後」とはなにかを、たしかめてみたいとおもうからであります。過去をふりかえるさい、まず、その当時の流行歌をきき、続いて文学に注目するというのが、いつものわたしの行きかたなのです。それらのものには、いまとなっては、すっかり、わたしたちの忘れはててしまった、過ぎさった時代のムードのようなものが、そこはかとなくただよっており、わたしには、そいつを無視しては、いくらおびただしい史料の山と取り組んでみたところで、永遠に時代の核心に迫ることはできないような気がしてなりませんが、まちがってるでしょうか。たとえば、わたしには「なにしょうぞ、くすんで、一期《いちご》は夢よ、ただ狂え。」という『閑吟集』のなかの一句が、いかなる文献よりも、室町時代の社会心理を、正確に表現してるような気がしてならないのです。コロムビア・レコードの『日本歌謡史』には、「軍歌ならでは夜も日もあけなかったものが、一夜あければ軍歌追放の国、そしてお芋で飢えをしのぎ、いたどりの葉っぱをタバコの代りにすった苦しい生活の国。歌だけが、あたらしくつぎつぎにうまれていったものでございます。」とありますが、さて、しかし、きいてみて、これこそ「戦後」だという歌のなんとすくないことでしょう。さきにもいったように、わたしにとって、「戦後」らしさの感じられるコロムビアのものといえば、笠置シヅ子の『ブギウギ』と、それから、もう一つ、小坂一也の『ワゴン・マスター』くらいのものでした。その他の流行歌にいたっては、ほとんどその大部分が、本質的な意味において、戦争中のそれと大して変りばえのしないシロモノばかりだったのです。ということは、あるいはわたしの「戦後」観が、相当、かたよったものであって、いまだにそれを、過去と断絶した、ガラリと変った一時期であるとおもいこみたがってることのあらわれかもしれません。多少、つけ元気のような気味合いがあったにせよ、占領下の日本人の「虚脱」が、アメリカ原産のブギ調によって終止符をうたれたということは事実ではないでしょうか。そして、そこから、わたしのいわゆる「戦後」がはじまります。織田作之助の『可能性の文学』が、わたしの記憶にのこったのもまた、近代文学の確立という、いたって当り前の主張のためであるというよりも、伝統にたいして三くだり半を突きつけた、そのエッセイの思いきった八方やぶれの構えのためだったのではないでしょうか。もっとも、人によって、「戦後」というものの受けとりかたもまた、千差万別であります。いや、同じひとりの人物の眼にも、時をへだてて、別のアングルから照明をあててみると、かれらのこれこそ「戦後」と信じきっていたものが、まるでちがったふうにみえてくるのにはおどろかないわけにはいきません。

たとえばわたしは、占領下の日本人の「虚脱」なるものに、多少、奇異な感じを受けましたが、いまから考えると、あれは、もしかすると、日本人の大半が、マナイタの上にのっけられた鯉のような心境になっていたのかもしれないのです。すくなくとも『マッカーサー回想記』を読むと、アメリカ人たちは、「武士道」と呼ばれる伝統的な騎士道の精神を身につけてる日本人たちは、いったん、俘虜になってしまえば、マナイタの上の鯉のように、いたずらにジタバタしないものだという深い確信の上に立っていたようにみえます。いかにもそういわれてみると、そんな気がしないこともありません。しかし、その当時のわたしには、マッカーサーに料理されるのを黙って待っていた連中よりも、俘虜の境遇に甘んじることができず、すすんで自殺した連中のほうが、まだしも「武士道」にかなってるようにおもわれてなりませんでした。「騎士道」と「武士道」とはちがいます。「騎士道」では、俘虜になるということは、俘虜になるまでたたかったということを意味し、なんら不名誉ではないけれども、「武士道」では、俘虜として、縄目の恥をうけるくらいなら、死をえらびます。その代りに「騎士道」では、俘虜になったのちも、たたかうことをやめず、ふたたび戦線への復帰を心がけなければなりません。たぶん、マッカーサーは、おめおめと俘虜になってしまった日本人たちのあいだに、大規模なフランスふうの「レジスタンス」のおこるわけがないと多寡をくくっていたのでしょう。もっとも、そのころの日本人の「虚脱」は、あるいは「武士道」とはなんの関係もない、ただの栄養失調がその主な原因だったのかもしれないのです。さもなければ、昨日まで、「出てこい、ニミッツ、マッカーサー、出てくりゃ地獄へさかおとし。……」といったような軍歌をわめいていたやつが、ようやく思いがかなうや否や、突然、くちをぬぐって、ひっそりとおとなしくなってしまった原因が、どうしてもすらすらとのみこめないではありませんか。たしかにさきにあげた『日本歌謡史』のいうように、当時の日本は、「軍歌ならでは夜も日もあけなかったものが、一夜あければ軍歌追放の国、そしてお芋で飢えをしのぎ、いたどりの葉っぱをタバコの代りにすった苦しい生活の国。」に変っていました。

しかし、マナイタの上の鯉が、暗澹たるその最後の時間に、いかなる心境でいるものであるか、ブルジョア唯物論の見地から、そう、あっさり、画一的に割りきってしまっては、まずいでしょう。鯉にもさまざまな鯉があって、長流をゆうゆうと泳いでいたやつ、大湖でのんびりと暮していたやつ、ちっぽけな池や沼に逼塞《ひっそく》していたやつ。——と、それぞれ、それまでの生きてきた境遇の相違によって、マナイタの上にあがったときの心境にもまた、ニュアンスのちがいのあるのは当然のことであるといわなければなりません。泥鰌《どじょう》は、さかれるとき、苦痛にたえかねて、ギュッ、ギューと悲鳴をあげるし、河豚《ふぐ》は釣りあげられたとき、歯ぎしりをしながら、「無念！　無念！」とでもいってるように叫びます。マナイタの上の鯉が、くちをパクパクさせるだけで、なんにもいわないからといって、かならずしも泰然自若としてるのだときめてかかるわけにはいかないでしょう。それは、ただ、その声が、わたしたちの耳にきこえないだけかもしれません。たとえば上田秋成は、『雨月物語』のなかで、琵琶湖の鯉に化した興義という僧の釣りあげられたときの様子をつぎのように描きました。「われ、そのとき、人々にむかい、声をはり上げて、かたがたらは興義を忘れたまうか、許させたまえ、寺に帰させたまえと、しきりに叫びぬれど、人びと、知らぬさまにもてなして、ただ、手をうってよろこびたまう。鱠手《かしわびと》なるもの、まず、わが両眼を左り手の指にてつよくとらえ、右手にとぎすませし刀をとりて、マナイタにのぼし、すでに切るべかりしとき、われ、くるしさのあまりに大声をあげて、仏弟子を害する例《ためし》やある、われを助けよ助けよと、なき叫びぬれど聞きいれず。」と。もっとも、このはなしは、唐の李復言の『続玄怪録』のなかにはいってるはなしの翻案であって、マナイタの上の鯉の心境を、上っ面からなでまわしてるにすぎないといえばいえましょう。とすると、わたしは、いつものように、顧みて他をいうことなく、戦後間もないころのわたしの心のうごきを、率直に告白したほうがいいかもしれません。そのころのわたしは、秋成とはちがって、文字どおり、マナイタの上の鯉の心境を、つぶさに味わったのです。

戦争中、わたしは、鎌倉の材木座の海をみおろす丘の上の大きな家に住んでいました。ブルジョアの親類が、もっと食糧の豊富な田舎へ疎開したあとの留守番を頼まれたのです。それは、まるでちっぽけな沼の鯉が、大きな湖にはなたれたようなものでした。ひろい庭には山あり、川ありであって、緑陰には山百合が咲き、流れのそばにはベンケイ蟹が遊んでいました。なるほど、食糧は極度に乏しかったけれど、竿で栗の実をたたきおとしたり、野生のつわぶきをつんできたりして飢えをみたすことができたのは、都会育ちのわたしにとっては、新鮮なよろこびでした。そればかりではありません。ある日、偶然、応接間の机の抽出しのなかから親類の残していった葉巻を発見しました。戸棚のなかには、十数着の背広がぶらさがっていました。わたしが、遠慮なく、その葉巻をふかしたり、毎日、その洋服を取り替えて着たりして、ブルジョア気分を満喫したことはいうまでもありません。そのあたりまでは、まあ、よかったのですが、ある朝、雨戸をくってみると、眼と鼻のさきの海の上に、大小とりどりの灰いろをしたアメリカの軍艦が、威風堂々とズラリとうかんでるのにはびっくりしました。日が暮れると、それらの軍艦には電燈がつきましたが、それがまた、長いあいだ燈火管制のおかげで真っ暗な海をみなれてきたわたしの眼に、なんとはなやかにうつったことでありましょう。しかし、その平和な夜景をのんびりたのしんでるわけにもいきません。わたしの住んでいた丘の上の家は、艦砲射撃の絶好の目標であって、粉微塵になってしまうのは、時間の問題のようにおもわれてなりませんでした。あれこそ、マナイタの上にのっけられた鯉の心境というやつにちがいありません。いやでもわたしは、「一庖丁で魚頭《ぎょとう》をつき、二庖丁で上身《うわみ》をおろし、おろしもあえず魚頭をマナイタ頭《がしら》にとうど置き、おっとり返して下身《したみ》をおろし、中打《なかう》ち、ちょうちょうと三つに切り、……」という狂言のセリフをおもいださないわけにはいきませんでした。しかし、人には、わたしは、そんなふうにみえなかったかもしれません。といって、落着きはらっていたわけでもないのです。物置きから自転車をひっぱりだして、材木座から鎌倉駅へむかって走りながら、道ばたにころがってるタバコの吸いがらが目にとまるたびごとに、さりげない顔つきをして自転車からとびおり、電光石火の早業で、その吸いがらを拾いあげました。葉巻は、とうの昔になくなり、いたどりの葉っぱでも間にあわなくなったので、万策つきはてたためでしょうが、それが、およそ世にも恥ずべき行為のようにおもわれたところをみると、そのころまで、わたしもまた、相当のプチ・ブル根性の持ち主だったといわなければなりますまい。いまだったら、それほど人眼を気にしたりしないで堂々と拾っただろうと、わたしはおもいます。

それから間もなく、アメリカの艦隊は、忽然として、鎌倉の海上から消えうせましたが、さればといって、マナイタの上の鯉のようなわたしの心境が消えてなくなったわけではありませんでした。当然のことながら、鎌倉が安泰だということになると、ブルジョアの親類が帰ってくるので、留守番は出ていかなければなりません。親類は出ていくところのないわたしの一家をあわれんで、物置きに住んでもいいといいましたが、わたしは、多摩川のほとりにあった馬小屋を改造した家へ引っ越しました。したがって、わたしもまた、『戦後と私』のなかで江藤淳の告白していたように、敗戦と共に、喪失感に悩まされたものの一人であるといえましょう。「ひとつの階層から他の階層に転落するということは辛いことである。」とかれは、しみじみと嘆いていますが、わたしもまた大きな家やひろい庭や十数着の洋服をうしないました。もっとも、それらのものは、すべて人のものだったけれども。

ここで、一言、わたしは、戦争中、つねにわたしの着ていたといわれる洋服に関する誤解を訂正しておきましょう。たとえば『新潮』（六月号）の『高見順日記』には、戦争中の回想として、つぎのようなくだりがあります。高見はいっています。「……『現代文学』で中野秀人だったか、花田清輝だったかが、右翼をからかうような文章を書いていた。私は坊っちゃん育ちの大井（大井広介・その雑誌の主宰者）君の身辺を憂えて、親切心から（よけいな親切心だったが、ほんきに彼のためを思って）右翼をからかうのは気をつけた方がいい、あとあとうるさいから、さわらぬ神にたたりなしという方がいいと言った。すると、大井君はすごく怒って、私を卑怯者呼ばわりした。卑怯と言われれば卑怯に違いないが、つまらぬことで大井君が右翼に切られたりしたらと彼の身を思ったのだ。殺されてもいいというような決意で、まともに右翼と対決するのならいいが、つまらぬチョッカイを出すような記事でケガをしても下らないと思ったのだ。ところが、あとで知ったのだが、中野秀人は右翼の大物中野正剛の弟であり、花田某はその中野正剛の子分で、当時ナチスばりの制服を着て横行闊歩している人物だった。これなら大丈夫だ。心配する方がバカだった。」と。

問題は、その「花田某」の着ていたという「ナチスばりの制服」の一件であります。わたしが東方会の制服を無償でもらったことは、『文学』（一九五五年二月号）に発表し、わたしの『著作集』五にはいってる『思い出』のなかでかいたとおりですが、わたしが、得意になって、その制服を着たのは、ヨリ正確にいえば、「戦争中」ではなく、むしろ「戦後」だったのです。それは、ひと頃、ブルジョアの親類の洋服を、取り替え、引き替え着ることのできなくなったわたしにとって、一張羅《いっちょうら》になっていました。『思い出』を読んだ若い世代のなかには、「その制服には金モールがついていたでしょうか。」といったような愚問を発するやつもいましたが、さきにもいったように、そのころまで、かなり、人眼を気にするタチだったわたしが、オイチニの薬売りとみまがうような洋服をきるはずがないではありませんか。むろん、いまの眼でみれば、いくらか時代おくれなところがあるかもしれませんが、服装の点でも、東方会は、その当時、流行の尖端をきっていました。したがって、その制服は、ヨレヨレの国民服や薄汚れた軍服を着た男たちの多かった「戦後」には、ひときわ目だって、スマートにみえたにちがいありません。なにしろ、そのころは女たちは、いまのミニスカート時代とは反対に、モンペにあらざれば、好んでロングスカートをはいていたものです。ちなみに『高見順日記』には、「『現代文学』で中野秀人だったか、花田清輝だったかが、右翼をからかうような文章を書いていた。」とありますが、このさい、その著者は、中野秀人ではなく、わたしだったということをハッキリさせておきましょう。わたしは『現代文学』にわたしのかいた時評のたぐいに、なんら「レジスタンス」をしたといったような自負の念をもつものではありませんが——しかし、それにしても、「さわらぬ神にたたりなし。」といって、そんなわたしの文章をのせないように大井広介にむかって忠告した高見順の先見の明に素直に脱帽する気には、とうてい、なれません。かれが、大井広介から卑怯者呼ばわりされたのは当然のことではないでしょうか。しかも、とうてい、救われがたいとおもうのは、いまからほんの数年前の『日記』のなかでまで、言論の弾圧にひそかに協力したみずからの卑屈な行為を恥じるどころか、「友情」の名において、得々としてそれを合理化してる点です。わたしは、『新潮』(七月号)にのったかれの『日記』を読むまで、そんな事実のあったことをすこしも知りませんでした。それらのわたしの時評のおかげで、四人組の右翼から袋だたきにされ、顔中、絆創膏だらけになっていたわたしを見舞いにきた大井広介は『現代文学』につぎの原稿をかくようにわたしをはげましましたが、高見順のかれへの忠告など、一言もしゃべりはしませんでした。そこでわたしは『太刀先《たちさき》の見切り』(『著作集』三)というエッセイをかき、そのなかで「皮を斬らせて肉を斬れ、肉を斬らせて骨を斬れ、骨を斬らせて髄を斬れ。」という柳生流の極意に関するわたしのウンチクを傾け、「理屈よりも肉体をねらう戦術のため、脆くも打倒されてしまった私が、いまここで武道の講釈をするのは、いささか滑稽な気がするでもあろうが……。」とケンソンしました。

『聖歌隊』の詩人である中野秀人が中野正剛の弟であり、わたしが、その詩人と共に、文化再出発の会というのをつくり、戦争末期にいたるまで『文化組織』という雑誌をだしていたことは事実ですが、「これなら大丈夫だ。心配する方がバカだった。」とは、なんという軽薄ないいぐさでしょう。むろん、わたしの袋だたきなどはご愛嬌にすぎません。しかし、わたしには、そこで、高見順が、同じ年(一九四三)、全国の東方会の会員が、いっせいに検挙され、その結果、かれのいわゆる「右翼の大物」である中野正剛の自殺した事実を、きれいに黙殺してるのが、許しがたいことのような気がしてなりません。そのさい、中野秀人やわたしが、「大丈夫」だったのは、残念ながら、わたしたちが、政治的な意味においても、思想的な意味においても、中野正剛とはなんらのつながりもなかったからであります。わたしは、このことを、中野正剛の名誉のために、あきらかにしておかなければなりません。たとえば谷崎潤一郎の『当世鹿もどき』のなかで「手前が見まして、戦争中に一番立派な死に方をしたように思われましたのは、中野正剛さんでございます。失礼ながら政治家としてそんなに偉い方のようには思っておりませんでしたが、あの死に方を見まして手前はすっかり見直しました。あれこそまことに昔の武士に劣らぬ最期だと申せましょう。」とかいていますが、あらためてことわるまでもなく、中野秀人やわたしは――とりわけわたしは、あんなみごとなハラキリのできるようないさぎよい人物ではありません。それは単に外科手術にたいする肉体的な恐怖のためばかりではなく、非暴力主義に忠実であろうとすれば、ぜったいに、ハラキリといったような暴力行為を、思想的にみとめることができないためであります。しかし、わたしもまた、谷崎潤一郎と同様、中野正剛の自殺を、新聞で知ったとき、ほとんどわたしの眼をうたがいました。そして、わたしは、マナイタの上の鯉の三十六枚のウロコが、ダイヤモンドのように、不意にかがやきはじめるのをみたような感動をおぼえました。つい最近、わたしは『小説平家』のなかで、大安寺の馬頭観音像に似た、「アングリイ・オールド・ウィメン」の一人の自殺をあつかったさい、「かの女の剣にたいする執念にはついていけないものがあるにしても、その怒りを立派だと感じた。そして、ねがわくばその怒りを受けついで、かれは、かれ流に、そいつを、未来にむかって、有効に生かしたいとおもった。」とかきながら、あらためて中野正剛の自殺をおもいださないわけにはいきませんでした。

といって、わたしは、もう一度、念のためにくりかえしておきますが、「人は誇らしく生きる望みをうしなったときには、誇らしく死に就くべきである。いやしむべき事情のもとにえらばれた死は、自由を意味しない。時の選択をあやまった死は、卑怯者の死である。」といったような『偶像の薄明』のなかでニイチェの展開したような自殺肯定論に、かくべつ、共鳴するものではありません。わたしたちの「戦後」は、戦争協力者たちの自殺と共にはじまりました。風のたよりにきけば、わたしを襲撃した四人組の右翼のうち、三人まで自殺したということでした。むろん、占領下にあって、べんべんと生き残ったやつにくらべれば、すくなくともかれらは、おのれの暴力主義に殉じたといえるかもしれません。しかし、もともと、非暴力主義者であるわたしは、荒正人のように、ザマァミロといったような感じはいだかなかったにしても、かれらの自殺にたいして、とくに同情もしませんでした。その上、わたしには、かれらのえらんだ死が、いささか時期的にみて、遅きに失するような気がしてならなかったのです。したがって、昨年、わたしが『映画芸術』(六月号)で、三島由紀夫の監督・主演した『憂国』という映画を「さあさあお立合い、取りいだしましたる一振りの名刀、この刀で、手前腹を切ってみせる。ちょっとさわって、この位い、赤い血が出た、お立合い。……」と批評したのは、むろん、そのハラキリを見世物にしようとする態度に不賛成だったからですが、その雑誌の編集者の小川徹は、三島のシンセリティをうたがわれたのが、ひどく口惜しかったとみえ、「そのハラキリの場面をとったあとで、三島はふた針か、三針か縫ったそうですよ。」といって、わたしにむかって抗議しました。しかし、わたしをしていわしむれば、時代錯誤のハラキリの芝居をみせたあとで、外科医のやっかいにならなければならないような役者は、まぎれもない大根であるというほかはありません。少々、からかわれても、仕方がないのではないでしょうか。といって、とくにわたしは、刃物をふりまわす「危険な思想家」だというので、三島由紀夫を眼の仇にしていたわけではないのです。その映画もまた、前にあげたフランク永井の流行歌や織田作之助のエッセイと同様、古びた中身を、あたらしい包装でくるんだ「戦後」的な作品の一つにすぎません。

わたしは大井広介の『ちゃんばら芸術史』が好きです。そこには、日本で封切られたアクション映画の醍醐味が、かれのおそるべき記憶力を駆使して、じつにたのしそうに物語られています。かれは、わたしが、姿《すがた》三四郎のように、わたしをおそった四人組の右翼を、あっさり退治することのできなかったことを、たいへん、くやしがっていました。『高見順日記』は、戦争中、大井広介が、東条英機夫妻と「おじさま・おばさま」のなかだったとか、戦後は、吉田茂の一家と親類になったとかいって、大井広介を傷つけようと躍起になっていますが、なんというみみっちい根性でありましょう。いったい、大井広介は、そんなプライヴェートな関係で、かれの主義主張をまげるような人物でしょうか。わたしは、かれと論争して、バリザンボウの応酬を試みたこともありますが、意見のちがいはちがいとして、「自由人」としての立場をつらぬきとおすかれの反骨精神にたいしては、終始、敬意をはらってきました。たとえば本多秋五の『物語戦後文学史』は「上京して、自分たちの雑誌の発行を考えはじめましたが、平野謙の助力なしには仕事の考えられなかった私は、彼の消息をきくために荒正人を麻生鉱業の東京事務所に訪ねた。平野謙も、荒正人も——井上友一郎もそうであったが——戦争末期に大井広介の紹介で麻生鉱業へ入社し、平野は九州の飯塚本社へ行ったままになっていた。」とあります。どうやら大井広介は、親類のブルジョアの利害よりも『現代文学』の寄稿者のそれを、優先的に考えるような性格の持ち主らしかったのです。さもなければ、そんなタチのよくない連中の就職の世話などをするはずがないではありませんか。それでおもいだしましたが、あれはまだわたしが鎌倉にいた戦後間もないころ、わたしもまた、本多秋五のいわゆる「自分たちの雑誌」である『近代文学』の創刊号へのエッセイの寄稿を依頼され、東京駅の近くにあった麻生鉱業の支社に、荒正人を訪ねたことがありました。そして、わたしは、採光の悪い、ガランとしたビルの一室で、はじめて自分自身を、マナイタの上の鯉ではなく、鯉料理に舌鼓をうつ客であるとおもいこんでる育ちのいい戦後派の一人に出会ったのでした。もっともその料理は日本風の「鯉こく」でもなければ中国風の「紅焼鯉魚《ホンショウリーユイ》」でもなく、もっとバタくさい——たとえばチェコスロバキアの鯉料理に近いもののようにみえました。チェコでは、クリスマスには七面鳥を食べずに、鯉（カプル）を食べます。いや、もしかすると、それは、アメリカの黒人の大好物である鯉料理のようなものだったかもしれません。そういえば、そのときにきいた荒正人のはなしには、その翌年あたりから、日本人の心を大きくゆすぶったブギのリズムが、すでにかすかながら鳴りひびいていたような気が、わたしにはします。

笠置シヅ子はうたいました。「さあさ、ブギウギ、太鼓たたいて、派手に踊ろうよ、うたおうよ。きみもぼくも愉快な、東京ブギウギ。ブギを踊れば、世界は一つ、おなじリズムとメロディよ。……」と。しかし、はたしてわたしたちの「戦後」とは、そんなものだったのでしょうか。わたしは、求められるがままに、『近代文学』の創刊号に、『変形譚』というエッセイをかき、やがて戦争中、『文化組織』にかきつづけてきた一連のエッセイに、その一篇を加えて『復興期の精神』と題して出版しました。それまでほとんど読者のなかったわたしのエッセイが、そのころになっていくらか読まれはじめたのは、わたしには、主としてその本の題名のためであるような気がしてなりません。なにしろ、あたりはまだ、みわたすかぎり、ぼうぼうたる焼け野原だったので、たぶん、読者は、そこに日本を復興するための建設的な意見が述べられてるのだと早合点したのではないでしょうか。しかし、わたしの意見は、都市の復興などとはなんの関係もありませんでした。「復興期の精神とは、言うまでもなく近代への転形期の精神のことですが、作者は、現代、つまり近代からの転形期に思いをいたしながら、この精神をとらえかえしています。再版のあとがきのなかで、柳田民俗学などをキッカケにして近代以前と近代以後の対応についてもっと思いをひそめたい、と述べているのもこの視点のつづきです。」と『中央公論』(一九六六年五月号)に、その本の内容をあざやかに要約したのは、いいだ・ももですが、そんな正確な書評に出会うためには、わたしにとって「戦後」の二十年の歳月が必要でした。しかし、そんなふうにズバリと、こちらの魂胆をみごとに言いあてられると、なんだかわたしには、わたし自身が、手品の途中で、トリックをみやぶられた魔術師のような気がしないこともありません。わたしが、織田作之助や荒正人の「可能性の文学」に違和感をいだかないわけにはいかなかった原因は、そこからきています。さらにまた、わたしが、世のいわゆる「進歩的文化人」のように、反ファシズム闘争のいちおうの成功に、無邪気に陶酔することのできなかった原因もまた、そこからきています。そういいきってしまっては実もフタもないような感じがするかもしれませんが、わたしは「現代」というものを——つまり、「近代からの転形期」というものを、たとえその移行形態はさまざまであろうとも、資本主義から社会主義への転形期であると考えています。そして第二次世界大戦は、わたしの眼には、基本的には、一国社会主義と世界資本主義とのたたかいとしてうつっていました。したがって、どんなに笠置シヅ子が「ブギを踊れば、世界は一つ。」とうたおうとも、わたしにとっての「戦後」とは、世界資本主義の煙幕にすぎないファシズムが消滅して、ますます、基本的な対立があきらかになっただけだったのです。そのうち、一国社会主義が、世界社会主義に変ってしまい、「二つの世界」の対立が、いよいよもって、わたしたちの眼前にクローズ・アップされてきました。にもかかわらず、いまだに「現代」を「近代からの転形期」としてとらえようとしないで、あくまで「近代」にしがみつこうとする人のあるのは、なぜでしょうか。れっきとしたブルジョアジーの一員とでもいうのなら、むろん、当然のことですが。

最初の計画では、ここでわたしは、もっといろいろな人の「戦後」をとりあげるつもりでした。たとえばマッカーサーの「戦後」、天皇の「戦後」、東条英機の「戦後」、吉田茂の「戦後」といったふうに。いや、範囲を文学者だけにかぎっても、宇野千代の「戦後」や松本清張の「戦後」は、わたしにとって興味深いものがありました。宇野千代の年譜には、「昭和二十一年、スタイル社を再び起し、『スタイル』を発刊。焼跡の銀座に社屋をつくり、そこに住む。」とありますが、わたしもまた、同じころ、総合文化協会をつくって、機関誌『総合文化』の発刊に関係し、焼跡の溜池にあった事務所に住んでいました。そこらあたりまで、ふたりの境遇は、やや似ていましたが、ただ、ひどくちがうのは、『スタイル』のばあい、予約募集と共に注文が殺到し、金が洪水のようにはいってきたのに反し、『総合文化』のほうは、『文化組織』ほどではないにしても、相い変らず、返品の山を築いていた点です。わたしは、その当時のことをかいた宇野千代の『刺す』という小説のなかで、「……そして夜も妹と一緒に、ちゃぶ台の上でその為替を数え、為替と封筒とを別々にして保管した。指が痛くなる、と妹が言った。思いもかけないことであったが、金を数えているのではなくて、何か内職をしている風景に似ていた。封筒の住所を帳簿に書き写す。それも妹の仕事であった。のちには不用になったその封筒が山のように溜って、それで風呂を沸したこともあった。」といったようなくだりにぶつかったときには、ほとんど羨望に近いものを感じました。松本清張の「戦後」にいたっては、もっと意外でした。かれの『半生の記』によれば、飢餓とインフレの昂進のさなかで、新聞社のサラリーだけでは、八人の家族を養っていくことのできなかったかれは、家族の疎開していた農村から仕入れた藁箒をもって、方々の街の荒物屋に売りこんでいました。広島の街へいっても、彼の眼中にあるのは荒物屋だけであって、かれには、原爆の被害に注目しながら、余計な感傷にふけるような心の余裕は、いささかもなかったもののようです。あるいは、それが本当の「戦後」かもしれないとわたしはおもいました。ふりかえってみると、わたしの「戦後」は、敗北の連続でした。しかし、愚痴をいうのはやめましょう。ねがわくば、個人の敗北が、階級の勝利につながらんことを。

大きさは測るべからず――秋元松代『常陸坊海尊』

たぶん、この世の牧歌という牧歌は、例外なく、ここに描かれたような悲痛さにささえられているがゆえに、人の心を揺すぶるのでありましょう。

ここには、生きることもできず、死ぬこともできなかった、戦争末期のやるせない日本人の魂が、仮借するところのないリアリストの眼で、あますところなくえぐり出されています。にもかかわらず、作者の眼は、かぎりなく寛容であります。なんというやさしさでありましょう。柳田国男は、『遠野《とおの》物語』のトビラに、「外国に在る人々に呈す。」という献辞をかきました。それは、その本のなかにあつめられた東北の伝説によって、人々のノスタルジアをそそるためではなく、それらの伝説をうみだした、底辺に生きるものの悲痛さを、たえず思い出してもらいたかったためにちがいありません。おそらくこの戯曲のトビラにも同じ献辞が必要でありましょう。なぜなら、新劇の関係者たちは――作者も、演出者も、俳優も、観客もひっくるめて、一言にしていえば、「外国に在る人々」であるからであります。

「白望《しろみ》の山に行きて泊れば、深夜にあたりの薄明るくなることあり。秋の頃、キノコを採りに行き山中に宿する者、よくこの事に逢う。また谷のあなたにて大木を伐り倒す音、歌の声など聞ゆることあり。この山の大きさは測るべからず。」とは、『遠野物語』の一節ですが、すくなくともわたしには、この戯曲の大きさにもまた、測り知れないものがあるようにおもわれます。若い俳優たちが途方にくれるのも無理はありません。むろん、軽挙盲動のそしりはまぬがれないでしょう。しかし、誰かがこの戯曲に取り組んで、途方にくれないかぎり、日本の新劇の地図は、永遠に大きな空白をのこしたままでありましょう。わたしは日本の新劇の未来のにない手たちが、牧歌的なものをとおしてうかがわれる悲痛なものに無縁な連中であるとはいささかも考えません。なぜなら、さりげない顔つきこそしていますが、かれらもまた、この戯曲の作中人物と同様、五穀断ち、十穀断ちをすることによって、ミイラになることをおそれない人々ではないでしょうか。

問題は、一歩、一歩、粘りづよく、リアリスティックにこの戯曲をたどることによって、どこかでリアリズムをこえて飛躍していくキッカケをつかむということであります。むろん、みんながみんな海尊さまというわけにはいかないかもしれません。いや、数からいえば、登仙坊のようなやつが多いにきまっています。しかし、わたしは、先生よりも、登仙坊のほうが、ずっと好きです。「笠きても、したのなげきをしらざれば、またくる春は、いぬか馬うし。」と木食上人《もくじき》はうたいました。

じつをいうと、わたしは、最初、ワグナーの『さまよえるオランダ人』のはなしあたりからはじめて、つねに出発し、いつまでたっても行きつくことのない、芸術家の孤独な運命についてふれながら、海尊伝説をとりあげてみようかとおもいましたが、先生みたいになりそうなおそれを感じたので、中止しました。そのほうが、「外国に在る人々」にとっては、わかりやすかったかもしれません。

海尊の遍在性に関しても、運動族の一人として、いいたいことがどっさりありますが、これまた、他の機会にゆずるほかはありません。ねがわくば、この戯曲の上演によって、瀕死の日本の新劇運動が、ふたたび息を吹きかえさんことを。

乱世に生きる

『徒然草』の作者の姓名が、吉田兼好であろうと、卜部《うらべ》兼好であろうと、正直なところ、どちらでもさしつかえないとわたしはおもう。作者ではなく、作品だけが——すくなくとも作品をとおしてうかがわれる作者だけが、わたしにとっては問題なのである。にもかかわらず、わたしが『小説平家』というわたしの作品のなかで、最初、吉田兼好とかいていたのを、再版で卜部兼好とわざわざ訂正したのは、そこでわたしが『徒然草』の二二六段にある『平家物語』の作者は信濃の前司行長であるという記事にたいして疑いをいだき、兼好を半可通とかなんとかいいながら、しきりに『平家物語』の作者の正確な名前にこだわっていたからだ。人のふりみて、わがふりなおせ、である。もっとも、吉田を卜部とかきなおしたていどでは、わたしのふりが、兼好のふりよりも、なおったところで、知れたものであろう。いや、もしかすると、いい加減のことをかくということにかけては、いまでもわたしは、おさおさ兼好に劣らないかもしれないのだ。

第一、卜部兼好が、ぜったいに正しくて、吉田兼好が、ぜったいにまちがっているという極め手は、どこにもみあたらない。朝廷に神官として仕えていた卜部家の一族のなかには、京都の吉田神社の神官をつとめているものもあったので、吉田という姓を名のっているものがないこともなかった。したがって、生きていた当時、兼好が、どちらの姓で呼ばれていたか、本当のところは、誰にもわからないのだ。おもうに、当人自身にとっては、兼好法師だけでたくさんであって、姓など問題ではなかったのではあるまいか。さもなければ、言葉の厳密な意味において「出家」したということにならないではないか。といって、兼好は法師であるということを、いささかも鼻にかけてはいなかった。『徒然草』の冒頭にも「法師ばかりうらやましからぬものはあらじ。」とある。神官もいやだ。僧侶もいやだ。なぜなら、かれらは、人なみ以上に、名声、偏執につかれているくせに、みずからを「俗人」から区別し、好んで教訓をたれたがるからだ。そんな連中にくらべると、まだしも「俗人」のほうが、見どころがあろうというものである。

にもかかわらず、皮肉なことに、徳川時代になってから、にわかに『徒然草』が読まれはじめたのは、なによりそのなかに人生にたいする教訓がふくまれていると考えられたからにちがいない。そして、その作者が吉田兼好として知られるにいたったのは、そのころの吉田神道の流行と無関係ではあるまい。要するに、乱世を生きた隠者の作品が、主として片隅の平和をたのしんでいる横町の隠居の手によって、心学を説くためのテキストとしてとりあげられたのだ。そして、その傾向は、いまだに続いている。とすると、吉田兼好を、卜部兼好とかきあらためるといったような、一見、無用のさかしらもまた、案外、徳川時代以来、ゆがめにゆがめられてきた兼好像を、本来のすがたにもどすためのキッカケにならないとはかぎらないのである。隠者と隠居とは、うわべは、ちょっと似ているかもしれないが――しかし、中身は、まるでちがうのだ。隠者には万事にわたって、おもいきったところがある。しかるに、隠居のほうは、万事にわたって、未練たっぷりであるにもかかわらず、おもいきったようなふりをしているだけのことだ。

「つれづれなるままに、日ぐらし硯《すずり》に向かいて、心にうつりゆくよしなし事を、そこはかとなくかきつくれば、あやしゅうこそ物狂おしけれ。」という『徒然草』のなかの有名な一節は、きまってわたしに「関東百万の軍勢にもおそれずして、わずか千人にたらぬ小勢にて、誰をたのみ、何を待つともなきに、城中にこらえてふせぎたたかいける楠が心のほどこそ不敵なれ。」という『太平記』のなかの、これまた有名な一節を思いださせる。わたしには、そのばあいの兼好法師の心境と、楠正成のそれとのあいだには、ひどく似かよったものがあるような気がしてならないのだ。どちらにも、きっぱりと、おもいきったところがある。「つれづれなるままに」――すなわち「誰をたのみ、何を待つともなき」孤立無援の状態にたえながら、はてしなくくりかえされるシジフォスの労働に従事しているものの心のうごきを、主観的にとらえれば、「あやしゅうこそ物狂おしけれ。」ということになり、客観的にとらえれば「不敵なれ。」ということになるのではなかろうか。といって――だからといって、わたしに、兼好を神格化したいといったようなコンタンがいささかもあるわけではないのだ。それは、戦争中、『徒然草』のいわゆる「ひたぶるの世捨て人」でありながら、しかも筆をとり続けた連中の、多かれ少なかれ味わったであろうような、なんの変てつもない心境にすぎない。もっとも、隠居にとっては、想像を絶した境地かもしれないが。

それでおもいだしたが、『無常といふ事』のなかで、小林秀雄は、兼好について「かれには常に物が見えている、人間が見えている、見えすぎている、どんな思想も意見もかれを動かすに足りぬ。」

とかいた。小林秀雄は、若いころから隠居した。以来、かれは、つねに隠居であり、てっとうてつび、隠居であった。書画骨董の大好きな横町の隠居が、兼好に無類の鑑定家を発見したのは理由のないことではない。しかし、はたして人間に「見えすぎる眼」といったようなものがあるであろうか。かりにあるとすれば、顕微鏡や望遠鏡の必要はないではないか。むろん、兼好は時代の制約をうけた、ただの日本人にすぎなかった。

本居宣長は『玉勝間』のなかで『徒然草』一三七段の「花はさかりに、月はくまなきをのみ見るものかは。」をとりあげ、満開の花や澄みわたった月をよろこぶ、いっぱんの好みにさからい、兼好のように、ひとひねりひねった一風変わったおもむきをいいというのは、外来思想の影響をうけ、昔ながらの日本人のもっている素朴な魂を——「まことのみやびごころ」をうしなっているからだときめつけた。たしかに兼好もまたその当時の日本の知識人の例にもれず、和魂漢才の持ち主だったでもあろう。『徒然草』のなかで、かれの愛読書としてあげているものといえば、『文選』『白氏文集』『老子』『荘子』といったような中国の本ばかりであって、日本の本にも、古いもののなかにはおもしろいものがあるといってはいるものの、一つとしてその書名をあげてはいない。

とりわけ日本人は白楽天の影響をつよく受けた。わたしには、日本の感傷的なメロドラマのパターンは、われわれの先祖が、たとえば白楽天の『琵琶行《びわこう》』あたりにホロリとなったおかげで、うまれてきたのではあるまいかといったような気がするほどである。とすると、和魂漢才の日本人から、無理に漢才だけをとりされば、もはやその日本人は日本人ではなくなるであろう。もっとも『琵琶行』のなかで描かれている月は、こうこうと照りかがやいて、かならずしも兼好の好みにはあっていない。

そういえば、隠者というのもまた中国伝来のものであった。しかし、『魏晋《ぎしん》の時代相と文学』のなかで魯迅の活写した中国の隠者たちにくらべると、日本の隠者たちは——隠者らしい隠者である兼好でさえ、なんとなく隠居じみてみえるのは、なぜであろうか。もともと、和魂も漢才も、おおらかなものであろう。ところが、両者がくっついて、和魂漢才ということになると、不意にひねくれたものになってしまうのである。それは、本居宣長などのいうように、外来思想の影響のためではなく外来思想にある社会的＝政治的な側面をきりすてて、毒にも薬にもならぬものにして受けいれるからであろう。中国では、れっきとした「反抗的人間」である隠者が、日本へくると風流論や人生論の好きな横町の隠居に変わるのは当然のことではなかろうか。

『徒然草』の一五二段、一五三段、一五四段にわたって述べられている日野資朝に関する挿話は、竹を割ったような気性の「反抗的人間」にたいする兼好の共感を、あますところなく示している。日野資朝というのは、いちはやく鎌倉幕府の打倒を企て、計画がもれたため、断罪された人物だ。試みに、一五四段を全文引用してみよう。そこで兼好はこういっているのだ。「この人、東寺の門に雨宿りせられたりけるに、かたわ者どもの集りいたるが、手も足もねじゆがみ、うちかえりて、いずくも不具に異様になるをみて、とりどりにたぐいなき曲者《くせもの》なり、もっとも愛するにたれりと思いて、見まもり給いけるほどに、やがてその興つきて、みにくくいぶせくおぼえければ、ただ素直にめずらしからぬ物にはしかずと思いて、帰りて後、この間植木を好みて、異様に曲折あるを求めて目をよろこばしめつるは、かのかたわを愛するなりけりと、興なくおぼえければ、鉢に植えられける木ども、皆掘りすてられにけり。さもありぬべき事なり。」と。植物の不具者にすぎないというので、枝ぶりあざやかな盆栽を惜しげもなく捨てた行為を、兼好は、「さもありぬべき事なり。」——つまり、そうあるべきはずのことだ、いかにも、もっともなことだと支持しているのだ。さきにあげた「ことなるをよきことにするは、外国のならいの移れるにて、心をつくりかざれる物としるべし。」という宣長の兼好にたいする非難が、少々、見当ちがいであるということは、右の引用によってもあきらかであろう。しかし、横町の隠居には、また別に一説があるかもしれない。盆栽の手いれに生きがいをみいだしているような隠居にとっては、盆栽を捨てる行為こそ異様にちがいないのである。

一五三段の廷臣の一人が、武士たちに召しとられて、六波羅へ連行されるのをみて、「あなうらやまし。世にあらん思い出、かくこそあらまほしけれ。」と資朝がいったという話。一五二段は、廷臣の一人が、老僧正《そうじょう》をみて、「あな、尊との気色や。」とつぶやくのをきき、資朝が、むく犬のひどく年をとって、やせおとろえたやつを、その廷臣へ贈り、「この気色、尊くみえて候。」といったという話。——と、こう並べたててくると、そんな資朝に共感している兼好もまた、いっさいの権威を否定する、向こうみずな人間の仲間のような感じがするでもあろう。しかし、兼好は、資朝に共感はしても、かれと行動をともにしようとはしなかった。それどころか、兼好は、二度も関東へ下向し、資朝の敵である足利直義や高の師直に接近した。といって、わたしは、兼好を、日和見主義者だったとはおもわない。御所方のスパイだったとも、幕府方のスパイだったとも、あるいはまた、ダブル・スパイだったともおもわない。ここでは、漠然と、おもわない、とだけいっておく。いま、わたしに確信をもっていえることといえば、晩年にいたるまで、兼好が、断じて隠居にはならなかったであろうということだけだ。にもかかわらず、おかしなことに、『徒然草』は、いっぱんから隠居のヒマつぶしにかいた本だとおもいこまれている。

蟬噪記《せんそう》

第二次世界大戦中、わたしは林達夫の『私の家』や『作庭記』といったような文章からつよい感銘をうけた。しかるにそれ以来、すでに三十年もたったのに、いまだにわたしは、戦後、焼け跡に大急ぎで建てられた粗製濫造の家の一つに住んでいる。庭にいたっては、庭というよりも空地といったほうが適切であって、いまだかつてわたしは、庭作りに精を出したことなど、一ぺんもないのだ。しかも庭をつくるにあたって、凝り性の林達夫が、草木をしらべるため、月に二、三回はおとずれたという小石川植物園は、わたしの家のすぐ眼と鼻のさきのところにあるのだから皮肉である。わたしは、わたしの衣食住については――とりわけ住については、ひどく冷淡なタチであって、いつも在るがままの境遇に唯々《いい》諾々として甘んじてきた。つまり、わたしは、林達夫のそれらの文章から、「近代の超克」に関するわたしなりの変革の理論をつくるキッカケをあたえられたにもかかわらず、家を建てたり、庭をつくったりするかれの実践にたいしては、ほとんどなんらの興味をも示さなかったのである。しかし、実践の裏づけのないわたしの理論には、どこか説得力が不足しているらしかった。そこでわたしは、林達夫のように、家を建てたり、庭をつくったり、鶏を飼ったりする代りに、小説や戯曲をかいてみたが、誰もそんなわたしの試みをわたしの実践だとはおもってくれなかった。近代以前のものを否定的媒介にして、近代的なものをこえるのだというと、人は、きまって疑惑にみちた眼つきでわたしを見つめるのだ。とくに否定的媒介にするというくだりが腑におちないらしかった。

そこでわたしは、つい先だって、それは、機能化と単純化の原則の上に立つ近代建築に飽きたりなくなった人物が、日本の近代以前の農家を二束三文で買いとり、一度そいつをバラバラに解体したあとで、その古材木をつかって、近代建築や近代以前の建築には求むべくもない、もっと住み心地のいいコッテイジ風の家を建てるようなものだと解説した。そして、なぜ古材木に眼をつけたかといえば、それが、養殖林のへなへなしたすぐに腐る近ごろの木材とは異なり、じつに慎重に「切り時」を考えて切られ、ながい念入りな乾燥期間をもった良質の木材であって、これからも、優に二、三百年の耐久力を具えているのが普通だからだ——と、つけ加えた。つまり、林達夫の『私の家』の受け売りをしたわけである。すると、不思議なことに、わたしの話をききながら、キツネにつままれたような顔つきをしていた連中が、はじめてコックリとうなずいた。たぶん、否定的媒介というのは、バラバラに解体してしまった古材木を利用して、まったくあたらしい、別の家を建てることだと了解したのであろう。もしもあのとき、わたしが、『私の家』という文章だけではなく、その家の実物を一目でもみていたなら、もっとわかりやすくわたしの理論を解説することができたにちがいない。しかるに、骨の髄まで非実践的なわたしは、いまだにその実物にお目にかかったことはないのである。むろん、庭についても同様だ。

したがって、『作庭記』のなかの「ファーブルは自分の庭を一種のアーボレータムにして自分の植物研究に資すると共に、同時にそこを数限りない虫の集合所にした。私もいわゆる庭作りをしているのではない。私はファーブルよりももっと欲張って、庭仕事によって歴史と美学と自然科学と技術との勉強をしているのである。」といったような一節にぶっつかると、いまさらのように、むなしく過ぎさった非実践的なわたしの日々が悔やまれる。もしもわたしが、『作庭記』のなかで物語られているように、ちゃんと計画をたてて、一歩、一歩、粘りづよく庭作りに励んでいたなら、わたしもまた、林達夫ほどではないにしても、ファーブル程度にはなれたかもしれないのである。もっとも、ときどき、林達夫の実践に心をひかれなかったわけではない。戦後、ハンガリア事変について日本のジャーナリストたちが大騒ぎをしていたころ、林達夫が、『園芸案内』と題する一文のなかで、バラに関する薀蓄《うんちく》を傾けているのを、雑誌の一隅で発見したときにも、わたしは複雑な感慨におそわれないわけにはいかなかった。あらためてかれの博識に目をみはったわけではない。その博識が、依然として、栽培や飼養といったような実践と――ヨリ正確にいえば、生産的実践と、切ってもきれない関係にあるらしいのをみて、とうてい、及びがたいとおもったのである。わたしにはバラを論ずる資格はなかった。バラの苗木だといって売りにきたので信用していたら、バラではなく、木イチゴだったため、そいつが、どんどん、はびこりはじめ、その当時のわたしの庭は、みわたすかぎり――というほどひろくもないけれども、一面の木イチゴの藪に化しさった。そして、やがてそれが、淡黄色の丸い実をつけるころになると、どこからともなく昆虫の大群があらわれて甘い汁をすすった。いや、昆虫ばかりではない。御用ききたちもまた、よろこんでその鈴なりの実をむさぼり食った。

しかし、その牧歌的風景は、たちまち終止符をうたれた。騙《だま》されたことに腹をたてた家人がきれいさっぱり、その藪を刈りとってしまったからである。わたしは、いまでもあの木イチゴの藪には、いくらか未練がある。騙されたというが、すっかり騙されてしまったわけではない。木イチゴは、バラではないにしても、れっきとしたバラ科に属する植物なのだ。わたしには、それがラズベリーだったのか、ブラックベリーだったのか、それともデュウベリーだったのか、ゆっくり、たしかめるヒマさえなかった。のみならず、それは、わたしにむかって、アリやハチやハエのむれを、ファーブルにまさるとも劣らぬほど、つぶさに観察する機会をあたえてくれたかもしれないのだ。もっとも、そうはいうものの、本気になってわたしが、みずからの非実践的な過去の生活をふりかえって後悔しているかどうかあやしいものである。それは、いまでも、わたしが、「ラ・フォンテーヌのは寓話。さてこれはわたくしの愚話。」というコメントのついた堀口大学の『セミ』と題する詩を、いささかも愚話だとはおもっていないことによってもあきらかであろう。その詩というのは、つぎのようなものである。

セミがいた
夏じゅう歌いくらした
秋が来た
困った、困った！
（教訓）
それでよかった

前にも一度、わたしは、わたしの怠惰な仕事ぶりと安部公房の勤勉な仕事ぶりとを比較したさい、わたしの大好きな右の詩をもちだし、ときには、もしかすると、堀口大学よりも、ラ・フォンテーヌのほうが正しいのではなかろうかとおもうことがあるとかいた。むろんほんの社交辞令である。ラ・フォンテーヌでは、冬になって、ますます困ったセミがアリのところへ食べ物をもらいに行くと、「歌いくらしていたんですって！　それは結構でしたね。だったら、こんどは、一つ、踊りくらしてみたらどうです？」とアリからニベもなく拒絶されたとあるが、この位い、非科学的な話はない。ファーブルは、『昆虫記』のなかで、「わたしの村の百姓のうち、セミが、冬、ぜったいにいないことを知らないほどばかな者は、ひとりもいない。」とかいている。つまり、冬にセミとアリとが出会うことなど、万が一にもあり得ないのである。ところがこれに反して、夏じゅう歌いくらしたセミが、秋がきて困るのは自明の事実であって、堀口大学の詩のほうは、てっとうてつび、リアリズムなのだ。わたしの記憶の底から、「ぬけがらに並びて死ぬる秋のセミ」という丈草の一句がよみがえってくる。しかし、「それでよかった」かどうか知らないが、余命いくばくもない時期になって、あわててジタバタしてみたところで、はじまらないのではあるまいか。それは林達夫風にいうならば、「物質を manipuler《マニピュレ》する」ことをさけて通ったもののいつかはおちいらなければならない当然の運命なのである。わたしは玩物喪志《がんぶつそうし》をおそれるあまり、物をいじりまわすどころか、ろくろく、物をみようとさえしなかったのだ。

林達夫の翻訳にかかる『昆虫と暮らして』によれば、ファーブルもまた、若年のころには世界中をまわって、ジャングルや高山を探検してみたかったのであるが、事、志に反して、四つの塀にとりかこまれた、小石まじりの自分の庭を探検することになってしまったのだそうである。しかし、そこから、われわれは、「おのれの畑を耕す必要」といったようなカンディード式の理屈だけを引き出して安心してはならないであろう。問題は、ファーブルの手によって、その小石まじりの庭が、いつのまにか、かれの一生かかっても探検しつくせないような、スリルとサスペンスとにみちた、広大無辺な虫の世界に変えられた点にあるのではなかろうか。わたしもまた、世界について考えた。そして、砂漠や海や草原に関するエッセイをかいた。しかし、もう一度、ことわるまでもなく、依然として、わたしは、わたしの庭についてては上《うわ》の空であって、そこに住んでいるかもしれない無数の虫たちの生態を、性根をすえて、じっくりと観察してみようとしたことなど、ただの一度もないのである。いまでもわたしは、世界について——資本主義から社会主義へむかって、急速に変化しつつある世界について考えている。そして、そのさい、いつもわたしの脳裡にうかんでくるのは、『作庭記』のなかで、林達夫の下敷きにしたといっている、司教館の庭のヴィジョンである。なるほど、二十世紀の日本の片隅に、中世のカトリック寺院の庭とみまがうようなものを作りあげようとする試みは、一見、時代錯誤のようにみえるかもしれない。しかし、わたしをしていわしむれば、ここでもまた、かれは、かれ一流の「近代の超克」を実践しようとしたのである。それは古い民家をバラバラにしたあとで、その古材木をつかって、コッテイジを建てたばあいよりも、ずっとむつかしい仕事だったであろう。

　第一、利用すべき材料が手近なところにころがってはいないのだ。しかし、むつかしくはあるが、不可能ではあるまい。なぜなら、十六世紀ごろには、来日したカトリックの宣教師たちの手でつくられた西洋庭園が、善阿弥や小堀遠州などの苦心の作である日本庭園のあいだにまじって、堂々とその存在を主張していたはずだからだ。しかし、じっさいに庭作りにとりかかってみると、まず、本格的な西洋庭園に欠くべからざるものであるツゲの木がなかった。むろん、櫛をつくったり、将棋の駒をつくったりするホンツゲや、庭のふちどりにつかうメツゲはあったが、いずれもヨーロッパでいう本物のツゲではなかった。そこで完全主義者である林達夫は、なんとかして本物を手にいれようと、小石川植物園へ行ってみたり、知名の植物学者に尋ねてみたりして、いろいろ、苦心したが、かれの努力はすべて水泡に帰した。そして、かれは、かれの庭にあるチョウセンヒメツゲが、本物と同種であって、正確に同じ目的につかうことができるという事実を知るまでは、なんとなく落ち着かなかったようにみえる。ツゲの木ひとつをとってみても、これである。実践というものは、ことごとく、そんなものだといってしまえば、それまでの話であるが――しかし、ツゲばかりではなく、エリカや薬草で――ジャコウソウやローマ・カミツレやローズマリーやラヴェンダーなどでみたされているらしい問題のかれの庭のことをおもうと、わたしは、やはり、かれの実践にたいして、深い敬意をいだかないわけにはいかないのだ。かれのまったく知らない近所の小学校の理科の先生が、その庭の名声をきき伝えて、生徒を引率して見学にきたというから、相当のものである。そればかりではない。かれは、『ヘンルーダ』のなかで、つぎのようにかいている。「関西に所在するある薄荷栽培場で、戦争中、薬品払底の折から、暖地向き品種を作出する必要に迫られ、その交配用にたしかメンタ・アクァティカが入用なのに、どこにもこの原種が見当たらない、粕壁の薬用植物園にも小石川植物園にもない。結局、そこの誰かに、ひょっとすると、あなたのところにあるかも知れないと言われて伺ってみましたと、ある日、突然その今様採薬使がわが家に見えて、やっとその目的が達せられたのである。わたくしは戦争中何ひとつ人のためになることはしなかったが、このことと、ローズマリーの種子を乞われるまま、粕壁の薬用植物園へ何百粒か採集して送りつけたことだけは、今でもちょっとした人助けだったと思っている。薬品の輸入が杜絶して、何とかしてあらゆる薬を自家生産しなければならない瀬戸際に日本が来ているときの出来事であった。」と。

おもうに、社会主義社会の建設もまた、スケールこそちがえ、庭作りのようなものではあるまいか。それは、『作庭記』のなかで述べられているように、近代以前の庭を否定的媒介にするために、まず、本物のツゲの木をみつけだそうとして東奔西走することからはじまる。と、まあ、理屈では、いちおう、わかっているつもりであるが、ファーブルの若いころのように、どうやらわたしは、相い変らずジャングルの探検を夢みているらしいのだ。そして、わたしは、わたしの庭をほったらかしたまま、戦争中から戦後へかけて、何ひとつ人のためになるようなことをしたことがない。——ただ一度、御用ききたちに木イチゴの実をふるまったことをのぞいては。そういえば、いまでもわたしが、あの木イチゴの藪に多少の名ごり惜しさを感じているのは、それに、ささやかながら、ジャングルをおもわせるようなものがあったためかもしれないのだ。単調な緑の一色で塗りつぶされたジャングルは、外がわから遠望すると、同じ種類の木の無限のひろがりのようにみえるが——しかし、一歩、内部へ足を踏みいれてみると、木の種類は千差万別であって、ひろいジャングルのなかで、同じ種類の二本目の木にめぐり会うのは容易なことではない。つまり、そこでは、それらの多種多様な木々のむれが、それぞれ、みずからの存在を主張しながら、からみあい、もつれあって、生きているのだ。それは、わたしにとって、社会主義社会の在りかたを示す、たいへん、魅力的なイメージである。パピニの『ゴグの手記』には、億万長者のゴグが、ニューヨークの一角に二十エーカーの土地を買いとって、そいつを高い塀でとりかこみ、自分専用の地下道をとおって出入りしながら、植物学者や動物学者や技師たちの助けをかりて、塀の内部に奇跡的に作りだしたジャングルの光景を、ひとりで楽しんでいる話がはいっていたが、どうやらパピニという作家もまた、わたしに輪をかけた空想家だったらしいのだ。『アルンハイムの地所』のなかで、王侯向きの庭園について物語ったポーに関しても同じことがいえよう。

それらの空想の産物にくらべると、古い写本の挿絵やカール大帝の作庭記やなんとかという修道士のかきのこした造園記録などを参考にしてつくられた林達夫の庭は、たしかにスケールは小さいかもしれない。しかし、それは、すでに戦争中から、日本の片隅に、立派に実在していたのである。戦後、さきにあげたかれの『園芸案内』を読んだらい、わたしは、たのまれたわけでもないのに、実情調査《ファクトファインディング》の難事業をみずからに課し、フルシチョフなどよりも数年はやく、そしてフルシチョフなどよりもはるかにあざやかに、独力でスターリン批判をやってのけた日本の先覚者が、ハンガリア問題で騒然とわきたっている論壇をしりめにかけながら、バラについて論じているのは奥床しい、といったような意味の感想をかいた。スターリン批判云々は、林達夫のかいた『共産主義的人間』という文章のことをさす。すると、ハンガリアのために悲憤慷慨していたモラリストたちの一人が——たしか荒正人だったような気がするが——林達夫を正しいとおもうなら、なぜきみは、『共産主義的人間』にたいして反論した、きみの『ホセの告白』を取消さないのかと、わたしにむかって、くってかかった。わたしは、第二次世界大戦後、主観的にではなく客観的に、はじめて世界社会主義が成立したと考えた。したがって、今後、社会主義を問題にするばあいには、つねに国家ではなく、世界を——すくなくとも共産圏全体を、視野のなかにおかなければならないとおもった。つまり、これからの社会主義者は、精密なプランをたてて、世界的な規模で庭作りをはじめなければならないと感じたわけである。それゆえに、わたしは、スターリン批判を、スターリン個人の批判としてではなく、一国社会主義者たちの自己批判として受けとったが、それにしてはその批判は、林達夫の『共産主義的人間』よりも、はるかに出来が悪い、といったような気がしてならなかった。むろん、『共産主義的人間』のなかで展開されているソ連のナショナリズム批判にたいして、なんのわたしに不満があろう。もしもその一文に関するわたしの感想が、林達夫にたいする反論のようにみえたとすれば、それは、かれが、例によって例のごとく、ロシアには本物のツゲがない、といったような意味のことをいって、しきりにこだわっているのを、わたしが、多年、日本で庭作りに精を出してきた人物としては、少々、同情がたりないような気がしていたからであろう。

わたしは、ちと大きなことばかり、考えすぎていたようだ。

古沼抄

永禄五年（一五六二）三月五日、三好長慶は、飯盛城で連歌の会をひらいていた。宗養だったか、紹巴だったか忘れたが、誰かが、「すすきにまじる芦の一むら」とよんだあと、一同がつけなやんでいると、長慶が、「古沼の浅きかたより野となりて」とつけて、一同の賞讃を博した。（『三好別記』『常山紀談』）

一説には、「すすきにまじる芦の一むら」は、「芦間にまじるすすき一むら」だったとも、「すすき一もと」だったともいうが、まあ、そんなことはどうでもいい。いずれにせよ、中世の暮れ方から近世の夜明けまでを生きた三好長慶は、右の一句によって、かれの生きていた転形期の様相を、はっきりと見きわめていたことを示した。かれ自身が、古沼の芦の一味だったか、野のすすきの一党だったかは、このさい、問題ではない。「古沼の浅きかたより野となりて」——おもうに、時代というものは、そんなふうに徐々に移り変わって行くものではなかろうか。そして、転形期を生きた人々は、多かれ少なかれ、いずれも、「すすきにまじる芦の一むら」といったような——あるいはまた、「芦間にまじるすすき一むら」といったような違和感にたえずなやまされていたのではあるまいか。それかあらぬか、わたしには、「古池やかわずとびこむ水の音」という芭蕉の一句よりも、「古沼の浅きかたより野となりて」という長慶の一句のほうが、はるかにスケールが大きいような気がしてならないのだ。本来、池のほうが、沼よりも、スケールが大きいはずであるにもかかわらず、である。

それは、一つには、長慶の一句が、連歌の一部であるところからもきていよう。そこには、古沼ばかりではなく、古沼の原野に変わるあたりまで——そして、そのへんに生いしげっている芦やすすきの群落まで、ちゃんと視野のなかにはいっているのだ。近景から出発して、遠景にいたるまで、焦点深度のふかいレンズで、あざやかにとらえられているのである。わたしは、中世に栄えた連歌という一ジャンルが、いまは集団によって個性を圧迫する表現形式であるというので、棄てて顧みられないのが残念でたまらない。連歌師たちには、近ごろの文学者たちの忘れさってしまった共同制作、もしくは集団制作のよろこびがあった。そして、そのよろこびがあったおかげで、連歌は、文学運動として、日本全国津々浦々にいたるまで、燎原の火のように、ひろがって行ったのではなかろうか。

なるほど、わたしもまた、文学運動と称するもののなかで、いくつかの連作の小説やエッセイを手がけた。そして、一つの作品を書いたあとで、つぎの作品にとりかかるさいには、できるだけいままでとは別の観点に立って表現しようと心がけた。つまり、いくらか連歌に学んで、転調のおもしろさを出したいとおもったのである。しかし、いまだかつて、文学運動のなかで、共同制作をしたことはなかった。われわれは熱心に——ときに激烈に討論した。そして、ただ、それだけで、けっこう、運動をしているような気分になっていたものである。運動の究極の目的は、その運動に参加した全員の手によって、具体的な作品をつくり出すことであろうに。

しかし、制作は、つねに個人の手にゆだねられた。運動のなかから、多くの長編や短編の連作がうまれたが、いずれも個人の手になるものばかりである。それならば、わざわざ、運動の名のもとに、大勢あつまって討論に時間を空費するのは、かれらが、「すすきにまじる芦の一むら」であるか、「芦間にまじるすすき一むら」であるかをたしかめ合い、派閥をつくって、お互いに助け合うためであろうか。わたしは、文学運動のなかで、共同制作の問題で真剣に討論された例を知らない。そこにみとめられたものは、せいぜい、競作の意識だけだった。

さて、ここで、ちょっと一言、わたしの連作の動機についてふれておこう。わたしが、運動の機関誌ばかりではなく、いっぱんの商業雑誌にも、連作を書きはじめたのは、わたし自身を、いくつにも分裂させて、それらのたくさんのわたしによって、共同制作まがいの作品を書こうとしたためだけではない。書きおろしのばあいにせよ、新聞や雑誌に分載するばあいにせよ、わたしには、長編を書き続けていると、いつの間にか、サラリーマン化してしまうような気がしてならなかったからだ。一定の収入があるのは、けっこうだ。しかし、初任給に毛のはえたていどの収入で、一出版社に隷属するのは真っ平だというのが、わたしの偽わらぬ心境だったのである。連作なら、いつでも好きなときに中断して、続きを、ほかの場所に書くことができる。短編では、初任給以下である。しかも、共同制作の幻影さえいだくことはできないのだ。

要するに、わたしは、かつての連歌運動のように、共同制作というものにいささかも興味を示さない、きわめて個人主義的な今日の文学運動に絶望しているのである。わたしは、討論ばかりしていても、なんの役にもたたないとはおもわない。討論の結果を総括して、一人が書く習慣に不満なのだ。

なぜ討論に参加した全員が書かないのか。そして、なぜ評論の領域で、共同制作の実をあげようとしないのか。運動の機関誌のスペースがかぎられていることは問題にならない。そのときは、ほかの場所で書けばいいのである。そんなふうにして、運動というものは、ひろがって行くものではあるまいか。

連作は、とうてい、共同制作の千変万化には及ばない。わたしは、わたしの連作を、一作ごとに、わたしとは別人に変身して書くというが、それは、主観的に、わたしが、そうおもいこんでいるだけのことであって、客観的にみれば、たぶん、それらの作品からうかびあがってくるのは、いっこう、変わりばえのしない、わたし自身の孤独な顔だけであろう。

『西遊記』の主人公である猿が、危機にのぞんで、自分のからだから、一つかみの毛をむしりとって、フッとふくと、毛は無数の猿に変身して如意棒をふるってたたかいはじめる。あるとき、わたしは戯曲を書き、まるでわたしが、その主人公の猿になったような気分を味わった。戯曲のおわったところから演劇がはじまる。わたしは、はじめて舞台稽古に立ち会って、これこそ、多年、わたしの夢想していた共同制作というものではなかろうかとおもった。なるほど、それは共同制作にちがいなかった。そういえば、映画もラジオもテレビも、ことごとく、共同制作であって、文学のように、たった一人で制作されてはいない。

そのうち、しだいにわたしの演劇熱はさめはじめた。文学運動のばあいは、まず、因習にとらわれない個人というものがあって、それらの個人によって、一つの集団が形成される。しかるに、演劇運動のばあいは、最初に因習にとらわれた集団があって、そこから自由な個人が、ようやく独立していく段階にさしかかっているところらしかった。つまり、一言にしていえば、演劇運動は、文学運動ほど、民主化されてはいないのである。もっとも、わたしの演劇における共同制作に決定的な終止符を打ったのは、ある演劇研究所の試演で、わたしの戯曲のなかの馬が、六本足で登場するのをみて以来のことだ。それは、たしかに因習にとらわれない試みにちがいなかった。しかし、六本足の馬には、はじめてお目にかかったので、演出者にそのわけをきいてみると、かれは、さばさばとした顔つきで、二人の馬の足では、胴体が重くて、とうてい、持ち上がらないので、一人、馬の足をふやしただけですと答えた。

とすると、ここらで、もう一度、冒頭へかえって、「古沼の浅きかたより野となりて」という長慶の一句をとりあげ、景色の移り行く順序を、再確認して置く必要があるであろう。まず、古沼がある。古沼のまわりには芦の群落がある。つぎに、芦間にまじるすすき一もと――または一むらがあらわれる。いつの間にか原野のけはいがただよいはじめたのだ。それから、すすきにまじる芦の一むらが続き、やがて古沼の影響は、まったく消えさり、最後には、風がふくたびに、いっせいに波たち騒ぐ、ぼうぼうたるすすきの群落になる。繰り返していう。これが、転形期の風景である。

しかるに、これまでわたしが、そんな移行形態には目もくれず、文学運動のなかで、埋没の精神にてっし、無名の文学者として終始しながら、共同制作をしようと呼びかけたのは、あまりにも非歴史的だったといわなければならない。われわれはまだ古沼のすぐ近くでざわめいている、芦間にまじるすすきの一むらかもしれないのだ。「天明狂歌師はその狂名の中に不在である。すなわち、無名人格である。いいかえれば、読人不知ということにほかならない。かつて芭蕉俳諧の連歌は、世界が出来上った時、作者の名を忘れさせた。いま、万載狂歌集は作者が名を放棄することから世界を築き上げている。」と石川淳はいった。(『江戸人の発想法について』) しかし、賢明にも、かれは「歌仙」のなかで独吟を試みただけであって、文学運動のなかで、共同制作をしようとはしなかった。つまるところ、その独吟は、質を問わなければ、わたしの連作のようなものであろう。

いまはまだ、共同制作をするために集まって、前人未踏の文学運動をはじめるには時期尚早であろうか。天明(一七八一―八九)の狂歌運動のように、無名の文学者たちによる共同制作が不可能なら、有名な文学者たちのそれでも我慢したいとおもうが、如何なものか。あらためてことわるまでもなく、連歌をつくるのではない。たとえばジョイスの『ユリシーズ』のような小説を、日本の有名な文学者たちの連作によってつくり上げ、いわば、『オデュセイア』の俳諧化を実現しようというのである。うまく行けば、石川淳のいうとおり、その連作は蕉門の連歌のばあいのように、完成と同時に、作者の名を忘れさせてしまうので、無名の文学者たちの手がけたときと変わりはない。まずく行けば、「六本足の馬」のような作品ができ上がるかもしれないが、それはそれなりに、われわれにむかって、異常な衝撃をあたえるのではあるまいか。

いずれにせよ、なお、依然としてわたしは、共同制作を、みずからの課題とする文学集団の出現を待っている。なぜなら、わたしには、共同制作をする意欲のない作家や評論家たちの文学運動は、運動の名に値しないような気がしてならないからだ。大勢の文学者たちが進んであつまる以上、かれらは協力して、そこからなにかモニュメンタルな作品を創造するのが当然ではなかろうか。それとも文学というものはあくまでたった一人で書かなければならないものであろうか。

初出一覧

飢　譜　「文化組織」一九四〇年四月
歌――ジョット・ゴッホ・ゴーガン　「文化組織」一九四一年九〜一〇月
汝の欲するところをなせ――アンデルセン（原題「星菫派」）「文化組織」一九四二年一〇月
仮面の表情　「群像」一九四九年三月
林檎に関する一考察　「人間」一九五〇年九月
アンリ・ルソーの素朴さ　「アトリエ」一九五二年六月
芸術のいやったらしさ　「文学界」一九五五年二月
魯　迅（原題「故事新編」）「文学」一九五六年一〇月
人生論の流行の意味（初出未詳）『乱世をいかに生きるか』山内書店　一九五七年一月
読書的自叙伝（初出未詳）『乱世をいかに生きるか』山内書店　一九五七年一月
男の首　「群像」一九五七年五月
再出発という思想（原題「CHARLIE CHAPLIN の思想と生活――思想」）「総合」一九五七年六月
「実践信仰」からの解放　「思想」一九五八年七月
佐多稲子　「群像」一九五八年八月［匿名］
風景について（原題「赤坂区溜池三〇番地　文学自伝」）「群像」一九五九年九月

柳田国男について　『近代の超克』未来社　一九五九年一二月
「修身斉家」という発想　「週刊読書人」一九六〇年九月一二日
もう一つの修羅　「古典日本文学全集29」『江戸小説集㊦』筑摩書房　一九六一年五月
ブレヒト（原題「殉教者雑感」）「東京新聞」夕刊　一九六三年七月二八日
ものみな歌でおわる　「放送朝日」一九六四年二月
さまざまな「戦後」「潮」一九六七年七月
大きさは測るべからず――秋元松代『常陸坊海尊』「秋元松代『常陸坊海尊』演劇座上演パンフレット」一九六七年九月
乱世に生きる（原題「吉田兼好」上、下）「毎日新聞」夕刊　一九六八年八月六日～七日
蟬噪記《せんそう》『林達夫著作集4』「解説」平凡社　一九七一年三月
古沼抄（原題「連歌に学ぶ」上、下）「東京新聞」夕刊　一九七三年二月五日～六日

著書一覧

＊単行本及び全集・作品集等を掲載し、文庫等での再刊本、各種文学全集への再録、共著、訳書は除いた。

『自明の理』文化再出発の会　一九四一年七月
『復興期の精神』我観社　一九四六年一〇月（真善美社・一九四七年二月重版）
『錯乱の論理』真善美社　一九四七年九月
『二つの世界』月曜書房　九四九年三月
『アヴァンギャルド芸術』未來社　一九五四年一〇月
『さちゅりこん』未來社　一九五六年三月
『政治的動物について——現代モラリスト批判』青木書店　一九五六年七月
『新編 錯乱の論理』青木書店　一九五六年一〇月
『乱世をいかに生きるか』山内書店　一九五七年一月
『大衆のエネルギー』講談社　一九五七年一二月
『映画的思考』未來社　一九五八年四月
『泥棒論語』未來社　一九五九年二月
『復興期の精神』未來社　一九五九年六月（再刊・増補）
『近代の超克』未來社　一九五九年一二月

『新劇評判記』（武井昭夫との対談集） 勁草書房 一九六一年七月
『もう一つの修羅』 筑摩書房 一九六一年一〇月
『鳥獣戯話』 講談社 一九六二年二月
『新編 映画的思考』 未來社 一九六二年七月
『いろはにほへと』 未來社 一九六二年九月
『シラノの晩餐』 未來社 一九六三年六月
『爆裂弾記』 未來社 一九六三年七月
『ものみな歌でおわる』 晶文社 一九六四年二月
『俳優修業』 講談社 一九六四年一〇月
『恥部の思想』 講談社 一九六五年八月
『運動族の意見――映画問答』（武井昭夫との対談集） 三一書房 一九六七年四月
『小説平家』 講談社 一九六七年五月
『古典と現代』 未來社 一九六七年九月
『随筆三国志』 筑摩書房 一九六九年一一月
『乱世今昔談』 講談社 一九七〇年五月
『東洋的回帰』 文藝春秋 一九七一年七月
『冒険と日和見』 創樹社 一九七一年一二月
『増補新装版 冒険と日和見』 創樹社 一九七三年五月

『室町小説集』講談社　一九七三年一一月
『洛中洛外図』平凡社　一九七四年三月
『日本のルネッサンス人』朝日新聞社　一九七四年五月
『箱の話』潮出版社　一九七四年一一月
『さまざまな戦後』読売新聞社　一九七四年一二月

＊

『花田清輝著作集』（全七巻）未來社　一九六三年一二月〜六六年三月
『花田清輝全集』（全十五巻・別巻二）講談社　一九七七年九月〜八〇年三月
『花田清輝評論集』岩波文庫　一九九三年一〇月

編集のことば

松本　昌次

「戦後文学エッセイ選」は、わたしがかつて未來社の編集者として在籍（一九五三年四月〜八三年五月）しました三十年間で、またつづく小社でその著書の刊行にあたって直接出会い、その謦咳に接し、編集にかかわらせていただいた戦後文学者十三氏の方がたのみのエッセイを選び、十三巻として刊行するものです。出版の一般的常識からすれば、いささか異例というべきですが、わたしの編集者としてのこだわりとしてご理解下さい。

ところでエッセイについてですが、『広辞苑』（岩波書店）によれば、「①随筆。自由な形式で書かれた個性的色彩の濃い散文。②試論。小論。」とあります。日本では、随筆・随想とも大方では呼ばれていますが、それは、形式にこだわらない、自由で個性的な試みに満ちた、中国の魯迅を範とする〝雑文（雑記・雑感）〟といっていいかと思います。つまり、この選集は、小説・戯曲・記録文学・評論等、幅広いジャンルで仕事をされた戦後文学者の方がたが書かれた多くのエッセイ＝〝雑文〟の中から二十数篇を選ばせていただき、各一巻に収録するものです。さまざまな形式でそれぞれに膨大な文学的・思想的仕事を残された方がたばかりですので、各巻は各著者の小さな〝個展〟といっていいかも知れません。しかしそこに実は、わたしたちが継承・発展させなければならない文学精神の貴重な遺産が散りばめられているであろうことを疑わないものです。

本選集刊行の動機が、同時代で出会い、その著書を手がけることができた各著者へのわたしの個人的な敬愛の念にあることはいうまでもありません。戦後文学の全体像からすればほんの一端に過ぎませんが、本選集の刊行をきっかけに、わたしが直接お会いしたり著書を刊行する機会を得なかった方がたをも含めての、運動としての戦後文学の新たな〝ルネサンス〟が到来することを心から願って止みません。

読者諸兄姉のご理解とご支援を切望します。

二〇〇五年六月

付記

本巻収録のエッセイ二五篇のすべては、『花田清輝全集』全一五巻・別巻二（講談社　一九七七年九月〜八〇年三月刊）を底本としましたが、若干の箇所については、初出・再刊単行本等にあたり、それらに従った場合もあります。

また、「飢譜」「歌」「汝の欲するところをなせ」の三篇は、敗戦前に執筆・発表されたものですが、（「初出一覧」参照）戦後、単行本に収録されたものです。なお、「大きさは測るべからず」には、文中にとりあげた作者・作品名がありませんので、表題に副題として作者・作品名を補ったことをお断りします。

花田清輝《はなだきよてる》（1909年３月～1974年９月）

花田清輝集《はなだきよてるしゅう》
――戦後文学エッセイ選１
2005年６月15日　初版第１刷

著　者　花田　清輝
発行所　株式会社　影書房
発行者　松本昌次
〒114-0015　東京都北区中里3-4-5
ヒルサイドハウス101
電　話　03（5907）6755
ＦＡＸ　03（5907）6756
E-mail : kageshobou@md.neweb.ne.jp
http://www.kageshobo.co.jp/
振　替　00170-4-85078
本文・装本印刷＝新栄堂
製本＝美行製本

定価　2,200円＋税
（全13巻・第１回配本）
ISBN4-87714-331-9

戦後文学エッセイ選　全13巻

花田　清輝集	戦後文学エッセイ選1	（既刊）
長谷川四郎集	戦後文学エッセイ選2	
埴谷　雄高集	戦後文学エッセイ選3	（次回配本）
竹内　　好集	戦後文学エッセイ選4	
武田　泰淳集	戦後文学エッセイ選5	
杉浦　明平集	戦後文学エッセイ選6	
富士　正晴集	戦後文学エッセイ選7	
木下　順二集	戦後文学エッセイ選8	（既刊）
野間　　宏集	戦後文学エッセイ選9	
島尾　敏雄集	戦後文学エッセイ選10	
堀田　善衛集	戦後文学エッセイ選11	
上野　英信集	戦後文学エッセイ選12	
井上　光晴集	戦後文学エッセイ選13	

四六判上製丸背カバー・定価各2,200円＋税